Conception de la couverture et mise en page intérieure par The Killion Group http://thekilliongroupinc.com

Merci.

La Malédiction de Black Isle

LES GUÉRISSEUSES DES HIGHLANDS 1

KEIRA MONTCLAIR

CHAPITRE 1

Printemps 1292, Highlands d'Écosse

CE SIMPLE PAS, ce seul acte qu'il était sur le point de commettre allait changer sa vie – sans retour en arrière possible.

Marcas Matheson se prépara à escalader le mur d'enceinte. Ce geste impliquait de passer par effraction les portes du clan Ramsay, ce qui lui vaudrait d'être pourchassé et condamné par tous les guerriers des Highlands jusqu'à son arrestation, mais il n'en avait cure.

Il devait sauver la personne la plus importante à ses yeux, mais il savait que ce faisant, il se sauverait lui aussi. La secourir lui permettrait de changer enfin le cours de son existence – le seul but qu'il espérait atteindre depuis si longtemps, sans savoir comment.

Un pas après l'autre. Le reste suivrait. Il escalada donc le mur, hésitant au sommet, les yeux rivés sur l'imposante forteresse – il était seul et ne risquait pas de se faire surprendre.

Dans le cas contraire, il savait que la réputation des Ramsay lui garantirait de ne jamais pouvoir retourner à Black Isle. Au lieu de cela, on planterait sa tête sur une pique aux portes du mur d'enceinte. Cette pensée le fit frissonner, mais il ne pouvait pas la laisser le ralentir.

Pour le moment, son escalade illicite des murs en pierre froide de l'imposant donjon allait lui permettre de localiser et d'enlever la meilleure guérisseuse de tous les Highlands qui, il l'espérait, parviendrait à sauver la vie de Kara, sa fille. Âgée de seulement trois étés, la fillette souffrait tellement qu'il ne pouvait plus le supporter.

Il avait échoué à sauver les autres personnes chères à ses yeux. À présent, il se devait de secourir cette vie innocente, celle de l'une des deux personnes qu'il adorait plus que sa propre vie, et peu importait les conséquences. Il aurait fait la même chose pour Tiernay, son fils, âgé d'un peu moins d'un an, mais Tiernay se trouvait actuellement sain et sauf dans son donjon. Kara y était aussi, mais son état était plus qu'inquiétant.

Kara avait désespérément besoin d'un guérisseur.

Puisqu'il avait déjà failli à son clan en congédiant leur unique guérisseuse avant que la malédiction ne les frappe, les autres n'avaient que peu de foi en lui. Mais il retrouverait son honneur. Et c'était la seule manière pour lui d'y parvenir. Il avait juré d'améliorer la situation de son clan, et pour cela, il avait besoin d'une puissante guérisseuse.

Il priait pour son succès, pour lui mais aussi pour ses deux frères, puis poussa rapidement un juron. Pourquoi prierait-il un Dieu qui ne s'était jamais préoccupé de lui ? Le Tout-Puissant avait jeté une malédiction sur sa terre natale, dont le clan avait bien failli disparaître à tout jamais. Et à présent, le titre de laird était à sa portée, s'il le voulait.

Mais il n'était pas certain de pouvoir endosser ce rôle.

Marcas avait la réputation d'être le chasseur le plus discret de son clan, capable de se déplacer sans être vu ou entendu, ce qui l'aiderait à pénétrer entre les murs du donjon Ramsay avant de retourner à Black Isle.

Black Isle, l'île de la mort.

Du haut du mur d'enceinte, il parcourut une nouvelle fois les environs du regard, puis sauta pour atterrir silencieusement sur le chemin, juste derrière un garde Ramsay. Il saisit alors sa batte légère, une arme qu'on lui avait confectionnée pour l'occasion, puis se faufila derrière le guerrier. Il décrivit alors un arc de cercle précis avec sa batte avant d'asséner un seul coup à l'homme qui se retrouva à terre, assommé.

Il adorait cette arme. En le voyant la manier, les autres avaient ricané en le traitant de faiblard. Mais Marcas préférait blesser au lieu de tuer.

Lorsqu'il eut trouvé l'escalier de derrière menant au troisième étage du donjon, il entra à l'intérieur et se laissa quelques instants pour s'habituer à l'obscurité, son arme toujours en main. Comme sa source lui avait indiqué où dormait la guérisseuse, il monta les escaliers et emprunta le couloir sans éveiller personne au beau milieu de la nuit.

Afin de garantir le succès de sa mission, sa source lui avait fourni l'information la plus précieuse de toutes : les meilleures guérisseuses des environs étaient Brenna Ramsay et Jennie Cameron.

Il voulait les deux. Il était ici pour trouver Brenna, tandis que ses frères étaient partis chercher Jennie sur les terres des Cameron, à environ deux heures de là. Ils comptaient employer la même méthode : se faufiler dans le donjon et en sortir sans être vus, en espérant que le roi n'identifierait jamais les coupables. Un gloussement le surprit et il se figea, puis se pencha sur le balcon afin d'écouter d'où provenait le bruit à l'étage du grand hall, sous ses pieds.

Sa source lui avait indiqué que Brenna et Jennie avaient de grandes chambres de guérisseuse à proximité du grand hall, dans le donjon principal, contrairement à la plupart des clans, dont les guérisseurs vivaient au village. Brenna et Jennie, deux sœurs vivant dans deux donjons différents, travaillaient pourtant de façon identique. En raison de leur talent et de sa valeur, tous les membres de leurs clans respectifs entendraient parler de leur enlèvement, d'autant qu'elles étaient toutes deux mariées à un chef ou ancien chef. Mais c'était leur frère qui veillerait à ce que tout le monde en entende parler. Jennie et Brenna étaient les deux sœurs cadettes du grand Alexander Grant du clan Grant, qui possédait plus d'un millier de guerriers. Sa seule préoccupation était de s'assurer qu'il enlèverait la bonne personne, ce qui n'allait pas s'avérer facile dans l'obscurité de la nuit.

Les Grant ne se lanceraient pas à la poursuite des ravisseurs avant le lendemain, mais Logan Ramsay, célèbre pour ses talents de pisteurs, partirait en éclaireur dès qu'il apprendrait la disparition de Brenna. Et les Cameron ? Marcas n'avait aucune information quant à leurs capacités de pistage. Il supposait que Cameron enverrait un message aux clans Grant et Ramsay afin de solliciter leur aide. L'enlèvement de deux guérisseuses ne passerait pas inaperçu. Il espérait avoir au moins une heure d'avance sur les pisteurs Ramsay pour réussir dans son entreprise. Ils avaient certes une excellente réputation, mais la sienne était encore meilleure.

Il ne se ferait jamais prendre. L'enjeu de son succès était trop grand.

Il descendit les escaliers à la hâte et s'avança dans le couloir, l'oreille tendue pour écouter une conversation entre deux femmes, leurs voix trahissant un respect et une camaraderie que peu connaissaient dans leur vie. L'une d'entre elles parlait d'un bébé qui venait de naître dans le village. Il supposa qu'il s'agissait de la voix de Brenna Ramsay. Marcas ouvrit légèrement la porte et remarqua en un clin d'œil qu'il n'y avait que ces deux femmes dans la pièce, occupées à fourrer des affaires dans un grand sac, à plier des chiffons et à remplir des fioles tout en bavardant. De tailles très différentes, elles étaient brunes, l'une d'une teinte un peu plus claire que l'autre. Il ne lui restait plus qu'à identifier laquelle était la guérisseuse. Il ne s'était pas attendu à trouver deux femmes dans la pièce. Il espérait que ses frères ne se retrouveraient pas face au même dilemme que lui. Les deux femmes étaient peut-être guérisseuses, mais seule l'une d'elles était la célèbre Brenna. Mis à part le fait qu'elle avait les cheveux bruns, il ne savait rien au sujet de la femme qu'il comptait enlever. En y repensant, il se dit qu'elle devait être de grande taille, puisqu'elle était la sœur d'Alex Grant.

On lui avait parlé de cheveux bruns, mais l'une d'elles était presque blonde, tandis que l'autre avait des reflets roux. Cela dit, on pouvait toutes deux les qualifier de brunes.

Une étrange pensée lui vint soudain. Se pourrait-il qu'il s'agisse des deux sœurs ? Mais il chassa cette idée dès qu'elle apparut dans son esprit. Sa source venait de quitter les terres des Cameron et y avait vu Jennie. Il allait devoir faire un choix, mais s'il se trompait ?

Les deux femmes se figèrent lorsqu'il entra.

« Êtes-vous malade ? » demanda la plus grande.

« Non. » Il saisit alors la jeune femme et brandit son couteau sur sa gorge avant d'ajouter à l'adresse de la plus petite : « J'ai besoin d'une guérisseuse, alors je l'emmène avec moi. Fermez ce sac. Nous allons emmener vos affaires de guérisseuse avec vous. Ne faites pas un bruit » leur dit-il à toutes les deux. « Sinon je lui coupe la gorge. »

La femme plus petite répondit : « Nous sommes toutes les deux guérisseuses. Emmenez-moi avec vous. »

« Comme vous voulez. Suivez-moi, toutes les deux. » Puis il désigna la plus petite en lui ordonnant : « Prenez vos manteaux et le sac. »

« Mais… »

« Pas de mais » siffla Marcas. « Cessez vos bavardages, toutes les deux. Je vous expliquerai plus tard pourquoi j'ai besoin de vous. »

Les deux femmes échangèrent un regard en silence – heureusement pour elles.

Il les poussa alors vers la porte et murmura : « Vous passerez en premier par-derrière, Lady Ramsay. »

Et ils disparurent.

Brigid Ramsay poussa un juron silencieux dès qu'elle réalisa son erreur. Pourquoi lui avait-elle dit qu'elles étaient guérisseuses ? Elle aurait dû essayer de le convaincre de l'emmener et de laisser Jennet. Mais elle lui avait simplement dit la vérité sans réfléchir. Comment avait-elle pu commettre une erreur aussi stupide ?

Cela dit, elle savait pourquoi, et elle était certaine que Jennet l'avait compris, elle aussi. Brigid ne se considérait pas comme une véritable guérisseuse sans Jennet à ses côtés. Elle avait donc craint que l'homme l'emmène et laisse Jennet au château, puis qu'il découvre rapidement la vérité. Mais en conséquence, elle allait entraîner Jennet dans cette mésaventure.

Jennet ne le lui pardonnerait jamais.

Figée par la surprise de cette attaque, Jennet obéit aveuglement aux ordres de l'homme. Bien sûr, la dague posée contre sa gorge devait l'empêcher de tenter quoi que ce soit pour s'échapper. Brigid s'était à moitié attendue à ce que Jennet refuse de partir avec eux, mais à sa grande surprise, elle les suivait sans rien dire.

Parviendrait-elle un jour à comprendre sa cousine ?

Aussi loin que remontent les souvenirs de Brigid, elle et Jennet avaient toujours été meilleures amies, participant ensemble à la vie mouvementée de guérisseuse de tante Brenna, qu'elles trouvaient toutes les deux passionnante. Mais Jennet, dotée d'un esprit affuté, était bien plus douée que Brigid. La jeune femme estimait que sa cousine avait une force de volonté bien plus forte que la plupart des hommes qu'elle connaissait, même son père, bien qu'elle ait parfois hésité sur ce point au fil des ans. Pour le moment, Brigid était convaincue que Jennet était plus intelligente que n'importe quel autre membre de leur clan.

Si quelqu'un, se dit Brigid, pouvait se montrer plus futé que Jennet, ce serait sa mère Brenna, mais parfois, elle trouvait que même l'intelligence de Brenna faisait pâle figure comparée à celle de sa fille.

Lorsqu'ils eurent passé l'entrée arrière des portes du château, l'homme jeta Jennet sur le dos d'un cheval dont il prit les rênes, puis installa Brigid sur une autre monture avant de grimper en selle derrière elle. Puis il ordonna aux bêtes de prendre la route, et ils s'éloignèrent des terres des Ramsay, loin de leur maison que Brigid quittait rarement, loin de sa famille la plus proche.

Aucun signe n'indiquait que quelqu'un avait remarqué leur absence. Brigid adressa une prière silencieuse en espérant que son père serait bientôt informé de leur disparition, ou qu'un garde aux portes remarque l'entrée par effraction de leur ravisseur.

Comment cet homme était-il passé devant les gardes du château Ramsay ? Leur clan était réputé pour son excellent groupe de gardes, presque aussi bien entraîné que celui des Grant, au nord. Mais dans la partie sud des Highlands, personne ne pouvait rivaliser avec eux.

Pourtant, Brigid et sa cousine avaient été enlevées au beau milieu de la nuit, comme sa mère il y a de nombreuses années.

Brigid jeta un coup d'œil à Jennet, qui gardait les yeux tournés droit devant elle. Sa cousine bien-aimée était sûrement en train de réfléchir à une solution, elle en était sûre. Mais Brigid se rappela ensuite que ses parents se lanceraient bientôt à leur recherche, dès qu'ils réaliseraient qu'elles avaient disparu. Sinon, elles seraient secourues par la grande sœur de Brigid et son mari, qui travaillaient pour la couronne. Ils parviendraient certainement à les retrouver, si son père venait à échouer.

La nuit magnifique était plongée dans le silence, seulement rompu par la respiration saccadée des chevaux, le bruit de leurs sabots sur le sol encore humide de pluie, et le hululement occasionnel d'un hibou. Ni la pluie ni le vent ne les tourmentaient, et les nuages passaient en tourbillons devant la lune, leur laissant suffisamment de visibilité. Brigid supposa que son ravisseur avait prévu d'agir par un soir de pleine lune. Ainsi, il lui était plus facile de voyager de nuit.

Ils continuèrent à un rythme effréné pendant environ trois heures. Puis il ralentit son cheval, à la recherche d'une clairière entre les arbres, avant d'en trouver une dont il s'approcha. Il descendit du cheval, posa les mains sur la taille de Brigid pour la faire descendre, puis désigna les arbres environnants. « Allez faire vos besoins. Vous d'abord, votre amie ensuite. Nous attendrons ici la venue de deux autres chevaux. Ce sera notre seule pause pour le reste de la nuit, alors faites-en bon usage. »

Brigid s'avança dans les buissons et songea brièvement à l'idée de s'enfuir, mais chassa rapidement cette pensée de son esprit. Elle n'avait pas de monture, et elle ignorait où elle se trouvait. Et puis, elle ne pouvait pas abandonner Jennet après l'avoir stupidement entraînée dans cette histoire.

Lorsqu'elle eut terminé, elle rebroussa chemin vers la clairière. Leur ravisseur poussa alors Jennet dans le bas du dos en disant : « À votre tour. »

Jennet s'éloigna silencieusement dans les buissons d'où Brigid venait de sortir.

« Comment vous appelez-vous ? J'aimerais connaître le nom de mon ravisseur. » Brigid croisa les bras, les yeux rivés sur l'homme. Il était assez séduisant, ce qui était une chose à laquelle elle prêtait rarement attention chez un homme, puisque son père tuerait sur place le premier qui oserait poser les yeux sur elle. Elle ne risquait pas de se trouver un mari comme l'avaient fait ses sœurs.

Sans lui donner de réponse, son ravisseur trouva une galette d'avoine dans sa sacoche et la mangea avec grossièreté devant elle. « À quoi bon vous donner mon nom ? »

Jennet sortit des buissons en disant : « Pour pouvoir l'inscrire sur votre pierre tombale une fois que nos pères vous auront écorché vif avant de jeter votre corps aux vautours pour qu'ils vous picorent les yeux. »

Brigid faillit esquisser un sourire en entendant la cruelle remarque de sa cousine, mais elle se souvint d'une autre fois où on les avait enlevées lorsqu'elles étaient bien plus jeunes. Sans montrer la moindre peur, Jennet s'était servie de son esprit vif pour troubler ses ravisseurs. Grâce à son observation du travail de sa mère, Jennet avait compris que l'un de ces salauds qui les avaient enlevées avait une peur panique du sang, à tel point qu'il s'évanouissait souvent rien qu'à la vue du liquide rouge sur une peau pâle.

Jennet s'était ainsi servie de cette phobie contre lui afin de s'échapper, ce que Brigid n'aurait jamais pensé à faire. Ç'avait été une brillante idée, applaudie et répétée à de nombreuses reprises par leur clan. Jennet avait fait semblant d'être une sorcière, capable de forcer quelqu'un à s'endormir d'un simple regard. Puis elle s'était volontairement coupée afin d'exposer cet idiot à la vue de son sang, ce qui avait provoqué son effondrement en quelques secondes.

Jennet trouverait-elle une nouvelle idée de ce genre contre leur nouveau ravisseur ?

L'homme adressa à Jennet un regard amusé. « Très bien. Si je me fais capturer, je préfère la mort de toute façon, et je voudrais que mes frères puissent reconnaître mon corps écorché et picoré par les vautours. Je m'appelle Marcas. Je ne suis pas connu dans cette région, et vous ne devinerez jamais à quel clan j'appartiens. » Puis il prit une nouvelle bouchée de galette d'avoine avec un sourire.

« Pourquoi attendons-nous ici, *Marcas* ? » demanda Brigid en insistant sur son nom. « Qui va nous rejoindre avec ces deux chevaux ? »

« Mes frères. »

Comme il n'ajouta rien, Jennet fit le tour de la clairière, observant les feuilles des plantes environnantes avant d'en déraciner quelques-unes pour les inspecter.

« Qu'est-ce que vous foutez ? » demanda Marcas en lui adressant un regard irrité.

« Je cherche quelque chose que je pourrais utiliser pour vous jeter un sort. » Jennet sourit tout en continuant à examiner les plantes autour d'elle, ignorant l'expression courroucée de son ravisseur.

Marcas faillit cracher sa nourriture en s'étouffant. « Vous croyez que la sorcellerie me fait peur ? Vous perdez votre temps. »

Jennet se tourna vers lui en levant les yeux au ciel. « Alors ne faites pas attention. »

Brigid faillit éclater de rire, mais se retint. Marcas avait compris ce que Jennet cherchait à faire et pourquoi. Il était rare que quelqu'un parvienne à y voir clair dans le jeu de sa cousine Mais Brigid croyait toujours en elle. La jeune femme connaissait la vivacité d'esprit de Jennet, et la rapidité avec laquelle elle pourrait trouver une solution afin de les libérer. Pour l'instant, si elle connaissait bien Jennet, elle devait être en train de gagner du temps afin de comprendre le motif de leur enlèvement. Elles avaient été capturées au beau milieu de la nuit, et pour l'instant, Marcas ne s'était pas fait prendre.

Jennet voulait rassembler le plus d'informations possible.

Mais elles n'eurent pas le temps d'y réfléchir, car un bruit de sabots de chevaux s'éleva dans les airs et ils se turent. La monture de Marcas poussa un petit hennissement, probablement pour saluer le retour d'un cheval qu'il connaissait, et Marcas sourit en flattant les flancs de l'animal – en signe de reconnaissance, devina-t-elle. « Oui, moi aussi, je sais qui arrive, mais merci de me prévenir. »

Deux chevaux apparurent alors entre les arbres, un homme juché sur le dos de chacun, dont un avec une jeune femme devant.

C'était leur cousine – Tara Cameron.

CHAPITRE 2

MARCAS POSA LES yeux sur ses deux frères et sur la jeune femme qui chevauchait avec eux. Elle était magnifique, avec un petit nez mutin constellé de taches de rousseur, mais elle ne semblait pas assez âgée pour être une guérisseuse. Elle avait presque la même couleur de cheveux que les jeunes femmes qu'il avait enlevées, ce qui lui fit comprendre qu'elles devaient être de la même famille, mais ses yeux marron étaient différents des deux autres, comme s'ils étaient mouchetés d'or. Il jeta un coup d'œil aux deux premières jeunes femmes, pensant qu'elles avaient elles aussi les yeux marron.

Mais était-ce le cas ?

Il s'immobilisa alors pour observer celle qui avait les yeux d'un vert lui évoquant celui de la forêt. Comme il s'agissait d'une nuance assez foncée, il ne l'avait pas tout de suite remarquée. Il se sentit attiré par ces yeux, mais choisit d'ignorer l'appel de la sirène.

À la place, il s'efforça d'observer l'expression entre les trois jeunes femmes, afin de voir si elles se connaissaient. Cela lui permettrait de découvrir la vérité.

Si elles étaient vraiment sœurs, comme on le disait, alors elles se reconnaîtraient. Celle qu'il pensait être Jennie chevauchait devant son frère Shaw. Elle écarquilla les yeux et faillit prendre la parole lorsqu'elle vit celle qu'il pensait s'appeler Brenna et son amie, mais elle se ravisa.

L'une des jeunes femmes qui étaient avec lui secoua la tête pour intimer Jennie au silence, puis toutes trois baissèrent la tête vers le sol.

Elles se connaissaient. Ce petit mouvement de la tête lui indiqua tout ce qu'il avait besoin de savoir – ils avaient trouvé les bonnes personnes. Il réfléchit longuement à la question qu'il comptait leur poser, mais Ethan aboya alors : « Il y a des patrouilles Ramsay pas très loin d'ici. On doit partir. »

Il vit un petit sourire se dessiner sur le visage de Brenna, mais il devait l'ignorer. Il jeta une nouvelle fois les deux femmes sur ses chevaux, puis se prépara à rebrousser chemin vers Black Isle. Leur temps était compté. Sa fille était déjà très malade, bien que son état ne soit pas encore aussi grave que celui des autres.

Pas aussi grave que celui de sa femme, qu'il avait déjà enterrée, ni du mari de sa sœur. Ni de ses parents.

Tour à tour, ils avaient tous connu des crises de vomissements, qui empiraient si vite qu'il craignait que sa fille ne soit déjà morte à son retour. Il était sur le point de se mettre en selle lorsque quelque chose l'interrompit. Une rose blanche sur un buisson à l'orée de la clairière attira son attention – brillante dans l'obscurité de la nuit, elle semblait presque l'appeler. Il se dirigea vers elle et tendit la main, ravi de constater qu'elle n'était pas seule – elle était entourée d'autres boutons dissimulés dans les fourrés. Il en cueillit deux, retourna à la hâte vers les chevaux et les fourra dans sa sacoche.

Il surprit le regard échangé entre les femmes, mais les ignora avant de s'adresser au groupe : « Nous devons nous dépêcher. Ne traînez pas, quelle qu'en soit la raison. Nous ferons une pause lorsque nous approcherons de nos terres. Là-bas, nous n'aurons plus aucun mal à les semer. »

Les cavaliers s'élancèrent à un rythme effréné, traversant la campagne à toute vitesse. Le trajet impitoyable laissa le temps à Marcas d'examiner à loisir la jeune femme qui chevauchait devant lui.

Sans trop savoir pourquoi, il s'était dit que Brenna serait une femme plus âgée, bien plus âgée que celle-ci. Et cela faisait longtemps qu'il n'avait pas partagé sa couche avec sa femme, Freda. Elle s'était montrée une bonne épouse pendant la majorité de leur vie ensemble, et une mère aimante pour leurs enfants, mais ils n'avaient jamais connu la camaraderie ou l'allégresse qu'il avait remarquée chez de nombreux couples. D'autres s'étaient mariés par amour, mais leur mariage avait été arrangé afin d'unir leurs deux clans. Et s'il appréciait Freda, il n'avait jamais ressenti les émotions dont on lui avait parlé – le genre d'amour et de dévotion éternelle qu'il avait un jour souhaité éprouver, sans jamais y parvenir. On lui avait dit de faire preuve de patience, mais leur relation n'avait jamais fait naître de l'amour entre eux. Seulement du respect.

Ces trois jeunes femmes étaient magnifiques, chacune à sa manière, mais particulièrement la brune qui se trouvait devant lui. Elle avait de longs cheveux détachés qui tombaient en boucles soyeuses dans son dos. Il ressentit l'envie d'enfouir son visage dans son épaisse chevelure, puis de goûter la saveur de son cou, avant de glisser une main dans le devant de sa robe pour en détacher les rubans et offrir à ses deux seins la liberté qu'ils méritaient.

Gêné de ressentir un tel désir, il se rappela qu'il n'avait pas couché avec sa femme, ni avec aucune autre femme, depuis qu'elle avait donné naissance à leur fils, Tiernay. Une année entière sans assouvir ses besoins avait suffi à le rendre sensible à cette proximité avec une femme. Peut-être la ferait-il chevaucher avec Ethan pour le reste du voyage, afin de ne pas se retrouver confronté à la tentation de cette femme si proche de son corps.

Mais Ethan n'aimait pas se faire toucher par des inconnus.

Il s'efforça de penser à autre chose, n'importe quoi sauf la femme qui se trouvait devant lui afin de ne pas commettre un acte qu'il regretterait – comme par exemple, avoir une érection assez dure pour qu'elle la remarque.

« Est-ce qu'on peut s'arrêter un peu, Marcas ? » s'écria Ethan.

« Comme tu veux » répondit-il. Ils en étaient à la moitié de la nuit. Il estima qu'ils pouvaient faire une pause pour faire leurs besoins.

Il arrêta son cheval, puis fit un signe à ses frères pour les inviter à le suivre. Il désigna ensuite un endroit à l'écart de la route principale, et ils menèrent leurs chevaux dans cette direction, en se penchant pour éviter les branches basses, avant de contourner une colline jusqu'à un endroit à l'abri du regard des autres voyageurs.

« Espèce d'imbécile ! » cria Ethan.

« Tais-toi, Ethan ! » hurla-t-il en retour avant de sauter de son cheval pour s'approcher de son frère. « Ou bien veux-tu m'expliquer quel est le problème ? Tu n'aimes jamais la façon dont je gère les choses. »

« Bien sûr que oui, j'ai un problème avec les décisions que tu prends quand tu te diriges dans la mauvaise direction. Tu n'as jamais été très doué avec les cartes, pas vrai ? »

Marcas aida la femme qu'il pensait s'appeler Brenna à descendre de son cheval, puis tendit les mains vers la femme plus grande pour faire de même. « Bon sang, mais de quoi parles-tu, Ethan ? Nous allons dans la bonne direction » dit-il, se demandant si son frère avait peut-être raison. D'ordinaire, Ethan était le plus doué des trois pour suivre une carte, mais Marcas avait déjà fait ce voyage. S'était-il trompé ?

« Au lieu de vous crier dessus, pourquoi ne pas lui expliquer gentiment ce que tu veux dire, Ethan ? » intervint Shaw. « Ça ne te servira à rien de l'énerver. »

Les jeunes femmes avaient disparu dans les buissons, mais Marcas n'y prêta aucune attention. Le groupe se trouvait bien trop au nord pour qu'elles puissent s'échapper. « Il n'écoute jamais, Shaw. »

Ce dernier se tourna vers Ethan. « Après tout ce qu'il a perdu dans cette malédiction, je pense qu'il a le droit d'avoir l'esprit confus et embrouillé. Dis-lui simplement ce que tu veux lui dire. »

Marcas saisit Shaw par la chemise et dit : « Je t'interdis de parler de mes problèmes de cette façon. Je n'ai donné que mon prénom à ces jeunes femmes. Tout le reste est confidentiel, et je te demande avec respect de ne rien ajouter à ce sujet. » Puis il reporta son attention sur Ethan. « Pardonne-moi ma colère. Explique-moi ce qui ne va pas. »

Ethan, le cadet de la fratrie, hocha la tête pour indiquer qu'il acceptait les excuses de Marcas, puis déclara : « Cette fourche sur le chemin, il y a une heure. Nous aurions dû prendre l'autre direction. »

La grande femme Ramsay aux yeux marron sortit de la forêt et dit : « Si vous prévoyez de vous approcher d'Inverness, vous avez effectivement pris la mauvaise direction. Vous êtes en train de vous diriger vers la côte ouest de l'Écosse. »

« Merde ! » s'écria Marcas, rejetant sa colère sur le groupe, bien qu'elle n'ait visé personne d'autre que lui-même. « Pourquoi ne pas nous avoir prévenus à ce moment-là ? »

« J'ai essayé, mais vous m'avez ignorée. Vous sembliez perdu dans vos pensées. Qu'est-ce qui vous a obnubilé à ce point ? » Le regard d'Ethan alterna entre son frère et les jeunes femmes, et

Marcas savait que cela le mettait mal à l'aise. Ethan n'aimait pas les inconnus, en particulier les femmes. Mais Marcas était heureux d'avoir emmené Ethan avec lui, puisqu'il avait le meilleur sens de l'orientation des trois, comme il venait de le prouver.

Marcas était incapable d'admettre la vérité – le fait qu'il avait été distrait par les douces fesses rondes de la jeune femme devant lui. Tout comme l'odeur de ses cheveux. Et la courbe de son cou.

« Vous aussi, vous pensez que nous allons vers le nord-ouest ? » demanda-t-il à la grande femme, puisqu'elle semblait également douée pour s'orienter dans l'espace. Maintenant que le soleil venait de se lever, il remarqua que ses cheveux étaient plus clairs que ceux des autres, et parsemés de mèches dorées.

« Oui. »

« Quel est votre nom ? »

« Jennet. »

« Dites à Brenna de se dépêcher. »

Jennet s'étrangla en buvant l'eau de son outre. « Brenna ? C'est le nom de ma mère, et elle n'est pas ici. Est-ce elle que vous vouliez enlever ? »

Marcas eut l'impression qu'on venait de lui donner un coup de poing. Brenna était sa mère ? C'était impossible. L'enjeu était trop grand pour lui. Il ne pouvait pas s'être trompé ! À la pensée d'avoir échoué à trouver des guérisseuses, ses mains se mirent à trembler.

Son clan allait se moquer de lui pour avoir commis une telle erreur. Certains en pleureraient. Il ne pouvait pas s'être trompé. C'était impossible.

Il passa sa main dans ses cheveux avant de tirer sur ses mèches, comme si aplanir ses boucles suffirait à régler l'immense problème auquel il était confronté.

Ethan s'esclaffa. « Bien joué, Marcas. Tu t'es trompé de personne. Heureusement que nous avons capturé Jennie – au moins, nous avons une guérisseuse sur trois. »

« Jennie ? » répéta Tara. « Qui est Jennie, d'après vous ? C'est *ma* mère. Est-ce elle que vous êtes venus chercher dans notre château ? Ma mère ? »

Ethan posa les yeux sur les jeunes femmes avec une expression choquée. Shaw éclata d'un rire dont le bruit roula sur sa langue et provoqua la fuite des écureuils dans les branches, tandis qu'il se muait en un terrible rugissement de frustration. « Eh bien, on a fait du bon travail, les gars ! Tous les trois ! » Il désigna la jeune femme brune. « Si vous n'êtes pas Brenna, alors qui êtes-vous ? »

« Brigid. »

Jennet, la grande, esquissa un sourire. « Ma mère est Brenna, la célèbre guérisseuse, et sa sœur Jennie est tout aussi connue – c'est sa mère à elle. » Elle désigna sa cousine la plus petite, celle avec des taches de son sur le nez. « Elle s'appelle Tara. »

Marcas poussa un juron si fort que des oiseaux s'envolèrent des arbres en pépiant, comme pour répondre à son insulte. « Bon sang, qu'est-ce qu'on fait, maintenant ? Nous sommes bien trop loin pour les ramener. » Il leva les yeux vers le ciel, en se demandant comment les dieux avaient pu se montrer aussi cruels envers lui. Mais lorsqu'il reporta son attention vers le groupe, une chose étrange se produisit.

Il ne vit plus qu'*elle*.

Il lui était arrivé quelque chose pendant leur chevauchée ensemble – comme un éveil ou une prise de conscience – et maintenant, elle se distinguait des autres. Cinq personnes se tenaient devant lui, mais il avait les yeux rivés sur elle, sur sa beauté, et sur l'aura qui émanait d'elle. Il avait pensé qu'elle s'appelait Brenna, mais son nom était Brigid. Et cela lui allait bien mieux – c'était un nom plus royal, plus noble, plus majestueux. Le nom de quelqu'un capable de faire face à tout ce que la vie lui réservait.

Tout le contraire de lui. Dans ce moment d'échec, il ressentait le besoin désespéré de trouver quelqu'un comme elle dans sa vie.

« Je vais vous dire ce que nous allons faire. Emmenez-nous avec vous. » Brigid plongea son regard dans le sien, et il se sentit hypnotisé par ses yeux verts. Là où il s'était attendu à lire de la haine ou du jugement, il ne vit que le regard le plus sincère qu'il eut jamais connu. Et pas seulement sincère, mais aussi chaleureux, plein de compassion – comme la couleur de la verdure de la forêt, avec des touches dorées. Ses yeux étaient pleins de promesses.

Il ne put s'empêcher de faire un pas vers elle. Durant ce bref instant, il comprit qu'il ne l'abandonnerait jamais.

Mais ce qu'elle annonça ensuite scella leur destinée pour toujours : « Nous sommes toutes les trois guérisseuses. »

Brigid avait entendu la conversation entre Marcas et ses frères. « Qui avez-vous perdu à cause de cette malédiction ? Ou plutôt, qui avez-vous peur de perdre ? »

« Vous n'avez besoin de connaître la réponse à aucune de ces deux questions » répondit-il tandis qu'il remballait ses quelques affaires dans sa sacoche. « C'est à vous de répondre aux miennes. Donnez-moi une seule bonne raison de vous emmener toutes les trois avec nous. Je n'ai pas de temps à perdre avec des problèmes de bonne femme. Je peux très bien choisir qui je compte emmener avec moi et renvoyer les deux autres chez elles. »

« Des problèmes de bonne femme ? En voilà, un bâtard arrogant… » lui lança Jennet, ses yeux brillant d'une furie qu'elle n'avait pas ressentie depuis bien longtemps.

Brigid posa une main sur l'épaule de Jennet pour interrompre sa brève tirade. « Vous allez nous emmener avec vous, Marcas, parce que vous avez maintenant trois guérisseuses au lieu de deux. »

Son regard alterna entre les trois jeunes femmes, les mains sur les hanches tandis qu'il les jaugeait. « Et comment saurais-je que vous dites la vérité ? »

« Vous ne le saurez pas tant que vous ne nous aurez pas vues à l'œuvre, mais Jennet et moi travaillons avec sa mère depuis qu'elle a six étés, et moi cinq. Nous avons presque tout vu durant notre carrière. Nous avons appris à recoudre les blessures, et nous possédons les meilleures pommades contre la fièvre. Par chance, nous étions en train de remplir notre sac de guérisseuse lorsque vous nous avez enlevées, ainsi nous avons une bonne réserve des produits dont nous pourrions avoir besoin. Et Tara est la fille de Jennie Cameron. Elle a tout appris de sa mère depuis presque aussi longtemps que nous. Les guérisseuses Grant gardent toujours des pommades, des baumes et des potions à portée de main – Tara a probablement emmené ses affaires, elle aussi. »

Elle se tourna alors vers sa cousine, qui sourit en hochant la tête. Tara ajouta : « Nous les guérisseuses, nous sommes toujours heureuses de pouvoir aider. Si vous avez vraiment besoin de notre aide, nous vous accompagnerons de notre plein gré, tant que vous nous promettez de nous ramener chez nous lorsque nous aurons terminé. »

Marcas réfléchit pendant un moment, puis répondit : « D'accord. »

« Nous avons donc enlevé les filles des deux meilleures guérisseuses de la région » commenta Ethan. « Penses-tu qu'au moins l'une d'entre elles a vraiment du talent ? »

« Je pense que ça vaut le coup de tenter votre chance » répondit Jennet d'une voix traînante. « Vous auriez du mal à forcer ma mère à chevaucher pendant si longtemps. Elle n'est plus toute jeune. »

« Vous pourrez prouver votre valeur quand nous serons arrivés à notre destination. Vous m'avez convaincu de vous garder toutes les trois, au moins jusqu'à ce que nous puissions évaluer qui est la plus douée. » Marcas baissa alors les yeux et tourna le dos au trio.

« C'est moi la plus douée, si j'ai une bonne assistante » rétorqua Jennet. « C'est pourquoi vous devriez nous emmener toutes les trois. »

« Très bien. Allez, en selle. Nous avons beaucoup de patients pour vous. »

Ils se remirent donc en route, revenant sur leurs pas dans l'espoir d'atteindre Inverness avant la nuit suivante.

Brigid ne put s'empêcher de se demander si elle avait commis une énorme erreur en leur donnant leur identité, mais tante Brenna leur avait toujours inculqué l'importance de l'honnêteté. Ce qui n'était pas l'avis de son père, mais après tout, il ne s'était jamais retrouvé dans ce genre de situation. Il avait plutôt tendance à agir sans réfléchir, comme un taureau qui répond uniquement à son instinct. Elle aurait bien aimé pouvoir développer un tel pouvoir, mais elle n'avait aucune idée de comment s'y prendre. De plus, il lui manquait également une autre qualité inhérente à ses deux tantes et à ses cousines.

Logan Ramsay ne comprenait pas le besoin d'un guérisseur d'aider partout où il le peut, et le fait que peu de guérisseurs se résoudraient à abandonner un malade.

Elle avait entendu Marcas parler d'une malédiction qui avait tué des membres de son clan. De quel clan s'agissait-il, et où se rendaient-ils ? Le clan Ross se trouvait bien à proximité d'Inverness, mais ces hommes ne portaient pas les couleurs des Ross, ni même aucune couleur, en fait. Ils étaient vêtus d'habits sombres, probablement pour mieux passer inaperçus.

Brigid n'avait donc aucun indice quant à leur identité.

Ils passèrent la première nuit non loin de la route, mais à l'abri des voyageurs indiscrets. Les jeunes femmes se blottirent ensemble auprès du feu, tandis que les hommes étaient partis chasser. Brigid murmura alors : « Je crois que je connais cet endroit. Je pense que nous nous sommes déjà arrêtés ici lors d'un voyage vers les terres des Grant. Te le reconnais, toi aussi, Jennet ? »

Cette dernière hocha doucement la tête, tout en parcourant les environs du regard alors qu'elle enfilait ses bas de laine. « Je crois, oui. J'aurais voulu voyager plus souvent, mais je n'y allais qu'en été, pour les festivals. »

Brigid posa les yeux sur les vêtements de Tara, et remarqua qu'ils étaient déchirés par endroits. « Ce n'était pas comme ça, avant. »

Les yeux de Tara s'illuminèrent d'un air suffisant. « Non. Ne sais-tu donc pas que ton père est le meilleur de tous les pisteurs ? Je lui ai laissé des indices aux endroits où nous nous sommes arrêtés, et aussi pendant notre chevauchée. Lorsque je vais faire mes besoins, je déchire un morceau de vêtement avec ma dague et je le jette avant de repartir. »

Jennet écarquilla les yeux mais dissimula

rapidement sa surprise, au cas où les hommes reviendraient. « J'ai une idée. Tu te rappelles quand nous avons voyagé avec Bearchun, Brigid ? »

« Oui, et alors ? » répondit Brigid. Elle repensa à cette horrible aventure qu'elles avaient vécue si jeunes. Elle et Jennet avaient été enlevées par un groupe d'hommes fous qui voulaient se venger de leur clan. Un souvenir lui revint soudain en mémoire – Jennet avait gravé des messages dans l'écorce des arbres. Elle poussa une exclamation, qu'elle étouffa bien vite dans ses mains. « L'écorce des arbres ! »

« Oui » dit Jennet. « Chaque fois que nous nous arrêterons, vous devrez me couvrir pour que je puisse inscrire un message sur les arbres. »

« Et tu devras mettre le même message à chaque fois. »

Jennet hocha la tête. « Inverness. »

Elles se repositionnèrent alors pour s'éloigner légèrement du feu. Jennet était installée contre un arbre. Elle sortit sa petite dague, qu'elle utilisait principalement pour découper des bandages, et entreprit de graver son message dans l'écorce. « Tara » dit-elle. « Tu devras laisser un morceau de vêtement ici quand nous repartirons. Pas avant. »

Tara hocha la tête tout en découpant de nouveaux morceaux de tissu dans un endroit discret qui n'éveillerait pas les soupçons. Puis elle les fourra dans une poche intérieure.

Les voix des hommes s'élevèrent alors. Ils crièrent : « Les chevaux. Montez sur les chevaux ! »

Jennet bondit sur ses pieds et sauta sur un cheval tandis que Tara se précipitait vers le sien, mais

Brigid ignorait ce qu'il se passait. Elle n'était pas prête à reprendre la route tant qu'elle ne saurait pas pourquoi ils criaient ainsi.

Elle n'eut pas à attendre bien longtemps pour le savoir. Quelques instants plus tard, un énorme sanglier, l'écume aux lèvres, chargea en courant dans sa direction. La jeune femme poussa un cri et se mit à courir vers le cheval. Elle aurait dû écouter leur avertissement sans se poser de questions. Mais il était trop tard pour se lamenter. Lorsqu'elle ne trouva pas de monture, elle changea de tactique et se précipita vers un arbre qu'elle pensait pouvoir escalader rapidement.

Elle bondit sur un solide chêne, dans l'espoir d'atteindre la première branche et de s'y hisser comme elle le faisait lorsqu'elle se mettait à son poste d'archère, mais l'animal tenta de l'encorner, ne la manquant que d'un cheveu avant de coincer sa défense dans l'arbre. Le sanglier se débattit en grognant avec rage pour se libérer, ce qu'il parvint à faire en secouant l'arbre de toutes ses forces et, perdant l'équilibre, Brigid tomba au sol. Allongée sur le dos, elle ne vit que de trop près la grosse tête tachetée de l'animal et ses grands naseaux.

Bien trop près.

Bondissant sur ses pieds, elle s'éloigna vers un autre arbre, mais elle fut trop lente. Le sanglier chargea droit vers elle et toucha l'un de ses flancs, l'envoyant dans les airs, et elle atterrit avec un bruit sourd.

Se remettant sur ses pieds le plus vite possible, elle était presque à sa portée lorsque Marcas attaqua l'animal par-derrière et plongea sa dague dans sa gorge, faisant gicler du sang partout. Ses frères le suivirent – Shaw enfonça profondément son épée dans le ventre de l'animal.

Brigid tomba sur les fesses et sentit enfin monter la douleur qu'elle ressentait au flanc. S'effondrant dans la mousse, elle s'efforça de reprendre son souffle, le corps tout entier secoué de terreur. Lorsqu'elle reprit une respiration normale, elle se redressa pour se mettre en position assise, tout en parcourant les environs du regard afin de vérifier qu'aucun autre animal ne se dirigeait vers elle. Les sangliers vivaient généralement en harde.

Elle rechercha la présence de sang sur ses vêtements, mais ne vit rien. Elle s'était tordu la cheville en tombant, et son pied commençait déjà à enfler, mais elle n'y vit pas non plus la moindre trace de blessure grave.

Ethan et Shaw traînèrent l'animal mort un peu plus loin pendant que Marcas s'agenouillait à ses côtés, repoussant les mèches rebelles du visage de la jeune femme. « Vous n'êtes pas blessée ? Que s'est-il passé ? »

« Ma cheville. Je me la suis tordue. » Elle avait envie de pleurer et de montrer sa cheville à sa tante, mais cela ne risquait pas d'arriver tout de suite.

« J'ai bien cru qu'il vous avait encornée » déclara Marcas avec une inquiétude évidente.

Brigid rejeta son manteau de ses épaules pour le laisser tomber au sol. « Je ne vois pas de sang – il n'a pas percé la peau, mais je dois avoir quelques contusions. » Elle se toucha à nouveau le flanc et y jeta un coup d'œil – toujours pas de sang.

Jennet sauta de son cheval et examina le pied de Brigid, sa botte tordue. « Je vais te retirer ta chaussure pour voir à quoi ça ressemble. Je ne vois pas de sang près de ta cheville. Et toi ? »

Brigid secoua la tête, sentant à présent la douleur palpiter dans sa cheville. « De l'eau froide. Je vais marcher jusqu'au ruisseau et mettre mon pied dans l'eau froide pour atténuer la douleur. Et me nettoyer la jambe. »

« Non, vous ne risquez pas de marcher. » Marcas la prit dans ses bras et entreprit de l'emmener jusqu'au ruisseau. Jennet voulut les suivre, mais il aboya : « Restez avec les autres. Je prendrai soin d'elle. Je n'ai pas besoin de vous avoir dans les pattes pendant que j'essaie de m'occuper d'elle. »

« Ça ira, Jennet. J'examinerai ma cheville moi-même. »

Marcas trouva un rocher où l'installer, se rinça les mains dans l'eau, puis l'aida à retirer ses bas de laine. « Je ne vous demande pas la permission parce que nous n'avons pas de temps à perdre. Je suis navré si vous avez l'impression de perdre votre dignité, mais c'est nécessaire. Ne vous offusquez pas. »

Brigid se surprit à lui donner une réponse à laquelle elle ne s'attendait pas : « Je vous fais confiance, Marcas. » Elle ne savait pas vraiment pourquoi, mais une fois ces paroles prononcées, elle sentait qu'elle avait vraiment confiance en lui.

Marcas haussa un sourcil dans sa direction, ses yeux gris croisant les siens. Il avait un regard d'acier, qui dissimulait une force lui indiquant qu'elle n'avait nul besoin de s'inquiéter tant qu'il était là – il la protégerait. Ses longs cils papillonnaient tandis qu'il reportait son attention sur ses bas, et elle en profita pour scruter son visage. Ses pommettes saillantes lui donnaient un air saisissant, et sa bouche semblait… eh bien, agréable à embrasser. Marcas était un homme séduisant, se surprit-elle à penser, ses longues mèches tombant en boucles éparses qui lui allaient à merveille.

Lorsqu'elle posa les yeux sur ses lèvres, elle se demanda ce que cela ferait d'être embrassée par cet homme. Elle l'imagina tracer un sillon de baisers le long de son cou, et dans d'autres endroits qu'aucun homme n'avait encore jamais touchés. Elle était assez proche de lui pour imaginer ses longs cils se lever afin de la regarder d'un air d'envie et de désir, si expressif que s'il n'était pas en train de tenir fermement son pied, elle en aurait plié les orteils de plaisir. Son imagination continua de s'emballer tandis qu'il lui retirait délicatement son bas et examinait son pied, le tournant avec précaution.

« Est-ce que ça fait mal ? » Sa voix s'éleva d'un ton rauque qui la fit craquer. Elle devina que son esprit s'était peut-être tourné vers des pensées presque aussi charnelles que les siennes. Puisqu'elle n'avait que peu d'expérience avec les hommes, elle ne pouvait compter que sur son imagination. Son père avait un don pour tous les faire fuir.

Elle ne voulait pas qu'il s'arrête. Elle secoua la tête pour lui indiquer qu'elle n'avait pas mal, incapable de parler pour le moment, craignant que sa voix ne trahisse ses pensées les plus intimes.

Son désir.

Son désir brut et débridé que cet homme la désire de la même manière qu'elle avait envie de lui.

Il la souleva pour l'amener au bord de l'eau, s'immobilisant un instant, la tension entre eux plus que palpable. Une lueur d'envie visible sur son visage, les mots de ses sentiments à elle coincés au bout de sa langue, tous deux visiblement curieux de savoir si leur désir serait accepté ou repoussé par l'autre. Elle posa le regard sur ses lèvres, puis sur ses yeux. Il ouvrit la bouche pour parler, sa tête s'approchant de la sienne, si près qu'elle brûlait d'envie qu'il l'embrasse, mais il n'en fit rien.

« Dépêche-toi, Marcas » l'appela Shaw.

Le charme était rompu. Il la posa dans la mousse près du ruisseau et dit : « Allez-y, plongez-le. »

Elle obéit, mais retira vivement son pied en poussant un petit cri lorsque l'eau froide lui toucha la peau. Il lui prit alors le mollet pour l'aider à remettre doucement le pied dans l'eau.

« Vous allez vous y habituer. » Il éclaboussa un peu d'eau sur sa jambe en dessous du genou pour nettoyer la saleté qui avait trouvé son chemin sous ses vêtements en laine.

Elle brûlait d'envie de le sentir la toucher.

« Je suis désolé. Je n'aurais pas dû laisser ce sanglier vous charger » dit-il avec ferveur.

« Personne n'aurait pu arrêter cette bête. »

« Mais c'est de ma faute si vous êtes ici. Vous

êtes sous ma responsabilité. Nous n'aurions pas dû traîner ici. Je veillerai à prendre soin de votre cheville. »

Elle plongea son regard dans ses yeux gris mouchetés de bleu foncé, et elle comprit ce qu'il voulait dire. Ses excuses sincères étaient différentes de toutes celles qu'elle avait jamais entendues. « Vous êtes pardonné. » Si près de lui, elle perçut autre chose. « Vous mâcher des feuilles de menthe. »

« C'est vrai. » Il bougea les lèvres, comme s'il avait autre chose à dire, mais elle ne le saurait jamais, car ils n'étaient désormais plus seuls.

Ethan apparut et l'appela : « Est-ce qu'elle va bien ? Parce que je crois que nous ne devrions pas rester ici près de cet animal mort. »

« Nous revenons dans un instant. » Ce qu'il s'était passé entre eux avait disparu. Il reprit son air bourru et dit : « Nous ferions mieux d'y retourner. »

Il lui tendit alors son bas de laine, lui laissa le temps de le remettre, puis la prit dans ses bras afin de la ramener auprès du groupe. Il l'installa ensuite sur une bûche en lui ordonnant : « Remettez votre botte, nous allons reprendre la route. Il vaut mieux ne pas rester ici, l'odeur du sang risque d'attirer d'autres animaux. » Il se tourna vers Ethan. « Éteins le feu, et nous partons. Shaw et moi allons découper un morceau de sanglier pour le cuisiner ce soir. Je vais trouver un bâton pour transporter la viande. »

Plusieurs minutes plus tard, ils reprirent la route, cette fois avec Ethan en tête, en direction d'Inverness. Ils s'arrêtèrent une heure plus tard, se régalèrent de la viande de sanglier rôtie au-dessus du feu, puis s'endormirent. Les jeunes femmes se blottirent ensemble au milieu, tandis que les hommes formaient un cercle autour d'elles.

Brigid trouva le sommeil en imaginant l'homme aux épaules puissantes et aux lèvres douces. Voilà peut-être l'aventure qu'elle attendait depuis si longtemps.

CHAPITRE 3

APRÈS UNE JOURNÉE exténuante où les conversations furent rares, les voyageurs s'arrêtèrent non loin d'Inverness.

« Où allons-nous, Marcas ? Je sais que nous avons parlé d'Inverness, mais as-tu l'intention de traverser la ville ou de rentrer à la maison ? » demanda Shaw, de retour dans la clairière après s'être soulagé. Une fois le repas terminé, les six membres du groupe s'étaient assis autour du feu.

« Pouvez-vous nous en dire plus sur la raison de notre venue ? Quel fléau a frappé votre clan ? » demanda Brigid.

« Si je le savais, je n'aurais pas besoin de vous. Vous le découvrirez le moment venu » répondit Marcas du bout des lèvres avant de se tourner vers ses frères. « Si je vais d'abord à Inverness, c'est pour semer le groupe de Ramsay qui nous poursuit. » Il fouilla ensuite dans sa sacoche et en sortit quelques morceaux de tissu. « Je les ai pris à l'une d'entre vous » ajouta-t-il en observant lentement les jeunes femmes. « J'ai entendu dire que Logan Ramsay était un excellent pisteur, mais j'ai décidé qu'il n'y avait aucune raison de lui faciliter la tâche. »

Tara fixa les morceaux de tissu, son regard de plus en plus menaçant. « Vous vous croyez peut-être très malin, mais vous n'avez que la moitié des morceaux que j'ai laissés. Oncle Logan trouvera le reste. »

Marcas se tourna alors vers Shaw. « Crois-tu que l'un de vous deux pourrait me faire confiance ? À ce stade, nous allons devoir nous unir. Nous avons quitté le clan, et d'autres pourraient tenter de s'emparer du château. Nous ignorons combien de nos gardes ont survécu à la malédiction. Si nous travaillons ensemble, nous aurons plus de chances de retrouver nos forces. »

« Peut-être, si seulement tu nous consultais avant de prendre tes décisions. Tu as décidé de venir à Inverness, et maintenant tu refuses de nous expliquer pourquoi » répondit Ethan. « C'est une décision insensée – elle ne fait que rallonger notre voyage. »

Marcas passa une main sur son visage pour se retenir de maudire ses frères. En tant qu'aîné, il avait l'habitude de prendre les décisions, mais Ethan était particulièrement sensible, et il pouvait toujours compter sur la sagesse de Shaw. Il était temps de leur partager ses pensées.

« J'ai décidé que nous aurions plus de chances de semer les Ramsay si nous traversions Inverness d'un côté pour en sortir par l'autre. Ainsi, ils ne sauront pas par où nous sommes partis. » Il lança alors un regard noir à Tara. « C'est vrai, je ne les ai peut-être pas tous trouvés, mais j'en ai assez. Même si le grand Logan Ramsay parvient à nous suivre jusqu'ici, il ne pourra plus retrouver notre trace à partir de maintenant. Nous allons dormir ici, entrer dans la ville demain, puis acheter quelques provisions avant de repartir. Je ne traînerai pas, mais il me semblait important d'essayer de brouiller les pistes et de semer les Ramsay. »

Shaw pencha la tête d'un côté, puis de l'autre, en grattant sa barbe naissante. « C'est vrai qu'ils pourraient facilement nous suivre jusqu'ici. Je suis d'accord avec ton raisonnement, mais je ne comprends pas pourquoi tu ne consultes pas tes frères avant de prendre une décision. Pourrais-tu revoir ta stratégie la prochaine fois ? »

Marcas ne pouvait qu'acquiescer. En fait, Shaw avait raison – il avait tendance à prendre des décisions hâtives sans réfléchir aux conséquences. D'habitude, il avait de la chance. En aurait-il toujours ? Il n'en était pas certain.

« Je suis d'accord avec toi » dit-il en s'asseyant sur une bûche. « Je vais essayer de m'améliorer. »

« Combien êtes-vous dans votre famille ? » demanda Brigid. « Et à quel clan appartenez-vous ? »

Shaw voulut prendre la parole, mais Marcas l'interrompit. « Tais-toi, Shaw. Elles n'ont pas besoin de le savoir. »

« Peut-être que si elles le savaient, elles comprendraient la gravité de notre situation et seraient plus enclines à nous aider » rétorqua Shaw.

« Il a peut-être raison » dit Ethan en regardant

Marcas, dans l'attente de sa réponse. Son frère aîné se leva et fit le tour du groupe, cueillant de jeunes feuilles avant de les jeter en l'air.

Jennet pinça les lèvres et croisa les bras. « Pourquoi faut-il que vous abîmiez les jeunes pousses de l'arbre ? »

« Quoi ? » Marcas s'arrêta net et la fixa. « Vous êtes folle ? »

« Non, je suis loin d'être folle. Je suis plus intelligente que vous, j'en suis sûre. » Jennet redressa son menton d'un cran, son regard semblant le défier. « C'est le printemps, la saison où les arbres sont prêts à éclore. Leur teinte d'un vert clair éclatant contraste avec la jeunesse et la fragilité du feuillage que vous arrachez et jetez si cruellement au sol. »

« Ce sont des *feuilles* ! » s'exclama Marcas en montrant la branche d'arbre qu'il avait malmenée.

« Revenons à nos moutons. Je pense que si vous nous disiez en quoi consiste cette malédiction, nous serions peut-être mieux préparées à vous aider à notre arrivée. » Jennet croisa un instant le regard de Marcas, visiblement peu intimidée.

« Je ne vois pas l'intérêt de vous en parler à l'avance. » Les mains posées sur ses hanches étroites, Marcas continua de faire les cent pas.

Shaw reprit la parole : « Je ne vois pas où est le problème, mon frère. Nous avons besoin d'aide. Tu les as amenés jusqu'ici, et nous ne sommes plus très loin. Je doute qu'elles s'enfuient de sitôt, puisqu'elles n'ont pas de chevaux pour rentrer chez elles. »

« Marcas… » intervint Brigid. « Si vous connaissiez un tant soit peu les guérisseuses, vous sauriez que nous dire ce que nous allons combattre a plus de chances de susciter notre intérêt. Nous sommes naturellement enclines à aider les autres, surtout quand il s'agit de soigner les malades et d'élaborer des remèdes. La mère de Tara possède un magnifique ouvrage qui montre la circulation sanguine dans le corps, une image quasi parfaite de nos organes internes. Nous l'avons toutes étudié. »

« Ce qu'elle essaie de gentiment vous faire comprendre, c'est que si vous nous révélez ce que vous savez, nous aurons plus d'intérêt à rester avec vous de notre plein gré » expliqua Tara. « Voyez ça comme une énigme pour nous. Et pouvoir en discuter avec mes deux cousines, c'est toujours un vrai bonheur. »

« Je suis d'accord avec elle » dit Shaw, Ethan acquiesçant à ses côtés. « Explique-leur. Je ne veux pas mourir. »

Marcas leva les bras au ciel. Ses frères étaient désormais du côté des guérisseuses, mais comme elles étaient toutes d'une grande beauté et d'un courage à faire pâlir bien des hommes, il comprenait pourquoi ses frères se sentaient attirés par elles.

Lui-même ne pouvait nier l'attirance qu'il éprouvait pour Brigid. Il la regarda et, après mûre réflexion, acquiesça. Shaw avait raison. Quel mal y avait-il à leur raconter les souffrances endurées par son clan ?

Brigid ajouta : « Si nous avons besoin d'herbes

spéciales, nous ne pourrons peut-être les trouver que dans la forêt ou à Inverness. »

« Vous n'avez donc pas toujours des herbes spéciales sur vous ? Je croyais que c'était ce que faisaient tous les guérisseurs. » Il n'avouerait jamais à quel point il avait été proche de leur dire la vérité avant que la femme du clan Cameron ne prenne la parole.

« Nous en avons toujours en petite quantité, mais il est fort probable que nous en ayons besoin de plus, puisque tout votre clan semble affecté. La récolte de grandes quantités prendra plus de temps. Et certaines herbes sont difficiles à trouver au printemps. »

Elle venait de lui donner l'argument le plus convaincant. Il s'affaissa sur la première bûche venue et croisa les mains devant lui, les yeux fixés sur les flammes mourantes du feu, pesant soigneusement ses mots. « Ils n'arrêtent pas de vomir. Tous. Ils vomissent et vomissent encore jusqu'à ce qu'ils n'aient plus rien à l'intérieur. Puis ils crachent du sang et des liquides par tous les orifices. C'est très difficile de s'occuper d'eux. »

« Ah » dit Jennet. « Personne n'aime se faire vomir dessus, n'est-ce pas ? »

« C'est exactement le problème. Qu'est-ce qui provoque ces vomissements ? Et pourquoi tout le monde en souffre-t-il ? »

« Ont-ils tous commencé à vomir en même temps ? » demanda Jennet.

Les trois hommes échangèrent un regard en réfléchissant à sa question avant de répondre.

« Et encore quelques questions, pendant que

vous y réfléchissez » poursuivit Jennet. « Y a-t-il eu des vagues de contamination ? Cinq personnes, puis huit le lendemain, puis dix le jour suivant ? Le nombre de cas a-t-il augmenté de cette façon ? Ce mal a-t-il touché tout le monde ? Les guerriers ? Les enfants ? Les aînés de votre clan ? Hommes et femmes confondus ? »

Ethan bondit de sa bûche et fit un pas en arrière. « Trop de questions. Je ne peux pas répondre aussi vite. Une à la fois. »

Marcas se leva et se plaça près de son frère. « Ne t'inquiète pas, Ethan. Shaw et moi pouvons répondre à la plupart des questions. »

« Je veux bien répondre, mais pas à toutes d'un coup. C'est trop. » Il se tordit les mains devant lui, les yeux rivés sur son frère aîné.

Marcas lui tapota l'épaule, ce qui l'apaisait souvent. Ethan se laissait facilement submerger par ses émotions. Il était sans doute le plus vif de tous, mais il peinait à garder son sang-froid lorsqu'il se sentait menacé. Il préférait que tout soit bien organisé. Non pas que trop de questions constituent toujours une menace pour lui, mais à cet instant précis, c'était son impression. Marcas le comprenait parfaitement. « Réfléchis à une question, et Shaw et moi répondrons aux autres. »

« Merci » dit Ethan en soupirant. « Laquelle dois-je répondre ? »

« Réfléchis au nombre de personnes contaminées chaque jour, et si le mal s'est propagé par vagues. Peux-tu faire ça ? »

Les yeux d'Ethan s'illuminèrent et il hocha la tête en se rasseyant. Il aimait beaucoup les chiffres.

Il s'en nourrissait, même. Ethan comptait tout ce qu'il pouvait.

Marcas s'assit à côté de son frère, face à Brigid. « Voici la situation. Nous avons d'abord perdu nos deux parents, puis ma femme est tombée malade, ainsi que notre fils. Mes parents et ma femme sont morts en l'espace d'une semaine, mais mon fils, âgé de moins d'un an, a survécu. Ma fille de trois étés n'est tombée malade que peu avant notre départ. Elle est la principale raison pour laquelle nous sommes venus vous chercher. Je ne pouvais pas rester les bras croisés et la regarder mourir. Je devais lui trouver un guérisseur. Et je ne veux perdre personne d'autre. Voici la réponse à votre question : cette malédiction ne fait aucune distinction d'âge ni de sexe. Elle a touché presque tout le monde. »

« Les enfants aussi ? Ceux qui tétaient encore leur mère ? » demanda Brigid.

Marcas soupira et répondit : « Oui, notre fils n'avait que dix lunes et il ne buvait que le lait de sa mère. Mais il a guéri, contrairement à elle. »

« Et vous trois ? » demanda Jennet.

« J'ai survécu, et Shaw aussi. Ethan ne l'a pas encore attrapé. »

« Vraiment ? C'est très étrange » dit Brigid. « Il faut y réfléchir. »

« Alors, nous devrions tous nous reposer. Réfléchissez-y bien. » Marcas attisa le feu pour entretenir les flammes, en y ajoutant deux grosses bûches.

« Et ma réponse, alors ? » demanda Ethan. « Ça ne vous intéresse plus ? »

« Si, bien sûr » répondit Tara. « Dites-nous ce que vous savez. »

« Cinq personnes le premier jour après nos parents, trois hommes et deux femmes. Le deuxième jour, dix autres étaient malades, quatre hommes, quatre femmes, une fille et un garçon. Le troisième jour, dix autres. Trois hommes, deux femmes, trois filles et deux garçons. Les quatrième et cinquième jours, personne. Puis ça a recommencé le sixième jour. Sept hommes, quatre garçons… »

« Bravo, Ethan » l'interrompit Jennet. « Vous nous avez donné de précieuses informations, mais vous nous en avez assez dit pour l'instant. Nous vous poserons peut-être d'autres questions demain. C'était très utile. »

Ethan sourit, puis s'installa dans l'herbe et s'endormit profondément.

Marcas dit aux femmes : « Il est épuisé. Vous pouvez dormir ici. Shaw se mettra d'un côté, moi de l'autre. »

Qu'allaient-ils découvrir à leur retour ? Sa fille serait-elle encore en vie ? Et sa sœur ? Et les gardes qui avaient survécu ?

Ou bien étaient-ils tous déjà morts ?

CHAPITRE 4

BRIGID S'ENDORMIT PROFONDÉMENT, mais se réveilla quelques heures plus tard. Elle jeta un coup d'œil à ses cousines, peu surprise de voir Jennet éveillée, les yeux rivés sur les étoiles.

« Qu'en penses-tu, Jennet ? » demanda-t-elle aussi bas que possible pour ne pas réveiller les autres.

« Ce n'est pas à cause du beurre. » Jennet mâchouillait un brin d'herbe. « Ni d'une bouteille de vin. »

« Ça pourrait être une de ces maladies contagieuses. Si c'est le cas, on ne peut pas y faire grand-chose, et il faut se protéger. »

Jennet se tourna sur le côté et s'appuya sur son coude. « Il va falloir faire bouillir toute leur eau. Vérifier leur puits. »

« Et parler à leur cuisinière. Elle est peut-être nouvelle, et a laissé traîner le lait de chèvre trop longtemps » dit Tara en se frottant les yeux. « Mère insiste toujours pour jeter rapidement le lait de chèvre. »

« Il y a autre chose qui me tracasse. Pourquoi

Ethan n'est-il pas tombé malade ? » demanda Brigid.

« C'est une bonne question. Il faudra l'observer attentivement. Il a une façon bien à lui de voir les choses » dit Jennet à voix basse. « D'ailleurs, je le trouve assez séduisant. Il est à la fois intelligent et perspicace, des qualités que j'admire. Il a des cheveux sombres, et ses yeux gris semblent capables de lire en moi. »

« Moi, je trouve Shaw charmant et amusant » dit Tara. « Ses cheveux sont de ce roux foncé que j'aime tant, et sa simple présence me fait sourire. » Elle gloussa. Tara avait de doux yeux marron qui s'harmonisaient parfaitement avec la couleur de ses cheveux, mais elle était un peu plus ronde que ses deux cousines, plus minces. « Comment va ta cheville, Brigid ? Elle a l'air beaucoup moins enflée. On ne dirait même pas que tu t'es blessée. »

« Elle va beaucoup mieux. L'eau froide a rapidement fait dégonfler la cheville. Monter à cheval l'a apaisée. Elle me fait encore un tout petit peu mal, et j'ai aussi des contusions au flanc. » Brigid posa les yeux sur chacun des trois hommes, s'assurant qu'ils dormaient tous profondément, de doux ronflements s'échappant encore de leurs lèvres. « Alors, nous sommes d'accord pour rester avec eux et les aider ? »

« Bien sûr » répondit Jennet. « C'est notre devoir. Et puis, c'est un plaisir pour moi de me pencher sur une énigme aussi fascinante. »

Tara soupira. « Je ne saurais pas rentrer à la maison d'ici, de toute façon. Je ne suis jamais venue aussi loin au nord. Rien ne m'est familier. Il faudrait leur voler leurs chevaux pour partir, mais je doute qu'on aille bien loin. »

Brigid se recoucha et contempla les étoiles. « Ils iraient prendre des chevaux à Inverness et nous rattraperaient. Ont-ils déjà mentionné le nom de leur clan ? Ai-je raté quelque chose ? »

« Non, je ne l'ai pas encore entendu » dit Tara en jetant un coup d'œil à Jennet. « Et toi ? »

« Non. »

« Alors nous sommes d'accord pour y aller de notre plein gré, faire de notre mieux et voir si nous pouvons arrêter cette malédiction ? »

« Oui » dit Jennet. « Mais il faut faire très attention, sinon nous risquons de l'attraper. Je ne veux pas vous perdre, toutes les deux. On appliquera les règles de nos mères. Faire bouillir tous les liquides que nous buvons, ne rien se partager. Se laver les mains. Faire bien boire les malades. Prendre la tisane quotidienne que tante Jennie utilise pour nous protéger. Tu en as, Tara ? Tu connais bien la recette ? »

« Oui » dit Tara en se recouchant. « On s'en sortira. »

« Et nous ferons la fierté de nos mères lorsqu'elles nous rejoindront » dit Brigid. « Parce que vous savez que ma mère sera bientôt là. Peu importe d'où l'on part à Inverness. Mes parents nous retrouveront, même s'il leur faut raser la ville de fond en comble. »

« J'ai hâte de voir l'effet que ta mère aura sur ces trois-là » dit Jennet. « L'attente en vaudra la peine. Ils n'imaginent pas de quoi tante Gwyneth est capable pour protéger ses enfants. »

Brigid rit. Sa cousine avait tout à fait raison.

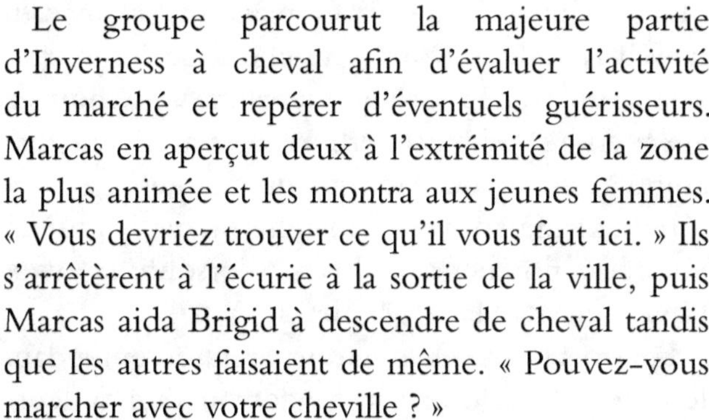

Le groupe parcourut la majeure partie d'Inverness à cheval afin d'évaluer l'activité du marché et repérer d'éventuels guérisseurs. Marcas en aperçut deux à l'extrémité de la zone la plus animée et les montra aux jeunes femmes. « Vous devriez trouver ce qu'il vous faut ici. » Ils s'arrêtèrent à l'écurie à la sortie de la ville, puis Marcas aida Brigid à descendre de cheval tandis que les autres faisaient de même. « Pouvez-vous marcher avec votre cheville ? »

« Oui, ça ira. »

Il les conduisit à travers la ville jusqu'à l'auberge la plus proche, puis se tourna vers le groupe. « Nous dormirons ici ce soir. Je prendrai une grande chambre. »

Marcas savait que c'était probablement une erreur, mais il ne voyait pas d'autre solution. Il ne pouvait pas risquer que les trois femmes s'allient pour s'enfuir. Ils entrèrent donc dans l'auberge, surpris de voir la salle à manger bondée pour le déjeuner.

« Je vais prendre votre plus grande chambre, avec six paillasses. »

L'aubergiste les observa et demanda : « Vous ne voulez pas trois grandes paillasses ? »

« Non, ma femme préfère dormir seule, et les autres aussi. »

L'aubergiste acquiesça et dit : « Ce sera prêt dans

une heure. En attendant, vous pouvez manger ou revenir plus tard. »

« Nous irons faire un tour au marché. »

Ils partirent en silence. Que pouvaient-ils bien dire ? Marcas savait que l'homme avait deviné qu'ils n'étaient pas mariés mais, par chance, il n'avait rien dit. « Nous irons chercher des tourtes à la viande chez les commerçants. Vous pouvez aller rendre visite à l'herboriste et aux vendeurs ambulants, s'il vous faut quelque chose. »

Ils se dirigèrent vers le marché, où des bannières colorées flottaient au vent, lorsqu'une voix l'interpella : « Halte, Matheson ! »

Les trois hommes se retournèrent en entendant le nom de leur clan, surpris de voir l'un de leurs gardes courir vers eux. Le garde leur indiqua un endroit à l'écart pour discuter, et les jeunes femmes les suivirent. Marcas savait qu'elles avaient probablement déjà entendu leur nom, mais après tout, elles l'apprendraient bien assez tôt.

« Torcall » appela Marcas. « Comment vas-tu ? Que fais-tu à Inverness ? » Torcall était l'un de leurs meilleurs gardes, toujours loyal et fidèle à son père. Le serait-il toujours si Marcas conservait le titre de laird ? Lorsqu'ils étaient partis, rien n'avait encore été décidé ; il y avait eu trop de travail et d'inquiétudes pour en discuter. Il n'en savait toujours rien, et n'était même pas certain d'accepter, bien que son père lui ait dit qu'il s'agissait de sa responsabilité. La difficulté de satisfaire aux attentes de tous lui pesait lourdement.

En réalité, l'idée de succéder à son père comme chef du clan était plus douloureuse qu'il ne l'avait imaginé. Il savait que cette position était son héritage légitime et son devoir. Serait-il à la hauteur ? Il n'en savait rien et n'avait pas le temps d'y réfléchir pour le moment. Il continuerait donc sur cette lancée, l'esprit préoccupé par sa fille, se demandant s'il la retrouverait en vie.

« Laird » dit Torcall en s'arrêtant brusquement devant le groupe. « Où étiez-vous passé ? Tout le monde pense que vous avez déserté votre donjon. Les clans voisins attendent la fin de la malédiction pour s'emparer de notre château. »

Marcas jeta un coup d'œil à ses frères, puis à Torcall. « Nous avions des affaires importantes à régler, mais que fais-tu ici ? Tu es garde, et tu devais protéger le château. N'avons-nous pas laissé plusieurs d'entre vous sur place avec des ordres ? Nos effectifs sont de plus en plus faibles. J'attendais de tous les gardes restants qu'ils assurent la protection du château jusqu'à notre retour. »

« Oui, il en reste une dizaine, mais beaucoup sont morts. Nous ignorions ce qui vous était arrivé à tous les trois, et si vous alliez revenir. Même Gisela ne sait pas où vous étiez. Elle était malade quand vous êtes partis et ne s'en souvenait plus. Mais vous, vous allez bien ? » L'homme observa les trois jeunes femmes avec méfiance, sans toutefois faire mention de leur présence. Il était l'un de leurs gardes les plus robustes, encore jeune et célibataire, et consacrait tout son temps à protéger les terres des Matheson.

« Nous avons trouvé trois guérisseuses afin de lever la malédiction, ainsi personne n'aura besoin de prendre le contrôle de notre donjon. Nous allons chercher des provisions et nous reprendrons la route demain. Comptes-tu rentrer avec nous ou rejoindre un autre clan ? »

« Non, non. Je dois aller chercher des provisions pour Nonie. Lequel d'entre vous va prendre la fonction de laird ? Gisela a dit que vous n'aviez pas encore pris de décision. » Le regard de Torcall alterna entre Marcas, Ethan et Shaw, puis se tourna de nouveau vers Marcas. « C'est censé être vous, Marcas. »

« Oui, ce sera moi » répondit le jeune homme sans consulter ses frères. Ethan n'en serait pas capable et Shaw, à peine la vingtaine passée, n'y portait probablement aucun intérêt ; c'était donc à lui d'assumer cette responsabilité. Après tout, il était l'aîné. Il n'y avait aucune raison d'en discuter. Voilà bien longtemps qu'il avait promis à son père qu'il prendrait la tête du clan le moment venu. Il n'avait simplement jamais imaginé que ce serait si tôt. Il n'avait que vingt-cinq ans, et quatre ans séparaient les trois frères. Ethan avait vingt-trois ans et Shaw, vingt-et-un. Gisela, quant à elle, avait un an de moins que Shaw.

Aucun d'eux ne s'était attendu à ce que leur puissant père succombe à la maladie. Il était si imposant, si fort, si exubérant. Le voir dépérir avait été une épreuve terrible. Ce n'était que deux jours plus tard qu'Alvery, son fidèle garde et second, avait enfin confronté les trois frères au sujet de la succession.

Tous trois s'étaient dévisagés, puis ses deux

frères s'étaient tournés vers lui, Shaw haussant les sourcils d'un air interrogateur. Il avait accepté, et la discussion s'était arrêtée là. Bien qu'il ait souhaité plus que tout expliquer à Alvery qu'ils avaient tous besoin de faire leur deuil avant que quelqu'un ne prenne la place de leur père à la tête du clan, il comprenait ce que son peuple attendait de lui. Marcas savait désormais qu'il devait assumer ses responsabilités et revendiquer son héritage légitime, mais s'il échouait, il ne manquerait pas de céder la place à Shaw.

« Comment vont les autres ? Gisela ? Kara ? Mon garçon ? » À l'expression de Torcall, il comprit immédiatement que la réponse ne serait pas celle qu'il espérait entendre. Mais il avait besoin de savoir.

Torcall balbutia d'une voix qui lui transperça le cœur : « Gisela va se remettre. Elle a souffert pendant des jours, et nous avons bien cru qu'elle allait mourir, mais elle a survécu. Sa fièvre est tombée, mais elle est très faible. Elle peut à peine marcher dans la journée, juste pour aller aux toilettes. Nonie va beaucoup mieux, et elle s'occupe de votre fils. Il s'en sortira. »

Bon sang. Il n'avait pas envie de poser la question, mais il n'avait pas le choix. « Et Kara ? »

Torcall fixa le sol à ses pieds. « Elle a disparu. »

« Qu'est-ce que c'est censé vouloir dire ? » aboya Ethan. « Comment une petite fille a-t-elle pu disparaître ? »

« Nous étions tous très malades, occupés à aider les autres, à les faire survivre, et quand nous nous sommes réveillés un matin, Kara avait disparu. Elle s'est volatilisée en pleine nuit. Nous avons cherché partout. »

« Personne n'a retrouvé son corps ? » demanda Marcas, une lueur d'espoir naissant dans son cœur.

« Non, et nous avons cherché partout. » Torcall marqua une pause, puis reprit : « Nous avons besoin de vous, mon laird. Je suis heureux de vous revoir, et avec votre aide, je suis sûr que nous retrouverons la petite. Peut-être que les guérisseuses pourront aider tout le monde à se rétablir. Tout le monde a attrapé la maladie, dans le clan. Sauf vous, Ethan. »

« Merci pour ces informations, Torcall. Va trouver ce que tu es venu chercher et rentre avec nous demain. Nous partirons à l'aube. Nous sommes à l'auberge au bout de cette route. Rejoins-nous ou retrouve-nous demain matin. » Marcas ne parvenait pas à se défaire de l'angoisse qui lui étreignait l'estomac, de cette horrible sensation qui l'envahissait à l'idée de tout ce qui aurait pu arriver à sa chère fille, celle dont le sourire illuminait tout le donjon.

Torcall hocha la tête et lui adressa une légère révérence avant de s'éloigner, puis il se retourna brusquement et dit aux jeunes femmes : « Bienvenue à toutes. » Ensuite, il tourna les talons et disparut.

Shaw posa la main sur l'épaule de son frère. « Ils ne l'ont pas encore retrouvée, mais peut-être que quelqu'un d'un autre clan l'a récupérée pour essayer de la sauver. Tu ne peux être sûr de rien pour l'instant, Marcas. Et ton fils a besoin de toi, alors nous devons rentrer au plus vite. »

Il se frotta les yeux et répondit : « C'est vrai. Je resterai inquiet tant que je ne l'aurai pas cherché par moi-même. Je vais vérifier tous les chemins d'Inverness pendant que nous sommes là. »

« Bonne idée » dit Brigid. « J'imagine bien quelqu'un l'emmener pour la soustraire à une malédiction, dans l'espoir de sauver une enfant innocente. Il est tout à fait possible que vous la retrouviez. En attendant, nous aimerions aller aux échoppes des herboristes. J'espère qu'il y en a plusieurs qui vendent les ingrédients voulus. »

Elle désigna le chemin du doigt, et Marcas ne put que hocher la tête. « Faites comme vous voulez. Tenez, voilà de quoi acheter ce dont vous avez besoin. Prenez ce qu'il vous faut, et ne vous inquiétez pas pour le prix. Nous avons besoin de tout le nécessaire pour soigner les autres. »

Marcas se détourna alors, le cœur lourd. Il ne savait plus quoi penser, si ce n'est qu'il parcourrait Inverness de long en large à la recherche de sa chère Kara. Elle n'avait que trois hivers. Elle était trop faible pour se débrouiller seule. Il lui fallait quelqu'un pour prendre soin d'elle.

« Attendez, je vous prie » lança-t-il, soudain pris d'un besoin impérieux de recueillir l'avis de tout le monde.

Les trois jeunes femmes revinrent tandis qu'Ethan et Shaw attendaient de voir ce que voulait Marcas. « J'aurais besoin de votre opinion. Je ne sais pas si je peux envisager toutes les possibilités, alors aidez-moi à les explorer. Quelles sont les différentes raisons qui pourraient expliquer la disparition de Kara ? À supposer qu'elle ne se soit pas égarée seule au milieu de la nuit, ce qui me paraît peu probable, elle a forcément été enlevée. Des idées ? »

Ethan, le plus analytique, répondit : « On pourrait l'avoir enlevée pour une rançon. »

« Dis-m'en plus, Ethan, s'il te plaît. Pourquoi une rançon ? »

« Pour te forcer à céder le château en échange de sa libération. »

« Bonne idée. Quoi d'autre ? »

« La mère de Freda pourrait l'avoir emmenée parce que sa fille lui manquait » dit Shaw.

Il y réfléchit un instant. « Possible, mais peu probable. Je ne la vois pas faire ça discrètement, sans en informer Nonie ou Gisela. D'autres idées ? »

« Quelqu'un pourrait l'avoir enlevée pour adopter la petite, et comme Freda n'est plus là, elle était moins protégée » suggéra Tara.

Brigid baissa les yeux, puis les releva. « Ou peut-être parce que quelqu'un a perdu sa propre fille à cause de la malédiction et qu'il n'arrive pas à s'en remettre. »

« Excellent, cousine » dit Jennet. « Quelqu'un a peut-être quitté le clan pour échapper aux vomissements, et comme Kara a perdu sa mère, elle était une proie facile pour une mère dévastée par le chagrin. On aurait très bien pu l'enlever et l'adopter de force, puis retourner à Inverness pour se fondre dans la masse. Personne ne s'en serait aperçu. »

Marcas n'y avait pas pensé, et il n'était pas sûr de comprendre. « Mais elle ne ressemblerait en rien à l'enfant de cette personne. »

« Lorsqu'une femme perd un enfant, quel que soit son âge, elle perd une partie d'elle-même » répondit Brigid. « Certaines sont prêtes à tout pour apaiser leur douleur, même à commettre un acte aussi odieux que d'enlever un enfant qui n'est pas le leur. Et au fond d'elles, elles pourraient même croire que cet enfant est le leur, voire lui donner le nom de leur enfant disparu. »

Peut-être lui faudrait-il réaliser une recherche plus approfondie des environs, réalisa Marcas, bien plus approfondie qu'il ne l'avait imaginé.

« C'est possible, Marcas » intervint Ethan. « Mais je suis sûr qu'ils ont dû rester à Black Isle pour passer inaperçus. Le clan Matheson est trop connu à Inverness. »

Il ne pouvait contester le raisonnement d'Ethan. « Merci pour vos suggestions. Faites ce que vous avez à faire et revenez dans une heure. »

Sa chère Kara était malade lorsqu'il était parti, mais pas aussi mal en point que les autres. Sa douce petite aux longues boucles noires l'avait fixé, le teint cireux, les yeux rougis, incapable de dire autre chose que : « Maman. Où est maman ? Papa, je veux ma maman. »

Il l'avait serrée fort dans ses bras et lui avait dit qu'il devait s'absenter, mais qu'il reviendrait. Il avait cru que ce voyage durerait quatre jours, et pourtant, ils en étaient déjà au cinquième. Mais ils avaient trouvé les guérisseuses. Y aurait-il quelqu'un à soigner à leur retour ? Ou était-il trop tard ?

C'était une bonne nouvelle que Tiernay, qu'il avait nommé en l'honneur de son père, soit toujours en vie. Son fils avait été nourri au lait de chèvre après la mort de sa femme, car aucune autre femme n'était en mesure de prendre la relève. Des deux autres femmes du clan qui avaient eu des enfants, l'une était décédée et l'autre était retournée dans son clan à Cromarty.

Mais après la mort de Freda, Nonie s'était donnée pour mission de veiller à la survie du petit garçon, héritier du titre de laird. Leur servante avait tellement bien pris soin de Tiernay, et Marcas avait prié pour qu'il vive. Une de ses prières avait été exaucée. Deux, en fait. Gisela était toujours en vie, ainsi que Nonie et Tiernay.

Mais qu'en était-il de la douce Kara ?

CHAPITRE 5

« JE N'AI PAS pu rester » dit Brigid à ses cousines. « Je ne pouvais pas le voir pleurer sa fille. C'est horrible. »

« Quoi qu'il en soit, nous devons faire bien attention » dit Tara. « Nous ne pouvons pas l'attraper. Je ne supporterais pas de vous perdre. Réfléchissez bien à tous les ingrédients dont nous aurons besoin. »

Jennet énuméra sur ses doigts : « De la menthe, de la sauge, du thym… »

« Du thym ? Pourquoi ? Je suis d'accord avec les deux autres, car ma mère les utilise pour les maux d'estomac, mais pas le thym. »

« Le thym permet de masquer l'odeur de la maladie, et vu le nombre de personnes contaminées, l'odeur dans le donjon doit être épouvantable. Je pense que nous aurons beaucoup de ménage à faire, alors il nous faudra aussi de la lavande. De la coriandre pour la fièvre, de la camomille pour les maux de tête. On dirait bien qu'elles iront toutes ensemble. Nous en avons un peu de chaque dans notre sac de guérisseuse, mais pas beaucoup. » Jennet réfléchit encore. « Quoi d'autre, Brigid ? »

« Peut-être de la bourrache et de la dictame. »

« Bonne idée. Mère utilise les deux » ajouta Tara. Elles trouvèrent deux vendeurs d'herbes aromatiques et furent surprises de voir leurs étals regorgeant de presque tout ce qu'elles désiraient.

« Tu n'as pas changé d'avis ? » demanda Tara, jetant prudemment un coup d'œil par-dessus son épaule pour éviter qu'on les entende. « Ce serait le moment idéal pour nous évader. Tu as l'argent pour payer des chevaux, même si je n'ai aucune idée du nombre que nous pourrions acheter. »

Jennet regarda Brigid, qui secoua la tête d'un air sévère. « Je ne peux pas le laisser. »

« Le laisser ? » demanda Tara. « Tu veux dire *les* laisser ? »

« Oui, c'est ça, mais surtout, je pense que nous devons nous occuper de la fille de Marcas, de leur sœur. En plus, ils ont besoin d'aide pour retrouver sa fille. Je m'inquiéterais de ce qui lui est arrivé si je ne restais pas ici pour les aider. » Brigid rangea les herbes dans son sac. « Au moins, nous connaissons le nom de leur clan. Père sera bientôt là. En attendant, je propose que nous restions pour leur prêter main-forte. »

Tara se mordit la lèvre. « Le clan Matheson. En avez-vous déjà entendu parler ? »

Jennet secoua la tête, bientôt imitée par Brigid.

Un des marchands leur dit : « Vous devez être guérisseuses. Tenez-vous à l'écart du clan Matheson de Black Isle. On dit qu'ils sont maudits. Il y a eu tant de morts. On craint que la malédiction ne s'étende à toute l'île. »

Brigid faillit laisser tomber le paquet de menthe qu'elle tenait. « C'est si grave ? Nous n'en avions pas entendu parler. » Elle se dit qu'il valait mieux se renseigner. « Qu'est-ce qui provoque cette malédiction ? De la sorcellerie ? »

« Personne ne le sait, mais plus de la moitié des membres de leur clan sont morts. C'est une situation vraiment terrible. Personne n'ose les approcher. J'ai entendu dire que le laird et sa femme sont morts, et que tous les fils sont partis. » Le vendeur secoua la tête. « On dit que l'aîné ne voulait pas prendre le titre de chef, que le clan Matheson n'existerait plus. Ces trois garçons sont probablement maudits. »

« Merci beaucoup pour votre aide. » Brigid prit les paquets ficelés sans réfléchir et en donna quelques-uns à Jennet en se retournant vers l'auberge. Elle ne voulait rien entendre de plus. Ils étaient dans une situation désespérée, et pourtant, tout Inverness ne parlait que des malheurs de leur clan. « Est-ce que vous croyez à cette histoire ? »

« Que les fils sont maudits ? » demanda Jennet en s'esclaffant doucement. « Non. Les malédictions, ça n'existe pas. »

« Ma sœur vous dirait le contraire. Elle a des dons particuliers, comme vous le savez. Riley est voyante, et croit qu'il faut aider les morts à passer dans l'autre monde. Je suis contente qu'elle ne soit pas là. Ce serait trop dur pour sa nature délicate de se retrouver entourée de tant d'âmes récemment disparues. »

« Riley pourrait les aider. »

« Peut-être plus tard » dit Tara en secouant la tête comme pour convaincre les autres. « Mais croyez-vous que Marcas ne deviendra pas laird ? Qu'ils souhaitent peut-être dissoudre le clan ? Il a dit qu'il était le laird quand nous avons rencontré ce garde, n'est-ce pas ? Ou ai-je mal entendu ? »

Brigid marqua une pause pour réfléchir. « Marcas a dit quelque chose comme ça quand le garde les a interrogés, tous les trois. Il a dit qu'il serait le laird. » Elle s'éloigna sur le chemin, en s'efforçant de ne gêner personne. La plupart des gens les ignoraient complètement, tellement absorbés par leurs pensées qu'on aurait dit que les trois jeunes femmes n'existaient pas. « Mais ne remarquez-vous rien d'étrange à Inverness ? Avez-vous déjà vu un groupe de personnes aussi triste, silencieux et pensif ? »

« Il y a une explication très simple » murmura Tara. « Ils ont tous peur que la malédiction ne se propage hors du clan Matheson. » Elle jeta un coup d'œil par-dessus son épaule pour voir si quelqu'un l'avait entendue. « Les Écossais croient aux malédictions. »

« Je crois que tu as raison » dit Jennet. « Ethan est parti devant, et personne ne semble vouloir s'approcher de lui. »

« Je l'ai remarqué quand Torcall est parti. Tout le monde s'éloignait de lui aussi. La situation doit être effrayante. » Les femmes quittèrent le quartier des étals et se dirigèrent vers le bout du chemin où se trouvait l'auberge, dans un quartier moins peuplé du bourg. Bordée d'auberges et de demeures privées, la rue où elles arrivèrent était paisible, ce qui apporta un peu de réconfort à Brigid.

Les femmes rejoignirent leurs trois compagnons, occupés à manger des tourtes à la viande sur une bûche dans une petite cour inoccupée, à côté de l'auberge. Lorsqu'elles s'approchèrent, Marcas conduisit le groupe dans un endroit tranquille, non loin de l'estuaire, où ils pourraient s'asseoir dans l'herbe. Il leur tendit alors deux tourtes à la viande. « Bœuf ou mouton ? »

Brigid prit une tourte au mouton et la mâcha lentement. « C'est un grand port. Il y a beaucoup de bateaux sur la rivière. C'est ici que mon cousin a rencontré sa femme, et il m'a dit que c'était l'un des ports les plus actifs des environs. Qu'est-ce qu'ils transportent dans ces grands navires ? »

« Principalement de la laine et des fourrures. C'est une excellente région pour la pêche, et il y a beaucoup de bois pour la construction navale. C'est un secteur florissant ici. Quand les bateaux arrivent, on peut trouver presque tout ce qu'on veut. Ce que nous préférons, ce sont les épices. Comme la ville est située sur la rivière Ness, les navires peuvent aussi transporter des marchandises jusqu'en Écosse. »

Les autres se mirent aussi à manger une part de tourte à la viande. Brigid savoura la sienne. Elle était délicieuse, bien meilleure que ce qu'ils avaient mangé jusque-là, et elle se demandait s'il y aurait de quoi se nourrir au donjon. « Avez-vous acheté des provisions ? Aviez-vous des réserves suffisantes avant de prendre la route ? Peut-être devriez-vous prévoir d'apporter des légumes frais. Ainsi, nous pourrions au moins préparer un bon bouillon fumant pour les malades. C'est ce qu'il y a de mieux et de plus sûr pour eux. Il faudra éviter de leur donner de la viande au début. »

« Nous avons l'habitude de chasser pour nous nourrir. J'ai trouvé de l'avoine et de l'orge, ainsi que des légumes racines et des oignons. Ça suffira pour ceux qui restent. Je ne sais pas si je resterai longtemps là-bas, ni combien de temps il faudra pour retrouver ma fille » dit Marcas. « D'autres se joindront à moi pour les recherches, et nous pourrons chasser en chemin. »

Brigid regarda au loin, le reflet de l'eau brillant à travers les arbres. « Qu'est-ce que c'est ? Un estuaire ou un loch ? »

« Venez. Je vais vous montrer » dit Marcas. Nous pourrons manger sur la rive, si vous voulez. »

« Nous, on reste ici » dit Ethan. « Tu sais que je n'aime pas l'estuaire. Mais toi non plus, Marcas. »

« Je ne vais pas me baigner, Ethan. Ne t'inquiète pas pour moi. Ça ira. »

Les inquiétudes d'Ethan semblèrent s'apaiser, et Brigid décida qu'elle avait bien envie d'admirer le paysage.

Elle jeta un coup d'œil à Tara et Jennet qui lui firent de petits signes de tête, l'encourageant à suivre Marcas. Son père lui avait appris à toujours s'informer autant que possible sur son environnement, et cela lui paraissait l'occasion idéale. « J'ai entendu parler de Black Isle. Est-ce là que nous allons ? »

« Venez, je vais vous montrer. » Il la conduisit sur le sentier pendant un bon moment, avant de trouver un endroit sous un arbre, au-dessus de l'eau. « Asseyez-vous ici et regardez droit devant vous. »

Il désigna un coin de terre meuble. Elle ajusta sa robe de laine sous elle et s'assit en tailleur, sans se soucier de sa posture, car elle portait un pantalon en dessous. C'était un vêtement magnifique, du même genre que ceux que sa mère avait confectionnés pour toutes les femmes du clan.

Le ciel était nuageux, mais il y avait peu de brume, ce qui lui offrait une vue dégagée sur le bras de mer. Des reflets scintillants dansaient à sa surface dès que le soleil perçait les nuages. De l'autre côté de l'étendue d'eau, elle aperçut une vaste zone, et des collines au loin bordaient un long littoral parsemé de bateaux de pêche et de petites maisons. Ils étaient plus haut qu'elle ne l'avait cru, ce qui lui offrit une vue magnifique lorsqu'elle jeta un coup d'œil en contrebas de la petite falaise de rochers escarpés. Il leur serait difficile de rejoindre l'eau depuis leur position.

« D'ici, vous avez une vue imprenable sur Black Isle. Mais ce n'est pas vraiment une île, car la région est entourée de trois estuaires : Cromarty, Moray, et celui-ci, Beauly Firth. C'est plutôt une péninsule, d'après ce que j'ai pu constater en parcourant les environs. Nous sommes dans les Highlands, mais ce n'est pas tout à fait la même région. »

« En quoi Black Isle est-elle différente ? »

« Sa terre est très fertile. Le clan Matheson possède les meilleurs champs pour l'agriculture. On m'a dit qu'une grande partie des Highlands était infertile, mais nous n'avons aucun problème pour cultiver notre nourriture. Et comme je le disais, nous sommes tout près de la mer et des bateaux marchands d'Inverness. Ainsi, nous pouvons aller chercher tout ce dont nous avons besoin en moins de deux heures de voyage. »

« C'est très beau, vu d'ici. Y a-t-il beaucoup de clans ? Beaucoup de villages ? »

Il s'assit près d'elle et se laissa aller en arrière, les mains à plat sur le sol. « Notre château est bien caché dans les bois de Gallow Hill, tout en restant proche du rivage, ce qui explique pourquoi il est si convoité. Nos champs sont les plus fertiles, nous sommes tout près de l'eau et nous pouvons pêcher dans les vasières à marée basse. Il y a d'autres villages le long de la côte, mais peu à l'intérieur des terres. C'est une belle vie. Enfin, *c'était* une belle vie, jusqu'à l'arrivée de cette malédiction. Nous ignorions si d'autres clans ont été touchés, mais j'ai envoyé Ethan avec des gardes dès le début de l'épidémie pour aller voir, ce qui explique sans doute pourquoi il n'est pas tombé malade. Je l'ai envoyé à North Kessoch, Munlocky et Avoch. Personne d'autre n'a été maudit, seulement nous. Nous nous sommes arrêtés à Beauly en partant à votre recherche, mais personne n'était malade là-bas non plus. »

« C'est vraiment étrange, alors. »

« Pourquoi ? »

« Parce que tante Brenna dit toujours que si une maladie est contagieuse, d'autres personnes l'attraperont. Les gens voyagent, ils la transmettent. Mais si personne d'autre ne l'a attrapée, alors il est possible que ce soit quelque chose d'avarié chez vous. De la viande, ou une chèvre malade. Un tonneau de bière mal brassée. Il faudra vérifier le beurre, le puits, même vos animaux. Mais nous découvrirons la vérité, j'en suis sûre. Nous avons déjà vu des cas similaires. »

« Et votre dernier cas ? Qu'est-ce qui l'a provoqué ? » demanda-t-il en fixant étrangement ses lèvres, ce qui lui fit un drôle d'effet.

« Un mauvais tonneau de bière. Il y avait une fissure dans le tonneau que personne n'avait remarquée, et la bière a tourné. Tout le monde est tombé malade, mais je ne pense pas que ce soit ce qui a causé votre malédiction. La bière a fini par devenir aigre, ce qui nous a permis de découvrir qu'elle n'était plus consommable. Quand la première personne est-elle tombée malade ? »

« Il y a deux lunes. »

« Oh, mon Dieu. Il va falloir mener une enquête approfondie, alors. »

« Que voulez-vous dire ? »

« Pourrais-je vous l'expliquer lorsque nous serons arrivés à votre château ? Ce sera plus simple. » Elle fixa l'horizon, en songeant à tout ce qu'il avait enduré. « Je suis désolée que vous ayez perdu votre femme. »

« Ne le soyez pas » dit-il brusquement en se redressant. « Pardonnez-moi. Je n'aurais pas dû le dire ainsi. Je suis navré que mes enfants aient perdu leur mère, et même si nous n'avions pas de sentiments forts l'un pour l'autre, elle ne méritait pas de mourir si jeune. »

Brigid aurait voulu lui poser d'autres questions à ce sujet, mais elle se retint. Elle espérait qu'ainsi, en lui laissant le temps de réfléchir, il lui en dirait davantage. Comment un mari pouvait-il ne pas être bouleversé par la perte de sa femme ?

« Nous avions des problèmes. C'était un mariage arrangé, nous n'étions pas amoureux. Elle était d'Avoch, et notre union visait à maintenir la paix. Il n'y avait pas de sentiments entre nous. Et j'ai découvert il y a environ six lunes qu'après avoir donné naissance à Tiernay, elle avait recommencé à fréquenter un homme à Avoch. Quelqu'un qu'elle avait aimé autrefois. »

« Je suis désolée » dit doucement Brigid. « Cela a dû être difficile à apprendre. Est-il venu à votre donjon ? »

« Il ne l'avait jamais fait auparavant, mais un jour, elle est rentrée chez ses parents avec les enfants, y a passé quinze jours, puis est revenue. Ensuite, il est venu une ou deux fois à mon insu, en apportant des cadeaux de leur clan au nôtre. Apparemment, il ne venait que lorsque j'étais dans les lices, en train d'entraîner nos hommes. J'ai découvert leur liaison d'une autre manière, mais Freda était malheureuse d'avoir été prise en flagrant délit et m'a supplié de ne rien dire à ses parents. »

« L'avez-vous pardonnée ? »

« Non. Nous n'avons jamais été amoureux, mais il y avait du respect entre nous. Je tenais à elle.

Elle était une bonne mère pour nos enfants, mais je ne pouvais plus coucher avec elle après avoir découvert la vérité. Elle m'a supplié de garder le secret. » Il soupira. « J'en ai trop dit. Excusez-moi d'avoir tout déballé ainsi. Je pense que nous devrions rentrer. » Puis il se leva brusquement et tendit la main à Brigid pour l'aider à se relever, ce qu'elle fit. Pourtant, il ne la lâcha pas tout de suite, son regard rivé sur le sien.

Une chaleur intense passa entre eux, brûlant sa peau comme s'ils se touchaient au-delà de leurs mains. C'était l'expérience la plus étrange qu'elle ait jamais vécue avec un homme.

« Brigid, je vous serais reconnaissant de ne pas répéter ce que je viens de vous dire. Je suis allé trop loin… à propos de Freda. Le reste ne me dérange pas – Black Isle et notre château à Gallow Hill – mais je ne devrais pas parler des morts de cette façon. »

Il lâcha sa main et lui fit signe de rebrousser chemin entre les arbres.

Elle se mit en route pour le suivre. Tandis qu'ils avançaient au même pas, elle réfléchit en silence à ses paroles. Son cœur s'emballa lorsqu'elle comprit : il n'avait jamais aimé sa femme. Pourquoi ?

CHAPITRE 6

LES COUSINES ET les frères étaient assis autour d'une table dans leur chambre, savourant un second repas composé de ragoût de mouton et de pain brun croustillant. Marcas leur avait demandé à se réunir ici à cause des regards insistants qu'ils avaient reçus sur la place du marché. Lui et Ethan avaient tous deux remarqué que les gens gardaient leurs distances.

Ils pensaient qu'ils réagissaient ainsi en raison de la malédiction de Black Isle. Et il ne voulait pas que les jeunes femmes en subissent les conséquences.

Mais une autre pensée l'obsédait, au-delà même des réactions des habitants d'Inverness et de la douleur de la disparition de Kara. Marcas n'arrivait pas à se défaire de la culpabilité de s'être ainsi confessé auprès de Brigid. Comment avait-il pu tout lui raconter ?

Enfin, presque tout.

« Puis-je vous poser une question et obtenir une réponse sincère ? » demanda-t-il.

Brigid acquiesça en jetant un coup d'œil à ses

deux cousines, qui approuvèrent d'un signe de tête.

« Votre père est-il celui qui a la réputation d'être un excellent pisteur ? »

« Oui. C'est l'un des meilleurs. »

« Est-il vraiment aussi doué qu'on le dit pour traquer les gens ? Va-t-il vous suivre jusqu'ici d'ici une semaine ou deux ? J'essaie d'évaluer combien de temps nous pourrons profiter de vos talents de guérisseuses avant qu'il ne déploie une armée pour venir vous chercher. »

Jennet semblait aussi perplexe que les deux autres. Jetant un coup d'œil à Brigid, elle demanda : « A-t-il dit une semaine ou deux ? »

Brigid jeta un coup d'œil aux hommes, s'efforçant de dissimuler son sourire.

Tara laissa échapper un petit rire, s'étouffant brièvement avec un morceau de pain. « Oncle Logan sera là d'ici un jour ou deux. Si c'était mon père ou celui de Jennet, ils mettraient peut-être plusieurs jours, mais pas celui de Brigid. Il précédera sûrement la grande armée de guerriers, mais ils le suivront de près, j'en suis certaine. »

Jennet poursuivit par une autre observation désinvolte qui semblait confirmer les dires de Tara, même si Brigid devinait qu'elle tentait de contenir son amusement. « Oncle Logan a peut-être adopté d'autres filles, et il les aime toutes autant, mais Brigid reste sa petite dernière, la plus jeune avant les adoptions. Il n'amènera pas beaucoup de guerriers avec lui, mais s'il le juge nécessaire, il s'arrêtera au clan Grant, notre plus proche allié, et prendra deux ou trois cents gardes avec lui. Cela pourrait le ralentir d'une journée. »

Les trois hommes pâlirent. Ethan murmura : « Le clan Grant ? Vous avez dit le clan Grant, celui qui compte plus de mille guerriers ? Le plus grand de tout le pays ? » Son regard parcourut les visages des autres, mais personne ne prononça le moindre mot pour le rassurer.

« Qu'as-tu fait, Marcas ? » demanda Shaw. « Cela dit, qu'ils aient ou non des guerriers ne changera rien – il ne nous reste plus personne pour nous battre, à part peut-être une dizaine d'hommes. Nous allons tous mourir – ceux d'entre nous qui ont survécu au diable et à la malédiction périront sous la lame des Grant. »

« Dans ces circonstances, nous capitulerons rapidement » balbutia Ethan, avant de lancer un regard noir à son frère, tout en prenant une timide bouchée de son ragoût.

Un silence s'installa pendant plusieurs minutes, chacun occupé à manger son repas.

Marcas devait faire tout son possible pour protéger son clan, son château. « Et vous, Brigid, qu'en pensez-vous ? Quand votre père sera là et que vous lui aurez parlé, lui conseillerez-vous d'attaquer ? »

Ethan se pencha en avant sur sa chaise, les yeux écarquillés. « Suivra-t-il votre conseil, quoi que vous lui disiez ? »

« Mon père m'écoutera. Quand nous lui expliquerons que nous voulons vous aider, et qu'une malédiction pourrait nous emporter tous si nous n'en trouvons pas la cause, il sera plus enclin à nous écouter. Il fera tout son possible pour nous venir en aide. »

« Crois-tu qu'il s'arrêtera au clan Grant ? » demanda Tara.

Brigid secoua la tête. « Je ne pense pas, car il risquerait de perdre notre trace. Mais s'il le fait, je suis sûre qu'il ne s'arrêtera pas longtemps. Il y va parfois pour récolter des informations. Il pourrait se dire que les fils d'Alex connaissent mieux la région, puisque Connor a rencontré sa femme à Inverness. »

Shaw s'esclaffa. « Il ne sait pas que nous vous avons emmenées à Inverness. »

Tara se pencha vers lui. « Si, il le sait. »

« Comment diable pourrait-il le savoir ? »

Brigid jeta un coup d'œil à Jennet. « Parce que l'une de nous lui a laissé des indices. »

Les trois hommes leur adressèrent des regards perplexes. « Quel genre d'indices ? » demanda Ethan.

« Jennet a gravé des lettres dans l'écorce d'un arbre pour lui indiquer où nous allions. »

Shaw éclata de rire. « Et vous croyez vraiment que votre père est si bon pisteur qu'il retrouvera vos lettres minuscules ? Parmi un million d'arbres dans les Highlands, il saura exactement sur lequel chercher ? »

Les trois jeunes femmes affichèrent un sourire suffisant, puis se mirent à glousser. « Vous ne connaissez pas mon père » dit Brigid. « Ni ma mère. Ils font ça depuis longtemps. C'est aussi pour ça qu'ils ne s'attarderont pas sur les terres des Grant. *Si* seulement ils s'arrêtent. »

« Et pourquoi ne s'arrêteraient-ils pas ? » demanda Marcas, tout en espérant que les femmes se trompaient. Il aurait bien besoin de ce jour supplémentaire avant de se retrouver attaqué par son père déchaîné.

« Parfois, une piste ne reste fraîche qu'une journée » expliqua Jennet. « Dès qu'il se met à pleuvoir ou à neiger, beaucoup de traces se perdent. Il ne lui a fallu que quelques jours pour nous retrouver lors de notre précédent enlèvement, mais le mauvais temps a compliqué les choses. »

Shaw repoussa sa chaise. « Vous avez déjà été enlevées ? »

« Il y a quelque temps » répondit Brigid. « Quand nous étions petites, vers six ou sept ans, Jennet et moi avons été enlevées en pleine nuit. Moi, je l'ai très mal vécu, mais Jennet a fait preuve d'une ruse incroyable. »

« Comment ça ? » demanda Marcas.

Brigid jeta un coup d'œil à sa cousine, qui secoua brièvement la tête. « Peut-être vaudrait-il mieux que nous gardions quelques secrets, milord. Mais vous aimeriez sans doute entendre parler de mon père et de ses exploits. »

« Allez-y. Ça me plairait, en effet » dit Marcas en prenant un autre morceau de pain.

« Ce sont mes parents, ma sœur adoptive Molly et son mari Tormod qui nous ont retrouvées. Ma mère a participé aux recherches, mais elle a été blessée, et c'est Molly qui a dû trouver notre cachette. La pauvre Jennet avait un poignard contre la gorge pendant qu'un autre homme m'emmenait derrière le bâtiment. Molly l'a mis hors d'état de nuire et m'a aidée à rejoindre Jennet. Puis enfin, notre père est arrivé et il a fait ce qu'il sait faire de mieux. »

« Et de quoi s'agit-il ? » demanda Marcas, avant d'ajouter : « Même si je sais que vous pourriez me mentir. »

« Mon père est passé maître dans l'art de la tromperie – il sait comment vous faire croire une chose et en faire une autre. J'ai observé toute la scène, cachée derrière un arbre. Mon père s'est mis à découvert pour servir d'appât, tout en narguant le salaud afin de laisser à Molly le temps de le viser avec son arc. Ce criminel, tellement occupé à retenir Jennet en otage avec son couteau et à observer mon père, n'a pas vu Molly derrière lui. Père savait qu'elle pouvait l'atteindre facilement. C'est une archère hors pair, mais il lui fallait trouver le bon angle, afin de tirer sans toucher Jennet. Alors que mon père continuait de parler à notre ravisseur, il a réussi à faire pivoter l'imbécile d'une manière bien précise, offrant ainsi à Molly la cible qu'il lui fallait. Une fois que mon père l'a bien positionné, Molly a décoché sa flèche, et l'a atteint en plein flanc – un point mortel, il est mort sur le coup. Quand il s'est effondré, ses mains sont restées agrippées à Jennet, et il nous a fallu une éternité pour la libérer, mais elle est restée calme. Contrairement à moi. »

« Vous n'avez pas gardé votre sang-froid ? Pourtant, vous paraissez une personne très calme » commenta Shaw.

« Pas quand j'avais six étés. J'ai pleuré et crié

jusqu'à ce que nos ravisseurs aient envie de m'assommer. Ce n'est que grâce à Jennet que j'ai survécu. Elle a toujours été la personne la plus forte que je connaisse, c'est pourquoi… »

« Pourquoi quoi ? » demanda Jennet en se tournant vers Brigid avec une expression étrange.

Le visage de Brigid s'empourpra, mais elle ne se laissa pas démonter. « C'est pourquoi je te dois des excuses, ma cousine. Je n'aurais pas dû leur dire que tu étais guérisseuse quand ils sont entrés dans notre donjon. Il aurait mieux valu que je sois la seule à me faire enlever. Je te prie de pardonner. »

« Tu n'as pas à t'excuser. Quoi que tu aies dit, je serais venue. Je vous aurais même suivis. » Jennet continua de manger, le visage impassible, tandis que Brigid semblait au bord des larmes.

Pourquoi diable Marcas se sentait-il ainsi attiré par elle ? S'il l'avait pu, il l'aurait prise sur ses genoux, l'aurait embrassée sur le front et lui aurait caressé le dos pour la calmer. Elle était trop forte pour pleurer. Au fond de lui, il en était convaincu.

Pourtant, Gisela lui avait souvent répété que pleurer n'était pas une faiblesse.

Brigid pressa l'épaule de sa cousine en disant : « Je peux toujours compter sur toi, n'est-ce pas ? »

« Je suis honorée d'être avec vous deux » intervint Tara. « Ce sera une sacrée aventure. Mon père sera surpris d'apprendre que j'ai été enlevée avec les Ramsay. » Elle sourit, et Marcas remarqua que Brigid riait avec elle.

La jeune femme semblait gênée d'avoir entraîné Jennet dans cette histoire, mais ses cousines avaient tout fait pour la réconforter. Leurs efforts semblaient avoir porté leurs fruits, car ses chaleureux yeux verts souriaient aux deux autres guérisseuses.

Lui et ses frères ne s'étaient jamais comportés ainsi. Peut-être devrait-il prendre exemple sur elles.

Logan se trouvait dans une clairière, le regard fixé sur les arbres, arpentant les alentours, à la recherche d'indices. « Ça fait longtemps que je n'ai pas eu aussi peur, Gwynie. »

« Je le sais, Logan, mais nous les retrouverons » le consola sa femme. « Si elles sont parvenues à nous laisser suffisamment d'indices quand elles avaient six ans, je suis sûre qu'elles ont trouvé le moyen d'en laisser aussi pendant ce voyage. »

Kyle Maule, chef des gardes Ramsay, les rejoignit en descendant de cheval. « Je dirais qu'elles sont bel et bien passées par ici. Nous avons trouvé des traces de trois ou quatre chevaux, mais ce qui m'a interpellé, c'est ça. » Il les conduisit vers une zone boisée plus dense. « Regardez. » Il désigna le sol, où quelqu'un avait visiblement creusé un trou.

« Je suis d'accord pour les chevaux, mais qu'est-ce qu'un trou peut bien signifier, Kyle ? Je n'aime pas ça du tout. Qu'est-ce qu'ils faisaient ? Ils essayaient d'enterrer quelqu'un ? » Ses longs cheveux châtain clair flottant au vent, Logan adressa à Maule le regard intimidant qui, il en était convaincu, serait inefficace. Il sentait pourtant qu'il devait le pratiquer, car il ignorait ce qui l'attendait. Et plus que tout, il détestait perdre le contrôle.

« Des guérisseuses, Logan. Elles déterrent souvent des racines et des herbes. Jennet et Brigid sont des guérisseuses. Je crois qu'elles sont passées par ici. »

Logan n'y avait même pas pensé. Il se gratta le menton, tout en se disant que Kyle avait peut-être raison. « Bien joué, Maule. Demande à tes hommes de continuer à chercher d'autres indices. » Ils avaient amené vingt gardes Ramsay pour rechercher les jeunes femmes.

« Tu as les morceaux de tissu qu'elles t'ont laissé, père. Elles étaient bien là » dit Gavin, l'unique fils de Logan et Gwyneth.

« Mais ils ne correspondent à aucun de leurs vêtements » aboya sa mère. « Nous ne pratiquons pas ce genre de tissage. Je sais que je l'ai déjà vu quelque part, mais je ne me souviens plus où. Que c'est horrible de vieillir ! J'y vois moins bien, et ma mémoire me fait défaut. Heureusement que nous avons emmené Merewen pour leur tirer dans les couilles à ma place. » Puis elle se tourna vers Sorcha, qui les rejoignait en sortant des bois, suivie de son mari Cailean. « Sorcha, il faudra que tu leur tires dans les couilles si Merewen refuse de faire ce que je lui demande. »

Merewen pâlit. « Tu veux que je fasse quoi, Gwyneth ? »

« Oublie ça. Je t'expliquerai le moment venu. » Gwyneth tournait en rond, les yeux rivés sur les buissons, puis le sol, essayant d'absorber tout ce qui l'entourait. « Ça fait longtemps que nous n'avons pas vu ces morceaux de tissu. » Puis elle se retourna brusquement vers Logan, le visage illuminé de joie. « Je me souviens qui utilise ce genre de tissage ! »

« Qui ? Bon sang, dis-le, Gwynie ! » Logan s'arrêta, les mains sur les hanches, dans l'attende de sa réponse.

« Jennie. C'est un tissage des Cameron, c'est sûr. »

« Pourquoi voudraient-ils tante Jennie ? » demanda Gavin.

Logan poussa un soupir, la situation devenue soudain claire à ses yeux. « Pas Jennie. Tara. Ils ont enlevé les trois guérisseuses. »

« Je ne pense pas que quiconque considère Tara et Brigid comme des guérisseuses. Jennet peut-être, mais pas Brigid. »

« Où veux-tu en venir ? Pourquoi les auraient-ils enlevées, alors ? »

« Elles sont jeunes. Peut-être ont-ils enlevé des femmes qu'ils comptent épouser » suggéra Gavin.

« Cette hypothèse aurait du mérite s'ils avaient enlevé des femmes dans un seul château, mais ils sont allés dans deux différents. Et si éloignés l'un de l'autre ? Non. La seule chose que les filles Cameron et Ramsay ont en commun, c'est qu'elles sont guérisseuses. » Logan faisait les cent pas, tout en essayant de comprendre ce qu'il s'était passé.

« Juste avant leur enlèvement, Jennet et Brigid ont aidé une femme à accoucher » intervint Sorcha. « Vous le saviez ? »

Logan se retourna brusquement. « Peut-être

que ces salauds le savaient. Auraient-ils pu le découvrir et suivre les guérisseuses jusqu'au donjon ? Si c'est le cas, alors ils cherchaient des guérisseuses, aucun doute là-dessus. »

Gwyneth était en train de jouer avec sa longue tresse, qu'elle faisait tournoyer entre ses doigts. « Logan, penses-tu que… »

« Quoi ? Parle, Gwynie. »

« Et s'ils croyaient avoir enlevé Brenna et Jennie ? Si c'était leur intention, alors elles ne sont peut-être pas seules. C'est un tissage Cameron. Je parie que Tara est avec elles. »

« Je ne peux pas te donner tort, Gwynie » répondit-il en se remettant à faire les cent pas.

« Si elles sont toutes les trois… ça me rassure, Logan » murmura Gwynie, toujours perdue dans ses pensées. « Tu crois qu'Aedan est parti à leur recherche ? »

« Nous irons passer la nuit au château Grant. Il ne se trouve qu'à deux heures de route, et j'aimerais poser quelques questions à Alex, savoir s'il y a de nouveaux groupes de maraudeurs dans les parages. Je parie que ce ne sont pas de simples reivers qui ont enlevé les filles. Ces hommes avaient un but précis. Peut-être qu'Alex est au courant de quelque chose qui se trame dans les Highlands. Aucun de nos voisins n'est assez malin pour pénétrer dans notre donjon. Et aucun des voisins des Grant non plus. Une fois sur place, je demanderai à Grant d'envoyer un messager à Cameron, juste pour en être sûr. »

Logan se gratta la tête, regrettant de ne pas avoir trouvé d'idée plus utile. Il posa les yeux sur sa femme, toujours aussi belle dans son pantalon et sa tunique que le jour de leur mariage. « Qu'est-ce qui te préoccupe tant ? » demanda Logan. « Tu me caches quelque chose. Je connais ton esprit calculateur. Il a toujours de bonnes idées, surtout quand il s'agit de nos enfants. » « Quand elles ont été enlevées par Bearchun il y a des années, les filles nous avaient laissé d'autres indices. De quoi s'agissait-il, Logan ? » Elle se remit à faire les cent pas, ses cheveux bruns désormais striés de mèches grises bien dissimulés sous le foulard qui retenait sa tête et sa tresse dans son dos. « La direction qu'elles ont prise. Nous avons réussi à la déduire de leurs traces. Réfléchis, Logan. Réfléchis ! Qu'est-ce que c'était ? Nous ne sommes pas encore si vieux ! »

« Je suis désolé, Gwynie, mais je ne me souviens pas. »

Gwyneth se mordit la lèvre tandis que les trois autres continuaient de scruter les environs après le retour de Kyle auprès de ses hommes. Soudain, elle bondit et se mit à courir vers les arbres, passant de l'un à l'autre, les yeux rivés sur leur tronc.

« Mais qu'est-ce que tu fais encore, mon épouse ? »

« Des gravures ! » haleta-t-elle. « Ça me revient, maintenant. Jennet nous a gravé des messages dans le tronc des arbres. C'est ce que je cherche. » Tous les cinq se mirent à fouiller les environs, à la recherche de ce nouvel indice prouvant le passage des jeunes femmes.

Tandis qu'ils parcouraient le bosquet, une tâche apparemment sans fin dans les forêts des

Highlands, Gwyneth se réjouit du fait qu'ils se trouvent dans une clairière, ce qui réduisait le nombre d'arbres qui avaient été accessibles aux jeunes femmes. « Il y a suffisamment d'autres indices de leur passage pour que nous examinions tous ces arbres » dit Gwynie en contournant l'un d'eux avant de se pencher pour observer l'écorce de son tronc.

« Comme ça, par exemple ? » appela Merewen en désignant la base d'un chêne. Gavin la rejoignit en courant, puis s'agenouilla pour mieux voir.

Sorcha jeta un coup d'œil par-dessus l'épaule de Gavin. « Tu avais raison, mère. Regarde. Merewen l'a trouvé. »

« Qu'y a-t-il d'écrit ? Alors ? » Gwynie tapota l'épaule de Gavin en regardant par-dessus son fils.

« Je crois que c'est un H. » Merewen et Gavin se penchèrent un peu plus près.

Logan regarda le tronc lui aussi, se demandant s'il s'agissait bien d'un H. « Ça ne veut rien dire. Et puis, qu'est-ce que ça pourrait bien signifier, un H ? Tu ne m'avais pas dit que Jennet avait griffonné un S pour le sud, ou quelque chose du genre ? H n'indique aucune direction. Qu'est-ce que ça peut bien vouloir dire ? » Bon sang, il allait finir par écraser toute l'herbe de la clairière à force de faire les cent pas.

« Ce n'est pas un H, mais un I ! » s'écria Merewen. « I, puis N, puis V, puis une autre lettre qui pourrait être un E, puis plus rien. Elle a peut-être été interrompue. »

Assis sur ses talons, Gavin contemplait les lettres, mais ce fut Logan qui trouva soudain la réponse.

« Inverness. Ils vont à Inverness ! » Il saisit sa femme et l'embrassa passionnément. « Bon Dieu, cette Jennet est vraiment futée. Bravo, Gwynie. »

Logan sortit de leur petite clairière et hurla : « Rassemble tes hommes, Maule. Nous irons passer la nuit sur les terres des Grant, puis nous irons à Inverness. »

CHAPITRE 7

BRIGID SE BLOTTIT dans son manteau tandis qu'ils approchaient du château Eddirdale, demeure du clan Matheson, le lendemain après-midi. Heureusement, elle chevauchait à nouveau avec Marcas. Elle s'était appuyée contre lui, et cela ne semblait pas le déranger le moins du monde. Maintenant qu'ils étaient presque arrivés chez lui, elle ressentit le besoin de se tenir droite et de ne pas le toucher.

Même si sa femme fréquentait un autre homme, il l'avait perdue il y a peu. Brigid ne put s'empêcher de se demander si le clan avait été au courant de cette histoire. Peu importait, Marcas était toujours le laird. S'ils l'avaient su, les villageois l'auraient peut-être lapidée, ou lui auraient infligé un châtiment moins évident, pour lui faire comprendre leur désapprobation.

La nuit précédente s'était déroulée sans incident. Une fois levés, ils avaient mangé de la bouillie d'avoine au miel dans la salle à manger de l'auberge, en silence car d'autres personnes étaient présentes. Après le repas, ils avaient repris la route.

Une petite voix en elle craignait désormais ce qu'ils allaient découvrir en arrivant. Le donjon serait-il désert ? Envahi par ceux qui avaient profité de l'absence des trois frères ? Son estomac se noua à mesure qu'ils approchaient. Sa raison ne cessait de lui rappeler que ses tantes étaient d'excellentes guérisseuses et que leurs enseignements aideraient les cousines à éviter la maladie, mais une petite crainte, qu'elle savait tenace, persisterait jusqu'à ce qu'ils découvrent la cause exacte de la maladie.

Allait-elle tomber malade, elle aussi ? Allait-elle perdre l'une de ses cousines, ou les deux ?

Elle se sentit soudain submergée par un besoin impérieux de rechercher du réconfort auprès de sa mère et de sa tante Brenna, ce qui la laissa désemparée. Déterminée à survivre, ne serait-ce que pour revoir ses parents, elle s'efforça d'apaiser ses peurs et se jura de percer à jour le mystère du donjon des Matheson.

Et de faire tout son possible pour aider Marcas à retrouver sa fille.

Les portes étaient ouvertes, et un garde était posté près du mur d'enceinte. « Marcas ? C'est bien vous ? Vous êtes de retour ? »

Torcall, qui avait chevauché avec eux, s'écria : « Je les ai tous retrouvés à Inverness ! »

« Et qui sont ces trois jeunes filles ? Vous ne les avez tout de même pas amenées si près de la malédiction ? Sont-elles au courant ? »

« Oui, Alvery » répondit Marcas tandis qu'ils approchaient du mur d'enceinte. Il arrêta son cheval à l'endroit où se tenait le garde. « Voici les trois guérisseuses que j'ai amenées pour tout arranger dans le donjon. Deux d'entre elles sont les filles des deux guérisseurs les plus renommés des Highlands, et la troisième est leur nièce. Voici lady Brigid, la blonde est lady Jennet, et celle qui chevauche avec Shaw est lady Tara. »

« Bienvenue, mesdemoiselles. Nous ne sommes pas nombreux à avoir survécu, mais nous sommes sacrément robustes. » Alvery était un homme âgé, mais il avait un regard bienveillant et de larges épaules, preuve qu'il savait encore manier l'épée.

« Avez-vous retrouvé Kara ? »

« Non. Nous avons envoyé une nouvelle patrouille de recherche. »

Marcas ne put cacher sa déception de savoir sa fille toujours portée disparue. « Et Tiernay et ma sœur ? »

« Ils vont bien. »

« Avant de nous rendre au donjon, dis-moi combien d'entre nous ont survécu, Alvery. »

« Une douzaine au dernier comptage, je crois. Nonie, Gisela, Tiernay, Jinny et six gardes. Et vous trois. »

« Y a-t-il encore des gens malades ? »

« Non. Lequel d'entre vous est le laird ? Si je peux me permettre. » Alvery semblait visiblement mal à l'aise, mais sa question était légitime.

« C'est moi » annonça Marcas.

« Ravi de l'entendre, chef » poursuivit Alvery. « Personne n'est malade pour le moment, mais quatre gardes ont eu une nouvelle crise de vomissements juste après votre départ. Ils étaient toutefois moins affaiblis qu'avant. Ils ont guéri en deux jours. »

Brigid n'appréciait pas beaucoup ces paroles. Elle jeta un coup d'œil à Jennet pour voir si elle ressentait la même chose, et c'était manifestement le cas. Sa chère cousine avait l'habitude de plisser les yeux lorsqu'elle analysait une situation, et c'était exactement ce qu'elle faisait en cet instant.

Ils se dirigèrent vers l'écurie, et un garçon en sortit pour s'occuper de leurs chevaux. « Bonjour, chef » dit-il en regardant les trois frères l'un après l'autre, comme s'il ne savait pas auquel s'adresser.

« Tu vas mieux, Timm ? » demanda Marcas en descendant de cheval avant d'aider Brigid à faire de même, la déposant délicatement au sol.

« Oui, beaucoup mieux. Je vais m'occuper de vos chevaux, chef. »

« Brigid, pouvez-vous marcher ou avez-vous besoin d'aide ? »

« Non, ma cheville va beaucoup mieux. Je ne ferai pas la course, mais je peux me rendre au donjon toute seule. Merci beaucoup. » Bon sang, cet homme était encore plus beau le matin.

Alvery acquiesça. « Oh, j'avais oublié le petit. Ajoutez Timm au décompte. On est plus nombreux que prévu, les garçons. »

« Alvery fait partie du clan Matheson et connaissait notre père depuis des années » expliqua Marcas. « Pour lui, tous les hommes du clan sont comme ses garçons. Je suis content que vous alliez mieux, tous les deux. Je vais raccompagner ces jeunes femmes à l'intérieur, puis je reviendrai prendre de vos nouvelles. »

Marcas leur fit traverser la cour, tellement silencieuse que Brigid pouvait entendre le chant des oiseaux. Un son qu'elle n'entendrait jamais entre les murs des Ramsay. Elle aperçut une petite communauté à l'écart de la cour, avec plusieurs seaux à proximité. Le château était en pierre, comme le voulait la coutume, avec un bâtiment central carré et deux ailes accolées de chaque côté. Une hutte servant de forge se trouvait à l'écart de la cour, avec une crèmerie à côté, attenante à l'armurerie. Une hutte plus grande, de l'autre côté, abritait sans doute les tisserands, supposa-t-elle.

Mais tout était silencieux, comme s'il n'y avait personne.

Une sensation provoqua en elle une tristesse tenace, à la vue de ce vide immense dans un lieu qui aurait dû être plein de vie, où les membres du clan œuvraient ensemble pour un but commun, se divertissaient, travaillaient aux champs. Un malaise l'envahit et un léger frisson la parcourut, malgré ses efforts pour l'ignorer.

Ils montèrent les marches et Marcas, suivi de Shaw et d'Ethan, ouvrit la porte aux trois jeunes femmes.

La grande salle était presque vide, à l'exception d'une cheminée, d'un bébé jouant sur une couverture à bonne distance du feu et d'une femme âgée penchée sur une bassine, tandis qu'une autre pétrissait de la pâte sur une table.

Les deux femmes fixèrent avec stupéfaction le trio de jeunes femmes, mais lorsque leurs regards se posèrent sur Marcas et ses frères, leurs visages s'illuminèrent d'un large sourire. La femme qui lavait le linge s'essuya les mains et prit dans ses bras le petit garçon joufflu qui mâchouillait un morceau de tissu noué.

« Bonjour, Nonie » dit Marcas à la femme qui tenait l'enfant. Il prit son fils dans ses bras, qui lui adressa un grand sourire dévoilant ses nouvelles dents du bas, puis déposa un léger baiser sur son front. « Voici les guérisseuses que j'ai amenées pour nous aider : lady Brigid, lady Jennet et lady Tara. »

Nonie fit une petite révérence aux trois jeunes femmes, ses cheveux gris tressés en arrière, quelques mèches flottant autour de son visage. De corpulence moyenne, son visage était crispé.

« Et voici Jinny. Quand tout va bien, c'est une excellente cuisinière. » Jinny avait les hanches plus larges, comme beaucoup de cuisinières, et un regard très doux. Elle était manifestement une travailleuse acharnée.

Jinny salua également les demoiselles avec une timidité teintée d'un sourire. Marcas se pencha et huma le parfum du nourrisson dans ses bras. « Mon petit Tiernay. Tu es un garçon très fort. » Le bébé lui rendit un sourire radieux.

Brigid trouvait Tiernay adorable, ses mèches brunes lui arrivant juste aux oreilles. Il tenait toujours le morceau de tissu, qu'il mordillait tout en souriant à son père.

« Toujours pas de nouvelles de Kara ? » Marcas regarda tour à tour les deux femmes, mais elles secouèrent la tête en signe de dénégation.

« Marcas ! Mes frères ! Vous êtes tous rentrés

sains et saufs. Dieu soit loué ! » Une belle jeune femme dévala l'escalier à gauche de la porte. Ses longs et épais cheveux bruns lui tombaient dans le dos. Ses vêtements la faisaient paraître très maigre, mais Brigid devina qu'elle avait probablement perdu beaucoup de poids à cause de la maladie. Elle se précipita vers chacun de ses frères et les serra brièvement dans ses bras, avant de se tourner vers les trois femmes.

Shaw les présenta à Gisela, puis ajouta un seul mot : « Kara ? »

Les larmes montèrent aussitôt aux yeux de sa sœur, qui secoua la tête. « Je suis tellement désolée. Elle dormait avec moi sur une paillasse devant le feu, mais quand je me suis réveillée, elle avait disparu. Nous l'avons cherchée partout. Je ne comprends pas. Je ne crois pas qu'elle soit partie toute seule. »

« Kara n'aurait pas pu ouvrir la porte du donjon sans aide » convint Ethan. « Elle est partie avec quelqu'un. »

Gisela se calma aussitôt et fixa son frère dans les yeux. « Mon Dieu, ta sagesse nous est bien utile ici, Ethan. Tu as tout à fait raison. Et elle était bien plus faible qu'avant, elle n'aurait donc jamais pu l'ouvrir seule. » Les yeux posés sur la porte, elle semblait digérer cette nouvelle information.

« Excusez-moi de m'immiscer, mais pour une enfant de trois ans, il aurait en effet fallu qu'elle soit très grande pour atteindre cette poignée » intervint Jennet.

Gisela la dévisagea. « Vous êtes lady Jennet ? Vous parlez comme Ethan, et vous remarquez des choses qui m'ont échappé. C'est vrai, je me souviens qu'un jour, elle a essayé d'ouvrir la porte en disant qu'elle allait chercher son papa, mais elle touchait à peine le bas de la poignée. Et la porte est trop lourde pour son petit corps. Quelqu'un a dû la faire sortir. J'ai beau y repenser sans cesse, je ne trouve aucun souvenir qui me permette de comprendre ce qu'il s'est passé. Cette petite n'aurait pas pu partir toute seule, si ? »

« Nous allons convoquer tout le monde une fois que les gardes seront rentrés de leur patrouille. Je veux m'assurer que personne dans ce donjon ne lui a ouvert la porte » dit Marcas. « Si vous le permettez, je vous laisse vous réchauffer à l'intérieur pendant que nous retournons tous les trois dehors afin d'évaluer la situation et voir ce que nous pouvons apprendre. » Il rendit Tiernay à Nonie, en déposant un rapide baiser sur le front du garçon.

Ce geste éveilla en Brigid une émotion qu'elle ne reconnaissait pas, un sentiment d'admiration plus profond que celui qu'elle aurait éprouvé face à un archer ou un épéiste de talent. Non, c'était différent. Elle ressentit une envie soudaine de l'embrasser, de savoir ce que cela ferait de sentir ses bras autour d'elle.

Quelques années auparavant, elle avait déjà éprouvé du désir, voire de l'attirance, pour certains garçons de leur clan, mais la réputation de son père les avait toujours effrayés. Ici, personne ne connaissait son père. Personne ne craignait encore Logan Ramsay. Chez elle, son premier réflexe aurait été de réprimer tout intérêt pour un homme, mais ici, sur les terres des Matheson, elle n'en avait nul besoin.

« Bien sûr » répondit Gisela. « Je vais vous préparer à chacune un bol de bouillon bien chaud. Je vous en prie, allez vous réchauffer près du feu. »

Marcas et Ethan déposèrent sur une table à tréteaux les deux sacs de guérisseuse, ainsi que les achats qu'ils avaient faits à Inverness.

« Le bouillon est-il vraiment bien cuit ? » demanda Jennet.

« Oui, milady » répondit Jinny. « Je le fais toujours mijoter avec les os pendant au moins une heure. »

« Alors, j'en prendrai bien un bol » dit Jennet. « Merci beaucoup. »

« Avec du pain et du fromage ? »

« Oui, ce serait parfait » intervint dit Tara, un sourire illuminant son regard.

Les trois femmes prirent place près du feu et accrochèrent leurs manteaux aux crochets à proximité de l'âtre. Brigid demeura un instant devant la cheminée en serrant ses bras autour d'elle, laissant la chaleur l'envahir. Elle en poussa un soupir, sans se soucier des regards.

Nonie s'apprêtait à poser Tiernay, mais Brigid demanda aussitôt : « Puis-je le prendre ? »

« Bien sûr. Il est très gentil » répondit Nonie en lui confiant le petit garçon. « Je vais aider Gisela à préparer le repas. »

Brigid avait toujours aimé les enfants – du moins jusqu'à ce qu'ils commencent à marcher et à faire des bêtises. Elle espérait que ce petit garçon serait ravi de s'asseoir sur ses genoux. Gisela, Jinny et Nonie avaient disparu dans les cuisines, laissant les trois cousines seules.

« Nous ne devons absolument rien manger de cru » s'empressa de dire Jennet. « C'est la règle d'or de ma mère quand il y a beaucoup de malades. Et pas de bière non plus. »

« Et il faut faire bouillir l'eau » ajouta Tara. « Même celle que j'utilise pour me laver le visage et me rafraîchir la bouche le matin. Quand on est malade, mère ne jure que par la cuisson. » Puis elle fronça les sourcils, comme si elle venait de se souvenir de quelque chose. « Et pour ce qui est des fenêtres. Mère aime l'air frais. »

« Tante Brenna aussi » dit Brigid.

Tiernay cessa de mordre son jouet un instant et se tourna vers Brigid. « Maman ? » roucoula-t-il.

Brigid crut que son cœur allait se briser. Mais Jennet lui rappela aussitôt pourquoi elle avait besoin de conserver toute sa vivacité d'esprit : « Ne pleure pas pour ça, Brigid. Il appelle sûrement tout le monde comme ça. »

Comme s'il l'avait comprise, Tiernay se tourna vers Tara et répéta : « Maman. » Puis il lui tendit le jouet en tissu, comme s'il voulait le partager, et annonça aussitôt : « Maman. »

« Oh ! » s'exclama Brigid. « Il est vraiment mignon, n'est-ce pas ? »

« Ils le sont tous pour toi, Brigid » répondit Jennet d'une voix traînante.

Tara gloussa. « Je suis d'accord avec toi, Brigid. Il est adorable. J'adore son sourire. Il a la chance de ne pas se souvenir qu'il a perdu sa mère. »

Elle baissa la voix et reprit dans un murmure : « À votre avis, qu'est-ce qui a bien pu arriver à Kara ? »

« Il n'y a aucun doute : quelqu'un a dû la faire sortir » dit Jennet. « Le seul mystère, c'est de savoir qui a bien pu faire ça. Marcas doit organiser une réunion et interroger tout le monde. Nous devons savoir qui était là ou non. »

« Et nous devons pouvoir leur poser nos questions, nous aussi. » Brigid cala le bébé contre sa poitrine tandis qu'il secouait le tissu avant de le mordiller à nouveau. « Il doit faire ses dents. »

« Regarde comme il bave ! » Tara ne pouvait détacher son regard de lui, et il continua de lui sourire.

« Voilà ce que je propose : nous nous réunirons dans une pièce pour établir notre plan et nous demanderons à organiser une réunion demain » dit Jennet. « J'espère que nous aurons l'occasion de leur poser des questions avant l'arrivée de ton père, Brigid. »

Celle-ci haussa les épaules. « Père ne nous empêchera pas de les aider dans un moment si tragique. Tu verras. »

« Seulement si ta mère l'accompagne. C'est elle qui a le cœur tendre. » Tara se pencha et caressa la tête du bébé, ce qui lui valut un autre sourire.

« Et maman amènera Gavin et Merewen, rien que pour leur talent au tir à l'arc. »

« Je suis d'accord. Linnet est enceinte, donc Gregor ne viendra probablement pas, mais je parie que Gavin et Merewen seront là. »

Jennet fixait les flammes sans dire un mot.

Brigid allait lui demander ce qui la préoccupait tant, mais Gisela revint vers elles. « Et voilà. Je vous ai apporté à chacune un bol de bouillon, et Nonie est en train de préparer un plateau de pain et de fromage. J'ai hâte d'en savoir plus sur vous trois, et de vous remercier chaleureusement pour votre aide. »

Jennet leva les yeux au ciel.

CHAPITRE 8

MARCAS RETOURNA VERS les portes du clan afin de s'entretenir avec Alvery. De toute évidence, il y avait des problèmes à régler. Bien qu'il aurait été ravi de s'asseoir auprès de Brigid et de prendre Tiernay sur ses genoux pendant une heure entière, il avait des obligations à remplir s'il souhaitait conserver son titre de laird.

Il espérait faire un assez bon travail pour gagner le respect des autres membres de son clan.

Son père l'avait préparé à prendre la relève, mais l'homme qui avait été leur laird pendant plus de vingt ans était une vraie force de la nature, et personne n'avait imaginé qu'il doive être remplacé avant encore dix ans. De plus, Marcas n'aurait jamais cru non plus pouvoir supporter la perte de ses deux parents en même temps.

Après la disparition de ses parents, le clan s'était attendu à ce qu'il devienne le nouveau chef du clan, mais une petite faction doutait de sa capacité à assumer cette responsabilité. Après tout, c'était Marcas qui avait contrarié leur guérisseuse au point qu'elle avait quitté le clan, juste avant le début de la malédiction. Il avait dit qu'il avait une bonne raison d'agir ainsi envers elle, mais il n'en avait parlé à personne. Et il ne le ferait pas tout de suite. La situation était bien trop embarrassante.

Ainsi, lorsque la maladie s'était propagée, tout le monde le haïssait. Il avait perdu ses parents, puis sa femme, et bien d'autres encore. La plupart des membres du clan lui en voulaient. Il les comprenait, mais malgré les insultes et les reproches, il insistait sur le fait que ce n'était pas lui qui avait renvoyé leur guérisseuse – elle était partie de son plein gré. Il y avait juste un petit détail concernant son départ qu'il gardait pour lui, et il n'avait jamais donné d'explication sur ce qu'il s'était passé ni pourquoi. Et il comptait bien qu'il en reste ainsi.

« Ethan, va voir le petit Timm et demande-lui comment il va. Fais aussi le compte de nos chevaux, s'il te plaît. Ensuite, viens faire ton rapport à la loge du mur d'enceinte. »

Ethan se dirigea vers les écuries pour parler à Timm.

« Au moins, Gisela et Tiernay ont survécu » commenta Shaw. « Gisela a l'air d'aller beaucoup mieux, et le petit semble n'avoir jamais été malade. »

« Oui, tu as raison. » Marcas entra dans la petite hutte près du mur d'enceinte afin de parler à Alvery. Torcall était encore à l'intérieur. « Raconte-moi tout, je te prie, Alvery. N'hésite pas à ajouter tes propres informations, Torcall. Tu étais là, toi aussi. Combien de morts ? Et combien ont quitté le clan ? »

Alvery s'assit sur un tabouret. « Nous avons enterré tous les corps dans un champ derrière les bois de Gallow Hill, chef. Nous avons prévenu le prieuré de Beauly, dans l'espoir qu'ils envoient un prêtre ou un moine afin de bénir le nouveau cimetière. Nous souhaitions les enterrer plus près d'ici, mais certains villageois ont insisté pour qu'ils reposent plus loin du clan. Cela dit, beaucoup sont décédés depuis, alors je suppose que ça n'a plus d'importance. »

« Un champ, c'est très bien. Combien y en avait-il au dernier comptage ? »

« Trente-trois, vos parents inclus. Une vingtaine d'autres ont fui vers les clans voisins. Je m'attendais à ce que certains soient renvoyés chez nous, mais la plupart ont été acceptés. Certains sont allés au clan Ross, d'autres au clan MacHeth, et quelques-uns au clan Milton. » Il haussa les épaules. « Je n'ai rien pu faire pour les en empêcher. »

« Nous allons bientôt tout reconstruire. Dès que nous connaîtrons la cause de cette malédiction et que la nouvelle se répandra, ils reviendront, et bien d'autres encore. Nous avons des cottages vides dans la cour, ainsi que la majorité de ceux situés dans le village, derrière le mur d'enceinte. Nous possédons les champs les plus fertiles de Black Isle. Nos légumes racines abondent, et nous avons de nombreux arbres fruitiers. Les villageois qui sont partis reviendront dès qu'ils apprendront que la malédiction a été levée, et les guérisseuses en élimineront la cause. Avons-nous du bétail qui est tombé malade ? Des chiens ? »

« Non, tout va bien de ce côté. Quatre veaux

sont nés en votre absence. Et trois chevreaux, je crois – elles sont si nombreuses que nous les comptons rarement. Tous les gens des environs restent à l'écart, par peur. Personne ne nous volera rien avant un bon moment. »

Marcas haussa un sourcil en direction de son fidèle garde. « Avant un bon moment ? »

Alvery soupira profondément, puis leva les yeux vers lui. « On dit que deux clans projettent de s'emparer de notre château une fois que la malédiction sera levée. »

« Vraiment ? »

« Oui, deux de nos gardes qui étaient partis sont revenus nous en parler après une partie de chasse dans les bois. J'imagine qu'ils se sentaient coupables de leur départ, et se sont arrêtés pour nous faire part de ce qu'ils avaient entendu. Je les ai remerciés et invités à revenir, mais ils ont décliné l'offre pour le moment. »

« Quels sont les clans qui veulent nous envahir ? »

« Les Milton et les MacHeth. »

« Je ne crois pas que les MacHeth nous attaqueraient. J'irai parler à leur chef. Son père était un ami proche du nôtre. Je suis sûr qu'il ne le fera pas. » Marcas se tourna vers Shaw pour voir s'il était d'accord avec lui.

« Il faudrait sans doute aller leur rendre visite, Marcas. Pour leur faire savoir que nous avons trouvé des guérisseuses, et qu'il n'y a pas eu de nouveaux décès. Ainsi, ils comprendront que nous n'avons pas l'intention de nous laisser envahir si facilement. »

« Nous avons beaucoup de chevaux, et trois juments sont sur le point de pouliner » dit Ethan lorsqu'il les rejoignit. « Personne n'a emporté de chevaux en partant ? »

« Non, la plupart craignaient que les chevaux soient maudits. Ceux qui sont partis n'ont emporté que leurs affaires. »

Le bruit de sabots de chevaux sur le chemin leur parvint alors aux oreilles. Marcas regarda dehors et vit sa patrouille revenir. Il sortit pour les accueillir et les autres le suivirent. Son regard scruta chacun des gardes, à la recherche du signe de sa fille de trois ans, mais il ne la vit nulle part. Il ferma les yeux, tout en se demandant ce qui avait bien pu se passer.

Les quatre hommes mirent pied à terre et menèrent leurs chevaux à l'écurie où Timm les attendait. Le garde nommé Mundi s'avança et dit : « Bienvenue, Marcas. Ou dois-je plutôt vous appeler chef ? »

« Je vais prendre la tête du clan. Avez-vous trouvé ma fille ? »

Mundi secoua la tête, son expression lui indiquant que cette disparition était aussi douloureuse pour lui que pour le reste de son clan. « Non. Mais nous avons entendu parler de quelque chose. Nous avons rencontré un vieil homme, qui nous a dit avoir vu une femme marcher avec un enfant en bas âge. Et la fillette semblait se débattre. Elle répétait qu'elle voulait rentrer chez elle. Il a dit que cette femme se dirigeait vers l'est. Elle a peut-être rejoint l'un des quatre clans. »

« Combien de nos femmes sont parties ? » demanda Shaw.

« Si seulement je n'étais pas tombé malade, j'aurais pu vous le dire » répondit Alvery. « J'ai perdu le compte, mais plusieurs sont parties. »

« Combien d'entre elles ont perdu un enfant à cause de la malédiction ? » demanda Ethan. « Brigid a peut-être raison – une femme pourrait être tentée d'enlever un enfant si elle avait perdu le sien. »

Marcas fixa son frère, abasourdi par cette idée. « Je parie que tu as raison, Ethan. C'est l'explication la plus logique. »

« Oui » renchérit Shaw. « Quelqu'un lui a forcément ouvert la porte. Quelqu'un qui a dû s'introduire pendant que Gisela était alitée, enlever la fillette et rejoindre un autre clan. Si tu penses que c'est la bonne hypothèse, alors c'est une information très importante, Marcas. »

« Comment ça ? » Il avait lui-même plusieurs idées à ce sujet, mais il voulait d'abord entendre l'avis de son frère.

« Ça veut dire que Kara est vivante – il faut juste que nous la retrouvions. »

« Mais il est impossible de la retrouver pendant la nuit » ajouta Ethan. « Le mieux à faire serait de te rendre dans ces clans quand le soleil est au zénith et que les gens sont occupés à travailler. Peut-être au ruisseau, en train de laver le linge. Tu ne trouveras pas une petite fille dehors la nuit. »

Marcas dut se rendre à l'évidence : il devait savoir précisément quand ses gardes avaient patrouillé, et pas seulement où. « Parle-moi des zones que vous avez fouillées, Mundi. Où et quand, je veux tout savoir. »

« Nous avons cherché les environs du château au moins trois fois, chef » répondit Mundi. « Plus loin, nous avons ratissé la région par deux fois. Surtout le matin. Nous avons patrouillé dans les bois pendant la nuit, car au début, nous craignions que la petite se soit perdue. Mais elle n'y était pas. Cela dit, votre suggestion me semble plausible. Je parie qu'une femme l'a enlevée. C'est vrai que nous avons perdu des enfants. »

« Pas de patrouille ce soir » déclara Marcas. « Nous prendrons le dîner tous ensemble, afin que les guérisseuses que j'ai amenées puissent vous interroger. Shaw, tu seras en charge des hommes. Je veux que tu ailles rendre visite aux clans demain, et que tu te renseignes sur leurs nouveaux arrivants. »

« Vous ne voulez pas y aller ? Si nous y allons, ils risquent de répandre la rumeur que nous avons des guérisseuses, et les clans pourraient préparer leur attaque. » Alvery se tourna vers les deux frères. « Comment allons-nous les repousser ? Il nous reste moins d'une douzaine d'hommes. »

Marcas sourit. « Non, nous en aurons plus, probablement demain en fin de journée ou après-demain. Mais je te promets que nous aurons assez d'hommes pour défendre le château. Nous aurons une trentaine de guerriers aguerris. »

« Je suis d'accord » déclara Ethan.

« Où trouverez-vous autant d'hommes pour se battre d'ici là, chef ? » demanda Mundi.

« Je n'aurai pas à les chercher. Ils viendront nous voir et nous aideront. Je vous le promets. »

« Il est devenu fou » marmonna Alvery. « Ce serait un miracle. »

« Pas du tout » le contredit Ethan. « Je suis d'accord avec lui. »

« Qui viendrait en aide à un clan maudit ? » demanda Torcall. « Tout le monde a fui. »

« Les Ramsay. Le clan Ramsay va nous amener ses meilleurs guerriers et archers d'ici moins de deux jours. » Un espoir soudain l'envahit. Kara était en vie, et les guérisseuses allaient lever la malédiction.

Il ne lui restait plus qu'à convaincre Logan Ramsay de l'aider.

Gisela fixa Jennet et demanda aux deux autres : « Est-ce qu'elle vient de lever les yeux au ciel ? »

« Probablement » répondit Brigid. « Elle le fait souvent quand elle n'est pas d'accord avec quelqu'un. »

Gisela s'adressa ensuite à Jennet : « Qu'est-ce qui ne va pas, lady Jennet ? »

« Nous ne sommes pas là par pure bonne volonté. » Jennet pinça les lèvres sans lever les yeux vers Gisela, son regard porté sur la coupe dans laquelle elle buvait. Elle fit tournoyer le liquide en petits cercles rythmés, sans en renverser une goutte. « Et inutile de vous montrer formelle avec nous. Pas de titres, s'il vous plaît. »

« Mais nous sommes prêtes à vous aider

maintenant » ajouta Brigid en fusillant Jennet du regard.

« Je ne comprends pas. »

Brigid s'éclaircit la gorge et, après avoir lancé un autre regard noir à Jennet, répondit : « Nous avons été enlevées en pleine nuit. Marcas nous a enlevées, Jennet et moi. Ethan et Shaw ont enlevé Tara. Ils croyaient que nous étions leurs mères, toutes deux réputées comme les meilleures guérisseuses du pays. »

« Le clan Cameron et le clan Ramsay ? Ils vous ont enlevées toutes les trois ? » Gisela pâlit et se leva de sa chaise pour se mettre à faire les cent pas. « Alors vos clans vont bientôt nous attaquer. Nous n'avons plus de guerriers. Seulement six, une dizaine tout au plus. Nous sommes perdus. » Elle se laissa retomber sur sa chaise.

« Non, ne vous inquiétez pas. Je suis Brigid Ramsay – mes parents sont Logan et Gwyneth. Ce sont eux qui vont nous retrouver et qui viendront me chercher en premier. Une fois qu'ils auront compris la situation, ils seront disposés à vous aider, tout comme nous. Mais ils seront bientôt là, soyez-en sûre. »

Jinny et Nonie les rejoignirent, la première les bras chargés d'un panier de fruits et de fromage. « Et si nous vous montrions votre chambre ? » suggéra Nonie. « Vous pouvez dormir toutes les trois dans la même, n'est-ce pas ? Nous en avons une que nous venons de nettoyer, avec plusieurs paillasses. Et tous les draps ont été changés. »

« Ce serait parfait » répondit Tara. « J'aurais

bien besoin d'un peu de sommeil. Je n'ai pas bien dormi, comme souvent quand je voyage. »

Brigid rendit Tiernay à sa tante, et le bébé lui sourit en murmurant : « Maman. »

Nonie conduisit les trois jeunes femmes à l'étage avec leurs affaires. Brigid était soulagée qu'elles aient refait leurs sacs après leur dernier voyage et qu'elles aient des pantalons de rechange. Sa mère l'avait bien éduquée : toujours avoir des pantalons de rechange. Elle avait aussi roulé deux tuniques en laine dans son sac juste avant qu'elles ne soient interrompues.

Nonie les conduisit dans le couloir, portant le panier qu'elle avait pris à Jinny, tout en leur expliquant : « Nous avons de quoi nous nourrir, même si nous avons jeté tout ce qui nous semblait avarié. Reposez-vous, nous allons vous préparer un bon ragoût ce soir. Il est en train de mijoter dans la cuisine, avec plein de légumes racines et de morceaux de bœuf. Nous avons cuit du pain frais ce matin – nous en avons mis une petite miche dans le panier pour vous. Et nous pouvons vous apporter une grande baignoire tout à l'heure, si vous le souhaitez. »

« Oui, avant le dîner, ce serait parfait » répondit Brigid.

« Nous allons nous en occuper. Vous n'avez qu'à nous prévenir à la cuisine. »

Lorsque Nonie ouvrit la porte de la spacieuse chambre, elle se dirigea aussitôt vers la fenêtre et en rabattit la fourrure. « Il fait beau aujourd'hui. Profitez de l'air frais pendant que vous mangez, puis reposez-vous. Nous avons demandé à tous les survivants de se réunir pour répondre à vos questions pendant le dîner. C'est notre chef qui nous l'a ordonné. Tout sera prêt dans quelques heures. En attendant, reposez-vous. Nous vous enverrons la baignoire dans une heure. »

« Nous vous remercions de votre hospitalité, Nonie » dit Tara.

« Il y a aussi une bouteille de vin que le laird et sa femme avaient rangée dans les caves, importée de Londres. Elle ne peut donc pas être avariée – vous pouvez tout boire. Nous en avons beaucoup d'autres. Notre maîtresse adorait le vin. »

Puis elle quitta la pièce en leur adressant une petite révérence avant de refermer la porte derrière elle.

Brigid s'effondra sur le lit en déclarant : « Je suis fatiguée, mais je meurs de faim. Prenez chacune un morceau de pain, sinon je vais tout manger. »

Jennet saisit vivement un morceau, qu'elle tendit à Tara. Elles s'assirent et mâchèrent un petit moment, puis chacune se remplit un verre de vin de la bouteille ouverte. Brigid but une longue gorgée après sa dernière bouchée de pain, puis se servit du fromage. « Qu'en penses-tu, Jennet ? Je sais que tu réfléchis aux questions à poser. As-tu une idée à nous partager ? »

Jennet termina lentement de mâcher, puis se tourna vers la fenêtre ouverte. « Je ne sais pas trop. Cette maladie est là depuis longtemps. D'après les chiffres d'Ethan, je ne pense pas qu'elle se soit transmise d'une personne à l'autre. »

« Et le puits ? »

« Il faudra le vérifier. »

« Et aussi comment ils manipulent le lait de chèvre. »

« Et leur poser des questions sur la bière, et vérifier la qualité du beurre. »

« Et aussi comment ils préparent les repas. »

L'esprit des trois talentueuses jeunes femmes fusait à toute vitesse tandis qu'elles échangeaient leurs idées avec enthousiasme.

Jennet réfléchit à la dernière suggestion de Tara et répondit : « Si Jinny est leur cuisinière depuis toujours, alors nous n'avons peut-être pas besoin de voir comment elle prépare les repas. Mais si elle ne cuisine ici que depuis quelques lunes, alors il faudra le faire. C'est une excellente suggestion – un changement de cuisinière peut affecter la situation générale du clan. Certaines cuisinières essaient de récupérer de la nourriture avariée, et l'ajoutent au bouillon en pensant que personne ne s'en apercevra, mais aucun bouillon ne peut sauver un aliment pourri. »

« J'ai l'impression que Jinny cuisine ici depuis longtemps » déclara Brigid.

« Pourquoi ? » demandèrent Jennet et Tara à l'unisson.

« Parce que ce pain est délicieux. Je ne pense pas qu'une nouvelle cuisinière puisse déjà être aussi douée. »

« Je pense que tu as raison, mais nous allons quand même poser la question. Et nous avons besoin d'en savoir plus sur les symptômes de la maladie » dit Jennet. « Je suis fatiguée. Je vais faire une sieste. » Elle se dirigea vers la paillasse la plus proche de la fenêtre, retira ses bottes et se blottit sous les fourrures. « Ces draps sont tout propres. »

Brigid se laissa retomber sur le lit, où sa tête trouva un oreiller moelleux, et elle gémit de plaisir. « C'est mieux que l'auberge. »

« Et que de passer deux nuits par terre. » Tara s'installa elle aussi sur une paillasse. « Je ne dors pas bien à la belle étoile. Je me réveille au moindre hululement des hiboux. »

Brigid se leva pour refermer les fourrures de la fenêtre, puis demanda : « Que pensez-vous de Marcas ? Est-il assez fort pour diriger son clan ? »

Tara se tourna sur le dos et répondit : « Oui. Pourquoi cette question ? »

« Parce qu'il est si jeune. »

« Mais regarde Jake et Jamie Grant. Ils ont pris leurs responsabilités très jeunes. Tout comme Torrian. »

« Mais ils avaient leurs pères pour les aider » ajouta Jennet. « Tu es tombée sous son charme, Brigid. Comment est-ce possible, si peu de temps après qu'il t'ait arrachée à notre maison ? »

Brigid soupira en serrant ses bras autour d'elle avant de se retourner dans son lit. « Je ne le sais pas vraiment. »

« Tant que ce n'est pas par pitié… » Tara mit ses mains derrière la tête et fixa le plafond. « Mais je comprends en partie ce que tu ressens. C'est aussi la première fois que quelqu'un s'intéresse à moi, et je n'ai pas à m'inquiéter du regard de tout le clan. »

Jennet se redressa et se tourna vers Tara. « Marcas te plaît, à toi aussi ? »

« Non. Shaw. Je l'aime bien. Peut-être parce que j'étais si proche de lui sur son cheval. Qu'en penses-tu, Brigid ? »

« C'est comme ça que ça a commencé, oui. Je ne sais pas pourquoi je ressens cette attirance pour lui. Parce qu'il est différent, parce que mon père n'est pas là pour nous voir, parce qu'il a de jolis cheveux qui bouclent aux pointes, ou une agréable odeur de menthe… »

Tara gloussa. « Tu es en train de tomber amoureuse de lui. Je ne peux pas te blâmer – c'est un bel homme. Je comprends toutes tes raisons. »

Jennet se tourna sur le dos, les mains croisées sur le ventre. « Moi, je ne comprends pas. Bon, il est temps de dormir. »

Aucune des jeunes femmes ne prononça un mot de plus, mais Tara adressa un clin d'œil à Brigid. Cette dernière poussa un soupir. Au moins, elle n'était pas la seule à se sentir attirée par l'un de ces nouveaux hommes dans leur vie. Malgré le fait qu'ils les aient faites prisonnières. Mais Brigid avait senti la dureté de la poitrine de Marcas, la force de ses bras lorsqu'il l'avait portée jusqu'au ruisseau, son parfum de menthe et de pin.

Brigid ferma les yeux en pensant au jeune homme aux longs cheveux noirs ondulés et aux yeux gris. Elle s'endormit en quelques minutes, envahie d'un étrange besoin au plus profond d'elle-même, un désir qu'elle n'avait jamais éprouvé auparavant.

Brigid souhaitait attirer l'attention de Marcas.

CHAPITRE 9

« EST-CE QUE VOTRE père est là ? » s'écria Logan à l'adresse des deux hommes qui l'accueillirent, Connor et Jake Grant. « J'ai besoin de votre aide. » Il était certain que l'idée de venir au château Grant pour solliciter la sagesse de ses lairds s'avérerait judicieuse.

« Oui, il est là, mon oncle, et oncle Aedan vient d'arriver. As-tu entendu parler de l'enlèvement de Tara la nuit dernière ? »

« Je m'en doutais – Brigid et Jennet ont été enlevées, elles aussi. C'est précisément pour cela que nous sommes venus ici. Je voulais vous interroger à ce sujet. Pourrions-nous passer la nuit ici avant de reprendre la route pour Inverness ? »

« Bien sûr, vous êtes les bienvenus. Juste à temps pour le dîner. Nous avons du ragoût de venaison. » Jake et son frère jumeau, Jamie, étaient les deux lairds du château. Quant à Connor, bien qu'il soit le plus grand en taille, il était le benjamin de la famille.

« Et des tartes aux fruits aussi, j'espère » murmura Sorcha à Merewen. « Leur cuisinière est la meilleure. »

« Arrête de baver, mon épouse. C'est embarrassant » ironisa Cailean.

Logan descendit de son cheval juste devant l'écurie, puis tendit les bras vers Gwynie, qui se tenait juste derrière lui. « Va te reposer à l'intérieur. Je sais que ces voyages sont plus difficiles pour toi qu'ils ne l'étaient avant. »

Gwynie s'esclaffa, un son familier qu'il aimait toujours autant. Il adorait son sarcasme. Elle resta accrochée à ses épaules un peu plus longtemps que nécessaire, afin de lui faire comprendre qu'elle n'était plus aussi forte que le jour de leur première rencontre. Puis, elle se redressa fièrement et déclara : « Je vais aller saluer tout le monde et manger un morceau. Ensuite, quand tu auras fini au solarium avec Alex et ses fils, tu pourras me trouver au champ de tir à l'arc. »

« Tu as toujours aimé leur champ de tir. Est-il mieux que le nôtre ? »

« Non, mais c'est un endroit vraiment magnifique, avec la vue sur les montagnes des Highlands. » Elle laissa échapper un soupir audible. Puis, serrant la main de son mari, elle reprit son sérieux. « Je dois me préparer. C'est de notre benjamine qu'il s'agit, Logan. Je tuerai le salaud qui a osé poser les mains sur elle. »

Il se pencha alors et enfouit son visage dans le cou de son épouse. « Ça, c'est la jeune femme que je connais. »

Gwynie s'esclaffa une nouvelle fois. « Jeune femme ? Tu deviens fou, Logan. »

Mais elle avait beau protester, elle appréciait tout de même ses compliments.

Ils entrèrent dans le donjon, où ils furent accueillis par Maddie, la femme d'Alex, et Kyla, leur fille aînée. La voix tonitruante d'Alex résonna au fond du couloir alors qu'il sortait de sa chambre. « Quelque chose ne va pas. Aedan est ici, et maintenant, te voilà, toi aussi. Que s'est-il passé ? »

« Un salaud a enlevé ma fille et ma nièce dans leurs lits, voilà ce qui s'est passé » dit Logan.

« Tu veux dire de la même manière que tu as enlevé ma sœur Brenna il y a des années ? »

« Oui, et c'était probablement la meilleure idée de ma vie, alors ne me rabâche pas ces histoires d'un autre temps, mon vieux. As-tu entendu quelque chose ? » Les deux hommes étaient meilleurs amis, mais ils adoraient se provoquer.

Aedan descendit les escaliers, suivi de son fils Brin. « Je vous écoute. »

Alex désigna le solarium juste au moment où Jake et Connor entrèrent, suivis du reste du groupe Ramsay. Mais Logan n'était pas encore prêt à les rejoindre. Il prit une bière et observa l'assemblée, en faisant signe à Alex qu'il les rejoindrait dans quelques instants.

Logan ne se lassait jamais d'entrer dans le grand hall des Grant, toujours rempli des gens qu'il aimait. Il appréciait particulièrement de voir la complicité qui unissait les cousins : Kyla et Sorcha, Gavin et Connor. Il attendit alors, les yeux posés sur eux, simplement pour ressentir la satisfaction de voir ce que lui, ses frères et Alex Grant avaient bâti au fil des ans.

Ils étaient les meilleurs alliés de la région et

pouvaient toujours compter les uns sur les autres, quel que soit le problème. Et ce soutien pouvait prendre de nombreuses formes : guerriers, archers, argent, et même nourriture. Il était heureux de constater de ses propres yeux la solidité de cette alliance.

Maddie s'approcha d'Alex et lui dit : « Va au solarium avec Aedan et Logan. Je vais leur donner à manger et préparer leurs chambres. Il est tard, mais je suis sûre qu'ils ont tous faim. Je vais vous faire apporter un plateau. »

Elle serra rapidement Logan et Gwyneth dans ses bras, puis se retourna pour partir au moment où Alex lui dit : « Je préférerais que ce soit toi qui apportes le plateau, s'il te plaît. »

Elle acquiesça, puis discuta avec Gwyneth, Kyla et les nouveaux arrivants tandis que Logan suivait Alex dans le solarium, suivi d'Aedan.

« Raconte-moi tout, Logan » dit ce dernier. « Tara a disparu, et j'ai fait venir une douzaine de gardes. » Jake entra derrière le groupe et ferma la porte.

« Quelqu'un a enlevé Jennet et Brigid dans leur chambre » ajouta Logan. « Enfin, dans notre chambre de guérisseuse, plutôt. Mais ça signifie que quelqu'un s'est infiltré dans notre donjon. Nous ne savons pas de qui il s'agit, mais nous les avons suivis vers le nord, et nous pensons que Tara est avec eux. »

« J'espère que tu as raison – je serais plus rassuré de savoir que Tara n'est pas seule. Avez-vous une idée de l'identité de celui qui a bien pu faire ça ? » Aedan s'assit, les traits tirés, chose rare chez lui, remarqua Logan. Cet homme avait toujours un calme imperturbable, alors même que son clan était chargé de protéger l'abbaye de Lochluin, toute proche de leurs terres.

« Non » répondit Logan en se levant pour faire les cent pas. « Nous avons suivi la trace de quatre chevaux et trouvé un morceau de tissu abandonné sur un sentier. Toutes nos filles savent confectionner leurs vêtements, mais je ne connaissais pas ce genre de tissage. Gwynie l'a reconnu : c'était un tissage des Cameron. »

« Pourquoi le nord ? » demanda Alex. « Tu dois avoir des soupçons concernant les coupables si tu te diriges vers le nord. »

« Non, mais si tu te souviens bien, Jennet nous a laissé des messages quand Bearchun les a enlevés il y a si longtemps. Nous avons donc cherché dans une clairière où nous savions qu'ils s'étaient arrêtés. Sorcha a trouvé des gravures sur l'écorce d'un arbre, qui ressemblaient à un I, un N, un V et une partie d'un E. »

Les yeux d'Alex s'illuminèrent tandis qu'il assimilait rapidement l'information. « Ils se dirigent vers Inverness. »

« Inverness ? » répéta Aedan. « Pourquoi ? Quels clans vivent aussi loin au nord ? »

« Plusieurs, à vrai dire » répondit Jake. « Les Ross sont le clan le plus important, mais il y a des branches des MacKenzie, des MacHeth, des Matheson et des Milton. Mais je ne comprends pas pourquoi quelqu'un les aurait enlevées. C'est très étrange. »

« Ce sont des guérisseuses. Ils doivent avoir

besoin de guérisseurs pour une raison ou une autre. Par contre, je ne sais pas comment ils sont parvenus à les identifier comme telles. Cela dit, Brigid et Jennet venaient de rentrer d'un accouchement, alors c'est peut-être pour ça qu'ils les ont enlevées. Mais j'ignore comment ils savaient que Tara était guérisseuse » dit Logan.

« Je suis d'accord avec toi, Ramsay. Je ne vois pas d'autre explication à la décision d'enlever ces trois jeunes femmes. C'est une coïncidence trop troublante – ils devaient chercher des guérisseurs. La seule question est : pourquoi ? » dit Alex en tapotant du doigt sur le bureau. « Peu importe. Combien as-tu de gardes, Ramsay ? »

« Une vingtaine, et une autre vingtaine nous rejoindra bientôt. Maule est venu avec moi, ainsi que quelques archers. D'autres gardes arriveront. »

« N'hésite pas à en prendre autant que tu le souhaites de chez nous. »

« Peut-être que j'irai voir Braden, au nord-ouest » déclara Aedan. « Je verrai s'il y a des informations à nous donner. Je pense qu'il vaut mieux faire une recherche approfondie. »

Logan s'assit, cédant soudain à la fatigue. Il était trop vieux pour ce genre d'aventure, et surtout pour dormir à la belle étoile, mais il devait retrouver sa chère Brigie. Il s'efforça de chasser de son esprit les dangers qui pouvaient menacer trois jeunes et belles femmes. « Je ne pense pas que nous aurons besoin de plus de renforts, mais si je vous envoie un messager, je vous demande de m'envoyer rapidement vos guerriers. Comme tu le sais, Grant, quand quelqu'un enlève des guérisseurs, c'est généralement pour des raisons exceptionnelles. C'est ce que je découvrirai avant de tuer le salaud qui a enlevé Brigid. »

« Quand comptez-vous reprendre la route ? »

« Demain à l'aube, avec mon groupe. Et qui que soient ces imbéciles, ils ont tout intérêt à ce que je les trouve avant Gwynie. Si elle me devance, ça risque de chauffer pour eux. »

CHAPITRE 10

MARCAS ENTRA DANS le donjon en milieu d'après-midi, surpris de le trouver désert. Tiernay y faisait souvent la sieste à cette heure-ci, mais où étaient donc les autres ?

Il entendit des pas légers descendre l'escalier et se retourna pour voir de qui il s'agissant, puis se figea. C'était Brigid, vêtue d'un pantalon moulant qui mettait en valeur ses longues jambes et d'une tunique qui lui couvrait les hanches.

Dans cette tenue scandaleuse, elle était la vision la plus érotique qu'il ait jamais vue. Ses cheveux étaient ébouriffés comme si elle venait de se lever, et ses joues étaient rosies par la chaleur. C'était la plus belle femme sur laquelle il ait jamais posé les yeux.

Que lui arrivait-il ? Cette jeune femme était une vraie sirène – il n'avait jamais rien ressenti de pareil.

« Tout va bien, Brigid ? » Il ne sut que dire d'autre.

« Oui. J'espère que cela ne vous dérange pas que je porte le pantalon que ma mère confectionne pour toutes les femmes de notre clan, mais vous ne nous avez pas laissées prendre d'autres vêtements. »

« Je suis sûr que nous avons des robes de rechange quelque part, mais si c'est ce que vous souhaitez porter, je vous y autorise. »

Elle se planta devant lui et esquissa un sourire narquois. « Vous m'y autorisez ? Vous préféreriez peut-être que je sois nue ? » Sa voix avait pris un ton rauque qui le fit frissonner.

« Non » marmonna-t-il. « Votre pantalon est parfait. Personne ne vous dire quoi que ce soit. C'est juste que je n'ai jamais rien vu de tel sur une femme. » Ce pantalon était suggestif, érotique, attirant – bref, tout ce qu'il aimait, mais il ne pouvait certainement pas l'exprimer ainsi.

« Ma mère aura sûrement quelque chose à vous répondre si vous lui dites une chose pareille. »

« Quoi donc ? » Elle arborait un large sourire, qui la rendait encore plus belle.

« Que vous m'y *autorisez*. Ma mère est assez particulière : elle estime que les femmes sont aussi talentueuses que les hommes, si ce n'est plus. » Elle redressa le menton comme pour le mettre au défi de dire le contraire.

Il n'allait pas la contredire, même si, avec son pantalon et ses remarques, elle était probablement la personne la plus audacieuse des environs. Il eut soudain l'intuition qu'il venait de rencontrer trois femmes qui allaient lui faire remettre en question un grand nombre de ses idées préconçues.

Surtout Brigid. Leurs regards se croisèrent un instant, et ils restèrent ainsi, en silence. Il ne désirait qu'une chose : la toucher, l'attirer contre lui et sentir ses courbes délicieuses contre son corps.

Mais c'était impossible.

« Ma mère a conçu ce genre de pantalon pour les archers. Il nous permet de mieux tirer. »

« Vous êtes archère ? » Cette femme allait-elle un jour cesser de le surprendre ? Il s'efforça de dissimuler son choc, mais il doutait d'y être parvenu. Les archères peuvent-elles être douées ? Peut-être qu'elles se débrouillaient bien, sans plus, supposa-t-il. Il y a des années, il avait pourtant entendu parler d'une archère, à Inverness. Se pourrait-il qu'il s'agisse de sa mère ?

« Oui, je suis même une excellente archère. Mère tient à ce que je le dise. Dommage que vous ne m'ayez pas laissé emmener mon arc. » Ses longs cils frémirent tandis qu'elle rejetait ses cheveux en arrière. « Je dois refaire ma tresse. Excusez-moi. »

Cela ne le dérangeait pas le moins du monde. Il détestait voir les filles se tresser sans cesse les cheveux. Il trouvait leurs chevelures bien plus belles au naturel. La façon dont les cheveux de Brigid tombaient en boucles ondulées dans son dos lui donnait tellement envie de toucher ses mèches soyeuses qu'il se força à reculer d'un pas. Peut-être était-ce la raison pour laquelle tant de filles se tressaient les cheveux. « Ce n'est rien. Voulez-vous bien m'accompagner ? J'ai une question importante à vous poser. »

« Bien sûr. »

Il se dirigea vers la porte et prit le manteau de la jeune femme, suspendu à un crochet. Puis il l'aida à l'enfiler avant d'ouvrir la porte et de la laisser passer la première.

« Où m'emmenez-vous ? »

« Je vais vous montrer. Ce sont les bois de Gallow Hill. C'est un endroit magnifique quand les feuilles bourgeonnent. Il y a aussi une jolie cascade que ma femme aimait beaucoup. Mais si je vous y emmène, c'est parce que la question que j'ai à vous poser est quelque peu privée. Je ne veux pas être entendu. »

« D'accord. »

Il lui fit traverser la cour et passer par une porte latérale du mur d'enceinte. « Vos cousines sont archères, elles aussi ? »

« Non, seulement moi. Du moins, je ne crois pas que Tara le soit. Et Jennet n'est certainement pas archère. Elle a sans doute l'esprit le plus brillant que je connaisse, mais elle déteste le tir à l'arc. Elle a appris à manier le poignard. »

« Vraiment ? Mais les jeunes femmes n'ont pas besoin d'apprendre le tir à l'arc ni à manier le poignard. » Ils traversèrent un vallon, passèrent devant un groupe de huttes pour la plupart abandonnées, puis pénétrèrent dans une épaisse pinède. Là, ils aperçurent des bosquets de chênes, d'ormes et de frênes.

Le regard de Brigid resta fixé sur les huttes désertes. « C'est ici que se trouve votre village ? Ce sont les huttes abandonnées des Matheson ? »

« Oui, nous les avons construites ici car les champs qui se trouvent derrière sont les plus fertiles. Les villageois cultivent les champs, cueillent des fruits en automne, et font également pousser des légumes racines avec un peu d'orge. Nous avons aussi des bergers qui emmènent leurs troupeaux jusqu'au centre de l'île. »

« Vos champs sont en jachère ? »

« Nous avons semé les légumes racines, mais pas l'orge. Nous avons de la chance que la malédiction soit arrivée à ce moment-là. Il a beaucoup plu, les plants devraient donc pousser. Ethan aime bien venir vérifier les semis. »

« Ainsi, aucune de vos femmes n'est archère ? Aucune n'est entraînée au maniement du poignard ? »

« Les femmes sont faites pour porter les enfants et les élever. Elles savent cuisiner et tisser. »

« Elles sont capables de bien d'autres choses, si vous les laissiez faire. Vous pourriez peut-être même avoir des archères. »

« Nous n'avons *plus* d'archers. La malédiction a emporté les deux seuls que nous avions. Mais il faudrait que ça change. Je pourrais peut-être vous convaincre de rester et d'entraîner quelques-uns de mes hommes. » Il lui adressa un regard en coin pour observer sa réaction.

« Mais pas vos femmes ? »

« Les femmes n'ont pas besoin d'être archères. » Il savait déjà que Brigid allait vivement réagir à sa réponse, mais c'était le but qu'il recherchait. Il aurait pu l'écouter pendant des heures. Son point de vue était différent, intelligent et enrichissant. Si son père était là, il l'aurait interrogée au sujet de la formation des archères.

« Mon père ne serait pas d'accord avec vous. Toutes les femmes doivent savoir se défendre.

Bien sûr, le fait que ma mère et ma sœur soient devenues deux des meilleures archères de toute l'Écosse l'a sûrement aidé à le comprendre. »

« Vous voulez dire les meilleures pour des femmes ? »

Elle éclata de rire. « Vous allez adorer rencontrer mes parents. Ils sont très différents. Ma mère et ma sœur sont meilleures archères que mon père, donc non, je ne parle pas que des femmes. Ma mère a été la meilleure du pays pendant des années, même si sa vue a baissé un peu ces derniers temps. »

« Attention où vous mettez les pieds » dit-il en désignant un tronc d'arbre en travers du chemin. Il l'enjamba, puis lui tendit la main. À sa grande surprise, elle la prit. Son cœur s'emballa, tout simplement. Il était irrésistiblement attiré par cette femme. Pourquoi ? Qu'avait-elle de si différent ? Était-ce la nouveauté, ou autre chose ?

Il retira sa main une fois de retour sur le chemin.

« Alors, vous vouliez me demander quelque chose ? » Elle le regarda en passant une main dans ses cheveux avant d'en glisser une mèche derrière l'oreille. Sa brillante chevelure brune descendait le long de sa poitrine, presque jusqu'à sa taille. Bon sang, c'était une autre facette d'elle qu'il appréciait.

Il dut lutter contre l'image qui s'imposait dans ses pensées : la jeune femme entièrement nue, ses longs cheveux tombant sur sa poitrine, ses tétons pointant entre les mèches. Bon Dieu, que lui avait-elle fait ?

Il s'arrêta pour lui faire face, car il ne voulait

pas rompre le charme du moment. Il aperçut une souche d'arbre au loin et dit : « Asseyez-vous, je vous prie. » Elle obéit, et il s'assit sur une autre.

« Avez-vous des nouvelles concernant votre fille ? »

« Oui. Quelqu'un a vu une fillette qui lui ressemblait en train de descendre le chemin. Il s'agissait d'une petite fille qui disait qu'elle voulait rentrer chez elle et qui avait du mal à marcher. Nous pensons qu'il s'agit de Kara. Elle n'aurait pas pu quitter le donjon toute seule. Mes hommes ont fouillé les environs de fond en comble, mais nous n'avons trouvé aucune trace d'elle, pas un seul lange souillé, rien. Demain, certains d'entre nous iront donc interroger les clans voisins, pour essayer de trouver des gens qui l'auraient vue. Mais ce n'est pas pour ça que je vous ai amenée ici. »

« Allez-y. Posez votre question. » Elle croisa les mains sur ses genoux et attendit qu'il poursuive, le dos droit, l'allure plus majestueuse que celle de n'importe quelle jeune femme qu'il ait jamais vue. Et pourtant, elle avait aussi une grande intelligence, une force de caractère… Cette femme était bien différente de toutes celles qu'il avait connues. Il dut se forcer à se concentrer.

« Quand votre père devrait-il arriver ? Je vous demande votre avis sincère à ce sujet. »

Elle fixa la cime des arbres pendant quelques instants avant de baisser les yeux vers lui. « Je dirais après-demain. »

« Et combien de guerriers amènera-t-il avec lui ? À votre avis. » Il retint son souffle, dans l'attente de sa réponse. Il avait besoin de ces guerriers.

« Entre une vingtaine et une soixantaine, je dirais. Il amènera mon frère et sa femme, qui sont également d'excellents archers, peut-être ma sœur et son mari. Et probablement une trentaine de guerriers, même s'ils arriveront peut-être sur deux jours. Quand il traque, il va plus vite seul et s'aventure dans des zones inaccessibles aux grands groupes. »

« J'aimerais vous demander une faveur. Je sais que nous vous avons enlevées à votre clan, mais pourriez-vous envisager de demander à votre père de nous aider à repousser nos éventuels assaillants ? Si vous le faites, je vous en serai éternellement reconnaissant, et une fois que notre donjon sera hors de danger, je vous promets de me racheter auprès de lui pour ce que j'ai fait. Je veux réparer mon manque de discernement. J'admets que mon inquiétude pour mes enfants m'a rendu un peu fou, et je n'ai peut-être pas suffisamment réfléchi à la situation, mais maintenant que vous êtes là, je pense vraiment avoir pris la bonne décision pour le clan Matheson. »

« Quels assaillants ? » Son sourire s'effaça pour laisser placer à des sourcils froncés, sa tête se pencha sur le côté et elle plissa ses yeux. Elle lui fit penser à une mère voulant protéger ses petits.

« La rumeur dit que dès que la malédiction sera levée et que la maladie aura disparu, deux clans voisins nous attaqueront pour s'emparer de notre château. Ils sont en train de le planifier en ce moment même. Il ne me reste que six gardes. J'ai besoin d'aide, et je sollicite le soutien du clan Ramsay. Je sais que j'ai commis des erreurs, mais je veux assumer au mieux mes fonctions de laird et défendre le clan Matheson. M'aiderez-vous ? »

Brigid se leva et arpenta la petite clairière, les mains derrière le dos, le regard fixé au sol. Bon sang, elle était si belle ! Il avait du mal à lui résister.

Il se leva et se planta à seulement quelques centimètres d'elle. « Je vous en prie. Si vous voulez que je vous supplie, je le ferai. »

Ils restèrent à se dévisager pendant un long moment. Il huma son doux parfum, admira le vert profond de ses yeux, ses dents blanches qui mordillaient sa lèvre inférieure. Une légère brise les surprit, et une mèche de ses cheveux lui caressa le visage. Alors il ne put se retenir – il leva la main et glissa sa mèche soyeuse derrière son oreille.

Son contact la fit sursauter, mais il perçut un léger tremblement et prit sa main pour le calmer. « Vous avez froid ? Nous pouvons rentrer, si vous le souhaitez. Je crois que vous m'avez donné votre réponse. » Elle ne répondait pas aussi vite qu'il l'aurait souhaité, mais il lui laissa quelques instants pour rassembler ses pensées. Si elle devait y réfléchir autant, alors il connaissait déjà sa réponse. Elle allait refuser. Il l'avait complètement mal jugée. Il avait eu l'étrange impression que son intérêt pour elle était réciproque, mais il s'était peut-être trompé.

Lorsqu'il prit sa main dans la sienne, il fut

surpris de constater qu'elle n'était pas froide du tout. Alors il la lâcha et s'éloigna. Elle allait refuser de l'aider. Que diable allait-il faire à présent ?

« D'accord, Marcas. »

Il s'immobilisa, puis se retourna brusquement pour lui faire face. « Qu'avez-vous dit ? »

« D'accord. Je vais demander à mon père de vous aider. »

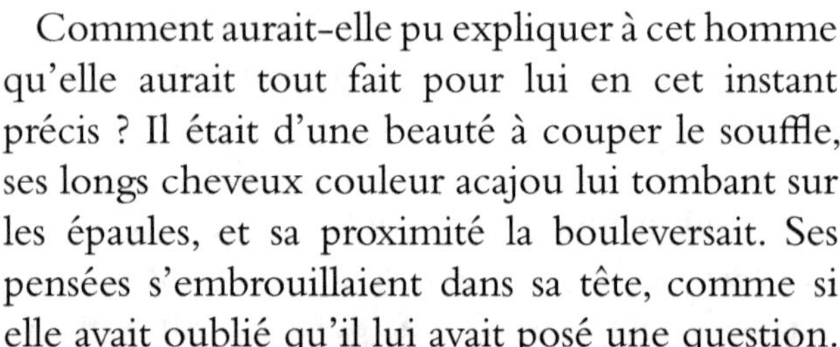

Comment aurait-elle pu expliquer à cet homme qu'elle aurait tout fait pour lui en cet instant précis ? Il était d'une beauté à couper le souffle, ses longs cheveux couleur acajou lui tombant sur les épaules, et sa proximité la bouleversait. Ses pensées s'embrouillaient dans sa tête, comme si elle avait oublié qu'il lui avait posé une question.

Pourtant, il l'avait fait, et dans son cœur elle savait qu'il avait déjà assez souffert. Elle ne pourrait tolérer qu'il perde l'héritage de sa famille. Elle demanderait de l'aide à ses parents, elle ferait tout son possible pour l'aider à retrouver sa fille, et elle tenterait de découvrir l'origine de cette malédiction. Ensuite, elle rentrerait chez elle.

Et elle retournerait à sa vie de monotonie.

En attendant, elle se tiendrait en haut de son mur d'enceinte, abattrait ses ennemis, serrerait une nouvelle fois son fils dans ses bras et userait de ses talents de guérisseuse pour percer le mystère qui rongeait son clan. Et en plus de tout cela, elle ferait son possible pour l'aider à retrouver sa fille. Il y avait tant à faire sur Black Isle.

« C'est vrai ? » demanda-t-il en s'approchant

pour effleurer sa joue du bout de son pouce. « Je vous en serais éternellement reconnaissant, vous savez. »

Son contact faillit la faire flancher, mais elle tint bon. « Inutile. C'est la meilleure chose à faire. Je trouve tellement cruel de vouloir profiter d'un clan après la tragédie que vous avez vécue. Mon père acceptera de vous aider. »

« Je vous en serais vraiment reconnaissant. Venez, je vous raccompagne. »

Ils prirent leur temps, et Brigid dut admettre qu'elle était subjuguée par la beauté de ses terres. « Est-ce une cascade que j'entends tout près ? J'adore les ruisseaux. »

« Je vais vous montrer. Il y a un vallon par ici, dont on dit qu'il abrite une porte féerique. Je ne sais pas si c'est vrai, mais on dit que l'île avait un lien tout particulier avec les fées de notre pays. » Il la conduisit sur un sentier à l'écart, sous un bosquet de pins, jusqu'à une petite clairière, le bruit de l'eau vive se faisant plus fort à leurs oreilles. Il écarta des branches pour la jeune femme, qui se glissa sous un pin chétif avant de pénétrer dans un lieu qui semblait véritablement enchanté.

« C'est magnifique, Marcas. » Les fleurs sauvages en bouton et le chant des oiseaux conféraient aux lieux une ambiance tout à fait spéciale. Deux cascades emplissaient l'air d'une douce musique, et le ruisseau dévalait les pierres. C'était le genre de bruit qui donnait envie de s'attarder pour toujours, simplement pour écouter et se laisser transporter dans un autre monde où les oiseaux gambadaient et les papillons dansaient au-dessus de l'eau.

« Pourquoi appelle-t-on cet endroit Black Isle ? »

« Tout le monde nous pose la question, et personne ne le sait vraiment » répondit-il en riant. « Nous avons plusieurs hypothèses. L'une d'elles provient de sa terre sombre et fertile. Nos champs, ceux qui se trouvent derrière le village, là où se dressent certains de nos cottages – même s'ils sont déserts pour la plupart à l'heure qu'il est – sont parmi les plus fertiles de la région. Un autre phénomène étrange qui se produit chaque année, c'est que lorsque tombent des flocons, la neige ne tient pas. Lorsque les navires arrivent à Inverness, ils demandent souvent pourquoi la péninsule est noire alors que la terre tout autour est blanche. »

« Et pourquoi la neige ne tient-elle pas ? »

« Je l'ignore. Personne ne l'a jamais su. Nos épaisses forêts empêchent la neige de tomber dans certaines zones, mais pas partout. » Il leva les yeux vers les nuages et reprit : « Nous devrions probablement rentrer. Je vous raconterai tout à propos de Black Isle sur le chemin du retour vers le donjon. »

Elle adorait écouter ses paroles enthousiastes. Il aimait véritablement ses terres, ce qui lui fit se demander pourquoi il avait envisagé de ne pas prendre son héritage légitime. En fait, elle était tellement absorbée par le jeune homme qu'elle trébucha sur une racine, et il la rattrapa. Leurs visages furent soudain si proches qu'il aurait pu l'embrasser s'il l'avait voulu.

Ils restèrent figés ainsi, les yeux plongés dans le regard de l'autre, et elle remarqua que si ses iris avaient surtout une teinte grise, ils étaient aussi mouchetés de bleu, comme ceux de son cousin Connor. Pourtant, ce n'était pas ses yeux qu'il regardait, mais ses lèvres, et elle eut soudain l'envie qu'il l'embrasse.

Un oiseau poussa un cri au-dessus de leurs têtes, rompant le charme. Il l'aida à se redresser en s'excusant : « Pardonnez-moi. Je ne sais pas ce qui m'a pris. »

Comme elle ne savait pas quoi répondre, elle se contenta de jouer avec ses cheveux et sa tunique, lissant des plis qui n'existaient pas.

« Je me suis montré trop entreprenant avec vous, lady Brigid. Je n'aurais pas dû. J'espère que vous me pardonnerez. »

Une audace inhabituelle l'envahit, mais elle refusa de la refouler. « Il n'y a rien à pardonner. Vos attentions me plaisent. Aucun garçon n'a jamais osé m'approcher à cause de mes parents, alors je dois avouer que j'apprécie vraiment cette proximité avec vous. » Elle faillit ajouter que les choses changeraient sûrement à l'arrivée de son père.

Il s'immobilisa, prit son visage dans ses mains et dit : « Aimeriez-vous que je vous embrasse ? Parce que j'en ai une envie irrésistible. » Il lui adressa un sourire en coin, dans l'attente de sa réponse.

« Oui. » Un frisson faillit la parcourir, ce qui la fit sursauter, mais l'idée d'être embrassée par un homme, et un aussi bel homme de surcroît, fit battre son cœur plus fort, et elle ne se recula pas.

Ses lèvres effleurèrent les siennes, un contact à peine perceptible, avant qu'il ne relève la tête pour plonger son regard dans le sien. Il jaugeait sa réaction, comprit-elle. C'était le signe d'un véritable gentleman : il lui laissait la possibilité de refuser son baiser.

Mais il n'en était pas question.

Elle se pencha vers lui, avide de son baiser, et ses lèvres se posèrent sur les siennes, sa langue pressant la commissure de ses lèvres jusqu'à ce qu'elle les entrouvre et qu'il s'y enfonce profondément, éveillant en elle une sensation inédite : du désir. Peu expérimentée au jeu des baisers, à l'exception de quelques bises innocentes, elle imita chacun de ses mouvements. Leurs langues s'entremêlèrent, provoquant un frisson intense au plus profond d'elle-même. Il laissa échapper un grognement sourd et l'attira contre lui, ses courbes se fondant contre sa virilité. Elle savourait cette sensation nouvelle. Mais plus surprenant encore, c'était la façon dont ce frisson et cette chaleur la parcouraient, du ventre jusqu'au plus profond d'elle-même, une sensation aussi nouvelle et irrésistible que ce besoin impérieux d'être comblée.

Se sentir désirée, dévorée, jouer avec l'interdit.

Il mit brusquement fin au baiser, mais elle fut ravie de lire l'envie dans son regard, signe qu'il y avait pris autant de plaisir qu'elle. Il effleura sa lèvre inférieure de son pouce et murmura : « On ferait mieux de rentrer. Tu es bien trop tentante pour moi, ma belle. »

Ils retournèrent main dans la main jusqu'au mur d'enceinte, la chaleur de sa peau brûlant la sienne. Mais hélas, ce moment prit fin lorsqu'il la lâcha pour ouvrir la porte. Il entreprit alors de la raccompagner au donjon, mais elle l'arrêta et déclara : « Je crois que si je veux vraiment t'aider, il va falloir que tu me trouves quelque chose. »

Il se tourna vers elle. « Bien sûr. De quoi as-tu besoin ? »

« Un arc, un carquois, beaucoup de flèches et une cible pour m'entraîner. »

CHAPITRE 11

LOGAN RAMSAY POUSSA un juron en sortant de l'auberge, mais se dirigea droit vers sa femme, qui se tenait près de son cheval avec un seau d'eau. Cailean, Sorcha, Gavin et Merewen se trouvaient non loin de Gwyneth. « Ils étaient là. Trois hommes et trois femmes. »

« Connaissaient-ils les hommes ? » s'enquit Gavin.

« Oui. Ils sont du clan Matheson de Black Isle, près de North Kessock. »

« Alors, allons-y » dit Gwynie en posant le seau avant de remonter en selle.

Logan leva une main. « Pas encore. Écoutez-moi. Ils avaient d'autres informations, que je n'avais pas vraiment envie d'entendre. Il n'y a personne à l'intérieur, alors pourquoi ne pas prendre un bon bol de ragoût bien chaud pendant que nous sommes seuls dans la salle à manger ? Je pourrai vous donner tous les détails. »

« Excellente idée » dit Gavin dit. « Je meurs de faim. »

« Quand est-ce que tu n'as pas faim, Gavin ? »

rétorqua Merewen d'une voix traînante. « Tu manges plus que quiconque. »

« Sauf Cailean » intervint Sorcha en jetant un coup d'œil à son mari musclé.

Logan était heureux d'être accompagné de ce groupe, car il savait que c'était la meilleure solution pour protéger sa fille. Cailean, son gendre qu'il adorait taquiner, était un puissant colosse à la carrure intimidante. Grand, imposant et musclé, c'était un escrimeur hors pair, tandis que les autres étaient tous d'excellents archers. Gavin, lui, était capable de manier l'arc et l'épée – il venait donc toujours avec eux. Ses enfants avaient tous fait de beaux mariages. Maggie et Molly, ses deux filles adoptives, avaient elles aussi trouvé de bons partis. D'ailleurs, Logan s'attendait à voir bientôt arriver Maggie et son mari, Will. Il leur avait fait parvenir un message à Edinburgh, afin de les informer que Brigid et Jennet avaient disparu.

Une fois à l'intérieur, le groupe s'installa autour d'une grande table devant la cheminée. La serveuse apporta des miches de pain chaud, et ils se servirent de la bière sur la table d'appoint. Vinrent ensuite des bols fumants d'un épais ragoût d'agneau, garni de carottes, de petits pois, de haricots et de panais, aromatisé au persil et à l'oignon.

Cailean poussa un grognement lorsqu'il aperçut le repas. Il en prit alors une bouchée et se pencha vers Sorcha pour lui mordiller le cou. « C'est délicieux. »

Une fois seuls, Logan leur expliqua ce qu'il avait appris : « Les trois filles ont été enlevées par les frères du clan Matheson. Leur laird est l'aîné. »

« Pourquoi ? » demanda Gwynie d'un ton neutre.

« Le clan Matheson se trouve de l'autre côté de Beauly Firth, en face d'Inverness et du premier château que l'on croise en longeant la côte sud de Black Isle. On raconte que l'île est maudite. »

Il leur laissa un instant pour digérer cette information, tout en prenant une bouchée de son ragoût. Il était excellent, preuve qu'ils étaient bien à Inverness, où arrivaient souvent des navires chargés d'épices en provenance d'Europe. L'influence nordique était très forte dans cette ville, et les Grant le savaient pertinemment : Connor avait rencontré sa femme nordique, Sela, ici même à Inverness.

« Quel genre de malédiction ? » demanda Gavin.

« Une épidémie de fièvre et de vomissements, qui a emporté plus de la moitié du clan Matheson, y compris le laird et sa femme, ainsi que l'épouse du fils aîné, qui venait de donner naissance à leur deuxième enfant l'année précédente. Sa fille et sa sœur ont également été touchées, et on dit qu'il en avait perdu la raison. Mais l'aubergiste a aussi entendu dire que le nouveau laird et ses frères étaient partis à la recherche de puissantes guérisseuses. Ce ne sont que des conjectures, mais vous savez comment les nouvelles se répandent quand il y a tant de morts. »

« Et ils ont eu la bonne idée d'aller chercher Brigid, Jennet et Tara ? » demanda Gwynie. « Les trois ? Sage décision. »

« Non, ils voulaient enlever Brenna et Jennie » répondit Logan. « Deux frères sont allés sur les terres des Cameron, et l'aîné s'est faufilé seul chez nous avant de repartir avec les deux filles. »

Sorcha gloussa. « Je me demande combien de temps il leur a fallu pour réaliser que ce n'était pas tante Brenna qu'ils avaient enlevée. »

« Et Jennet a dû leur en faire voir de toutes les couleurs » ajouta Gavin.

Kyle entra pour les rejoindre. Logan lui expliqua rapidement la situation et ils attendirent sa réaction. « Je me doutais bien que ça arriverait un jour, comme vous l'avez fait il y a tant d'années, Logan. La réputation des guérisseurs se répand vite, et comme vous le savez, le désespoir peut pousser les hommes à faire des choses inhabituelles. »

Personne ne fit de commentaire sur l'observation de Kyle. Certes, Logan avait fait la même chose pour sauver son frère Quade des années auparavant, alors que ce dernier était mourant. Le plus étrange dans cette histoire, c'était que la guérisseuse en question avait fini par épouser son frère. Brenna Grant avait également guéri sa nièce et son neveu, ce pour quoi il lui serait éternellement reconnaissant. À présent, elle jouissait de la meilleure réputation du royaume, tout comme sa sœur Jennie Cameron, toutes deux formées par leur mère et leur grand-père.

Sorcha croqua dans une carotte et dit : « Trois

garçons, trois filles… » Puis elle adressa un clin d'œil à Merewen.

Logan lança un regard noir à sa fille. « Qu'est-ce que c'est censé vouloir dire ? »

« Que tes filles ont du mal à trouver un mari, car tous les hommes ont peur de toi. Peut-être que Brigid trouvera l'amour de sa vie au sein du clan Matheson. Elle est en âge de se marier, père, même si tu refuses de l'admettre. »

Logan faillit bondir de sa chaise, mais Gwynie le retenait déjà fermement par le bras. « Assieds-toi. Si la rumeur est vraie, alors ils ont bien besoin des trois guérisseuses. Peut-être parviendront-elles à découvrir le problème. Jennet adore ce genre d'énigmes, alors je suppose qu'elles n'ont pas essayé de s'enfuir. »

« Je suis d'accord » dit Merewen. « Une fois qu'elles ont appris la vérité, elles ont probablement accepté de les aider. Elles ont un grand cœur quand il s'agit de soigner les autres, surtout Brigid. »

Logan passa une main dans sa barbe naissante. « Bon sang, vous avez raison. Ces hommes ont perdu la moitié de leur clan, leur chef et sa femme, ainsi que la femme de leur fils, d'après l'aubergiste. Il m'a aussi expliqué que les clans voisins attendent la fin de la malédiction, et que dès qu'ils n'auront plus peur d'entrer dans le donjon, ils prévoient de les attaquer pour s'emparer de leur château et de leurs champs fertiles. Ne reste plus qu'à savoir qui osera y aller le premier. »

« Nous devons les aider, père » dit Sorcha.

« C'est vrai » ajouta Gwynie. « Mais je ne veux

pas tomber malade non plus. Je propose qu'on passe la nuit ici et qu'on laisse aux filles une journée de plus pour découvrir la cause de cette maladie. »

« Mais d'après l'aubergiste, la maladie et la mort y sévissent depuis près de deux lunes. »

« C'est une bonne nouvelle. Tu sais ce que dit Brenna : si ça dure aussi longtemps, c'est que ce n'est pas contagieux. Il doit y avoir autre chose qui cloche. »

« Elles finiront bien par trouver une solution, père » dit Gavin. « Je propose qu'on passe la nuit ici, dans un vrai lit. Une fois arrivés au château, nous ne pourrons peut-être pas loger dans le donjon. On ignore dans quel état il est, avec autant de morts. Certes, des gens ont peut-être survécu, mais sont-ils restés sur place ou se sont-ils enfuis ? Ont-ils encore une cuisinière ? »

« Ça te ressemble bien de t'inquiéter de leur cuisinière, Gavin » rétorqua Merewen d'une voix traînante.

« Je suis d'accord avec Gavin » intervint Kyle. « S'il y a des gens qui n'ont pas été contaminés, ils ont probablement déjà rejoint un autre clan, en emportant leur famille et leurs biens. À mon avis, dès que le mot *malédiction* a été prononcé, les gens ont dû prendre la fuite. On ignore combien il restait de membres du clan quand les trois frères sont revenus. »

« Allez, père ? » demanda Sorcha. « Tu promets de les aider ? »

« Je suis d'accord. Mais nous partons demain. Je n'attendrai pas un jour de plus. »

Logan voulait absolument savoir si Sorcha avait raison. Sa petite fille chérie risquait-elle de tomber amoureuse ?

CHAPITRE 12

BRIGID AJUSTA LA jupe de la robe sombre que lui avait trouvée Gisela. D'un bleu si foncé qu'elle paraissait presque noire, elle ferait l'affaire. Elles faisaient à peu près la même taille, alors même si elle était un peu serrée, ce serait toujours mieux qu'une robe sale. Après leur bain, les cousines avaient trouvé les vêtements propres laissés par Nonie et s'étaient préparées à aller dîner dans le hall.

À leur arrivée, le groupe était en train de s'installer. Marcas fit signe aux trois guérisseuses de prendre place à la table à tréteaux avec ses frères. Le groupe était réparti sur trois tables, mais Marcas laissa volontairement l'estrade vide.

Une fois tout le monde installé, Jinny et Nonie apportèrent divers ragoûts, des tourtes à la viande et du pain. Un plateau de fromages était disposé sur chaque table. Tiernay, assis sur les genoux de Gisela, grignotait joyeusement un morceau de pain croustillant.

Ils parlèrent peu pendant le repas, évoquant principalement le temps qu'il faisait, le mobilier, la quantité de nourriture ou les succès de la chasse des hommes.

Lorsque les tartes aux fruits furent servies sur des plateaux, Marcas se leva et la salle fut plongée dans le silence. « Je suis certain que vous avez tous conscience de la chance que nous avons d'avoir ici trois des meilleures guérisseuses de toute l'Écosse, mais j'insiste pour que nous poursuivions nos recherches afin de déterminer la cause de la maladie et de ces décès. Je ne crois pas à une malédiction, mais plutôt à une erreur de jugement – comme un aliment ou un animal qui nous aurait rendus malades. Je vous demande donc à tous de rester avec nous, d'écouter et de répondre avec attention aux questions de ces jeunes femmes. » Puis il fit signe aux guérisseuses de se lever.

Jennet, Brigid et Tara se levèrent et se placèrent à la vue des trois tables.

Jennet commença alors : « Combien d'entre vous ont été malades et ont survécu ? Si vous avez été malades ces deux dernières lunes, levez la main. »

Tous, sauf Ethan, levèrent la main. Brigid jeta un coup d'œil autour d'elle et demanda : « Tout le monde sauf Ethan ? » Tous acquiescèrent d'un signe de tête ou firent un geste d'approbation.

« Étiez-vous aussi malades que ceux qui nous ont quittés, ou vos symptômes étaient-ils moins sévères ? » demanda Tara, avant de faire le tour de la salle pour que chacun puisse répondre. La plupart avaient été très malades, mais pas tous.

Brigid posa une autre question : « L'un d'entre vous a-t-il été malade plus d'une fois ? »

Six mains se levèrent.

« Plus de deux fois ? »

Quatre des six mains restèrent levées.

Jennet se tourna vers Jinny et lui demanda : « Depuis combien de temps êtes-vous cuisinière ici, Jinny ? »

L'intéressée jeta un coup d'œil aux trois frères, puis répondit timidement : « Presque deux étés, milady. »

« Avez-vous trouvé de nouvelles herbes aromatiques dans le jardin ou déterré des légumes inhabituels pour parfumer les ragoûts ? »

« Non, j'utilise toujours les mêmes, et des épices d'Inverness. Du sel, du persil, tout ce qu'il y a de plus normal. De l'oignon. »

« Ceux qui ont été malades, veuillez vous lever » demanda Tara. Les membres du clan s'exécutèrent et attendirent le reste des instructions. « Si vous ne buvez jamais de bière, veuillez vous asseoir. »

Trois personnes s'assirent. Tara leur fit signe de se relever. « Si vous ne buvez jamais de lait de chèvre, veuillez vous asseoir. »

La moitié du groupe s'assit.

Elle leur fit signe de se rasseoir. « Ce puits que vous utilisez est-il récent ? »

« Il date d'environ neuf lunes » répondit Shaw. « Mais les premiers cas de maladie ne sont apparus qu'il y a deux lunes. »

« Et personne des autres clans n'a signalé la même maladie ? »

« C'est exact. J'ai interrogé beaucoup de gens.

Aucun décès dû à des vomissements. » Ethan se leva alors pour continuer ses explications. « Je me suis arrêté au prieuré de Beauly, et les moines m'ont raconté qu'ils avaient été appelés pour quelques enterrements, mais aucun à cause de vomissements. »

Brigid se tourna vers Jennet. « Autre chose ? »

« Une chose, oui » répondit Jennet. « Veuillez vous assurer de toujours faire bouillir l'eau du puits pendant plusieurs minutes. C'est très important. »

Jinny acquiesça. « Oui, milady. »

Marcas se leva alors et dit à Alvery : « Allez reprendre vos postes. Je ne veux pas me retrouver pris au dépourvu à l'arrivée des Ramsay ou des Milton. »

Les gardes prirent congé, quelques-uns s'emparant d'une dernière bière avant de partir. Jinny et Nonie s'occupèrent de nettoyer, et une jeune femme sortit des cuisines pour les aider. Les joues rougissantes, Jinny expliqua : « J'ai demandé à ma fille de venir nous aider. Elle restera quelque temps avec nous. » La jeune femme était visiblement enceinte. « Elle a perdu son mari. Il est tombé de cheval et s'est brisé la nuque. »

« Toutes mes condoléances, jeune fille » déclara Marcas. « Nous sommes ravis de vous accueillir. Merci beaucoup à vous, Jinny, et à votre fille. Comment s'appelle-t-elle ? »

« Edda. »

« Je vous remercie de m'avoir permis de venir, milord. » Elle lui adressa une brève révérence, un peu maladroite à cause de sa grossesse.

« Vous serez toujours la bienvenue, Edda. »

Une fois les tables débarrassées, il ne resta plus que les trois frères, Gisela, Tiernay et les trois guérisseuses. Shaw demanda : « Alors, Marcas, as-tu une idée du temps qu'il nous reste avant que les Ramsay arrivent pour nous pendre par les couilles ? »

Incapable de dissimuler son sourire, Marcas répondit : « Deux jours, à mon avis. Ethan et moi irons demain chez les clans Milton et MacHeth à la recherche de Kara, puis nous reviendrons à temps pour accueillir les Ramsay. »

« Ne vous inquiétez pas, personne ne vous pendra par les couilles » ajouta Jennet.

« Pourquoi ça ? J'ai entendu dire que les Ramsay étaient impitoyables, surtout Logan Ramsay » commenta Shaw.

« Ce n'est pas de Logan Ramsay dont vous devez vous méfier, mais de la mère de Brigid. »

Les trois frères échangèrent un regard, visiblement perplexes. « Pourquoi sa mère ? » demanda Ethan.

« Parce que sa mère est la meilleure archère de toute la région, et elle préfère viser les hommes dans les couilles plutôt que de les pendre » dit Jennet.

Les trois frères se regardèrent et éclatèrent de rire.

« Vous plaisantez ? » demanda Marcas.

« Oh, elle est tout à fait sérieuse » intervint Tara. « Demandez-lui de vous parler d'un certain Bearchun. Il a enlevé sa nièce adorée, la sœur aînée de Jennet, et Gwyneth l'a cloué à un arbre à l'aide d'une flèche dans les couilles. »

Marcas et Shaw éclatèrent d'un rire encore plus fort, tandis qu'Ethan gardait le silence. Marcas se rapprocha de Brigid et posa son bras sur ses épaules. « Je vous trouve très drôles. Pourquoi est-ce que vous ne riez pas ? »

Brigid haussa les épaules et se mit à glousser. Il était si mignon quand il riait, et son sourire était magnifique. Elle ne l'avait jamais vu comme ça, et ça lui plaisait. Plus il riait, plus elle riait à son tour, et avant même qu'elle ne s'en rende compte, eux et Shaw furent pris d'un fou rire hystérique.

Marcas s'éloigna d'elle et se pencha en avant, riant toujours aux éclats, seulement capable de sortir quelques bribes de phrases : « Cloué… à… à… un… arbre… ! » Il rit et rit jusqu'à s'effondrer sur une chaise. Shaw et Brigid riaient encore quand Jennet se planta devant lui.

« Pourquoi riez-vous ainsi ? »

Il tenta de se calmer, les mains sur le ventre, et parvint à articuler : « Rien que l'image… Comment avez-vous pu imaginer une chose pareille ? » Puis il rit de nouveau.

« Je n'ai pas eu besoin de l'imaginer, je l'ai vu » dit Jennet. « Je me trouvais non loin de là, et quelques instants après, j'ai vu la flèche encore plantée entre ses jambes. Du sang recouvrait son entrejambe. »

À cette révélation – ou peut-être était-ce à cause de l'air sérieux de Jennet ? – Marcas et Shaw cessèrent immédiatement de rire. Shaw la regarda et demanda : « Vous ne plaisantez pas, je me trompe ? »

« Non. Je plaisante rarement, d'ailleurs. Tara et Brigid, si. Mais pas moi. Tout est vrai. Les Ramsay, avec le père de Brigid en tête, ont menacé cet homme et ont exigé qu'il leur dise où nous étions. Ils nous avaient ligotés et abandonnés dans un cottage, mais ce salaud a dit à la mère de Brigid que nous étions dans une caisse, enterrées, avec seulement un tuyau pour respirer. Il leur a dit qu'ils ne nous retrouveraient jamais. Tante Gwyneth était hors d'elle. Elle a décoché deux flèches et l'a cloué à un arbre, où il est mort quelques minutes plus tard. Mais pas avant d'avoir révélé la vérité. »

Les trois hommes pâlirent en fixant Brigid. Marcas murmura : « C'est ta mère, ça ? »

Brigid acquiesça. « Il vous reste un jour avant leur arrivée. Profitez-en bien. »

CHAPITRE 13

MARCAS ARRIVA AUX portes du clan MacHeth à cheval, se frottant les mâchoires. Shaw et lui avaient déjà parcouru le clan Milton sans y croiser personne de suspect. Il avait interrogé le laird et les gardes à la porte, mais personne n'avait remarqué de nouvelle petite fille.

Une fois arrivé aux portes du clan MacHeth, il cria au garde posté en haut du mur d'enceinte : « Je voudrais parler à votre chef. »

« Êtes-vous encore maudit, Matheson ? » lui hurla l'homme en réponse.

« Non, mon frère et moi sommes tombés malades il y a une lune. Personne n'a été malade ces derniers temps, et j'ai trois guérisseuses pour nous aider en cas de nouvelle contagion. »

« Vous n'auriez pas dû renvoyer votre première guérisseuse. » L'homme descendit l'escalier à l'intérieur du mur d'enceinte, hors de leur vue, puis vint se placer sous la herse pour leur parler. « Attendez ici. Je dois consulter le chef. »

Marcas hocha la tête, les yeux tournés vers son

frère tout secouant la sienne, frustré. « Ils croient que nous allons tous les tuer. »

« Oublie ça, Marcas. Notre but, c'est d'entrer et de jeter un coup d'œil. C'est tout ce que nous ferons ici. »

Marcas savait que Shaw avait parfaitement raison. Rien d'autre n'avait d'importance. Kara était quelque part sur Black Isle. Il le sentait, mais où exactement ?

Harald, le second du clan, vint les accueillir aux portes. « Vous êtes de retour, Matheson. J'ai entendu dire que vous étiez parti. J'ai été désolé d'apprendre la mort de vos parents et de votre femme. Vous n'avez pas été malade ? »

« Shaw et moi sommes tombés malades, mais nous avons survécu. Mais ce n'est pas la raison de ma visite. »

Harald fit entrer les deux hommes dans la loge du mur d'enceinte, tout en renvoyant le garde à l'extérieur. « Que puis-je faire pour vous ? »

« Avez-vous vu une femme accompagnée d'une petite fille qui n'était pas la sienne ? »

Il fronça les sourcils. « Non, pas à ma connaissance. Pourquoi ? »

« Ma fille a disparu. Elle n'a que trois hivers et a été enlevée de notre donjon pendant la nuit, alors que ma sœur était malade et dormait. »

« Avez-vous fouillé les environs ? Inutile de vous rappeler que des animaux sauvages rôdent par ici. » Harald avait les cheveux et la barbe d'un roux fourni, qu'il brossait souvent d'un geste de la main, à la manière d'un chat.

« Elle n'avait ni la taille ni la force pour sortir

seule du donjon, ni même pour franchir la porte » répondit Shaw. « Quelqu'un l'a donc forcément enlevée. »

« Je n'ai vu personne ressemblant à cette description, mais on dit qu'il va y avoir un marché à Rosemarkie dans une quinzaine de jours. Vous pourriez aller voir là-bas. Combien de membres de votre clan avez-vous perdus ? »

Marcas n'appréciait pas la tournure que prenait la conversation et se méfia soudain de l'homme qu'il considérait comme un ami. Il croisa alors les bras et demanda : « Faites-vous partie des clans qui projettent de nous attaquer et de s'emparer de notre donjon ? »

« Non, mais j'ai entendu dire que c'était le cas des Milton. Je vous aiderai si besoin. Vous savez que l'alliance de nos lairds remonte à loin. » Marcas remarqua qu'ils commençaient à attirer l'attention, car de plus en plus de gardes s'approchaient de la loge du mur d'enceinte. Les voix des hommes avaient porté jusqu'à la porte et alerté les curieux, aussi Harald passa la tête par l'embrasure et aboya : « Vous n'avez rien d'autre à faire ? » Les badauds s'éloignèrent en traînant les pieds.

« J'espère que nous aurons un peu de soutien. J'ai trois guérisseuses des clans Ramsay et Cameron, et les Ramsay se dirigent vers nous. Avec un peu de chance, ils nous aideront à protéger nos terres. »

« Logan Ramsay ? Vous le connaissez ? » Harald poussa un sifflement, signe évident de respect. « Cet homme a une sacrée réputation, tout comme sa femme. Vous auriez de la chance de l'avoir à vos côtés. »

« Non, je ne l'ai jamais rencontré, mais sa fille m'a dit qu'il nous aidera. »

« Je l'espère pour vous. À votre place, je ne voudrais pas me retrouver attaqué par des guerriers Ramsay. Bon sang, Matheson, votre vie a vraiment pris une mauvaise tournure. Est-ce que votre sœur est vivante ? Et Ethan ? »

« Oui, Gisela, mon fils Tiernay, nous trois, Nonie et la cuisinière Jinny. Ainsi qu'une douzaine de gardes environ. »

Harald sortit de la loge et contempla les oiseaux qui volaient au-dessus de lui, puis fit signe à ses garder de ramener les deux frères jusqu'aux portes, auprès de leurs chevaux. Il baissa ensuite les yeux vers eux. « Nous vous aiderons du mieux que nous pourrons. Je ferai passer le mot pour votre fille, et je me renseignerai au marché. Elle est brune comme vous ? »

« Oui. »

« Une dernière question, si vous permettez » intervint Shaw. « Avez-vous entendu parler de quelqu'un qui souffre de vomissements dans d'autres clans ? »

Harald secoua la tête, les mains sur les hanches. « Au cours de la dernière lune, je me suis rendu à Rosemarkie, Cromarty et Munlochy, et j'ai posé la question à chaque fois. Personne n'a subi la même malédiction que vous, mais tout le monde en a entendu parler. »

« Nous ferions mieux de rentrer, au cas où quelqu'un déciderait de nous attaquer » dit Shaw.

« Appelez-moi si vous avez besoin d'aide. » Harald posa la main sur l'épaule de Marcas, puis se retourna.

Ils n'étaient pas plus avancés que la veille au sujet de Kara.

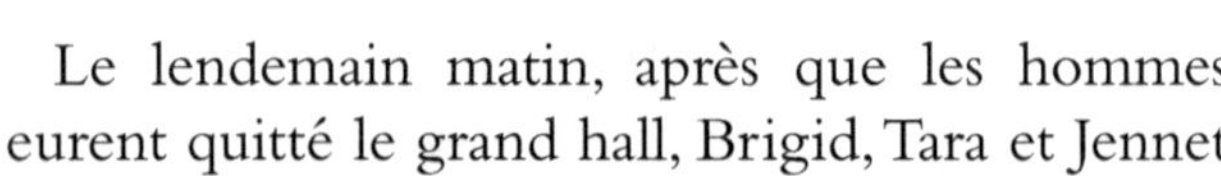

Le lendemain matin, après que les hommes eurent quitté le grand hall, Brigid, Tara et Jennet s'assirent à table pour terminer leur bouillie d'avoine.

« J'aimerais savoir ce que chacune d'entre nous trouve le plus suspect » déclara Brigid. « La réponse n'est pas aussi claire que je l'aurais espéré, mais je pense que nous serons d'accord pour dire que ce n'est pas une maladie contagieuse, vu le décompte précis d'Ethan et le fait que tout ait commencé il y a plus de deux lunes. »

« Tout à fait » répondirent les deux autres à l'unisson.

« Je vais aller dans les cuisines vérifier les herbes ainsi que les autres ingrédients » dit Tara. « Peut-être que ça vient de là. Il faudrait aussi interroger Ethan sur ses habitudes, puisqu'il est le seul à ne pas être tombé malade. »

« Oui, on pourra lui poser la question au déjeuner » répondit Brigid, le menton appuyé sur sa paume, le coude sur la table. « Jennet ? À ton avis, quel est le coupable le plus probable ? »

« Je vais aller vérifier la bière, voir s'il y a des fissures dans les tonneaux. Ensuite, je voudrais examiner les chèvres pour vérifier si certaines sont malades. Bethia dit que les maladies peuvent parfois se transmettre de l'animal à l'homme. » Jennet se leva, vêtue de son pantalon préféré. En fait, les trois jeunes femmes portaient un pantalon car, même si elles ne savaient pas exactement où elles allaient enquêter, il était peu probable qu'elles restent propres en robe. Elles savaient qu'elles devaient aller au puits, mais aussi examiner les animaux et les plantations à l'extérieur. Qui sait ce qu'elles allaient découvrir ? « Et toi, Brigid ? Quelle est la cause, d'après toi ? »

« Je trouve que l'idée de Tara d'aller voir les cuisines est bonne, tout comme la tienne, mais j'aimerais jeter un œil au puits. »

« Dans ce cas, je propose que nous partions chacune de notre côté et que nous nous retrouvions ici dans deux heures » déclara Jennet. « Nous allons fouiller les lieux de fond en comble. Le château Eddirdale recèle des secrets que nous devons absolument percer avant l'arrivée d'oncle Logan. »

Elles se séparèrent donc. Brigid sortit dehors, Jennet se dirigea vers les caves et Tara se rendit vers la porte de derrière et les cuisines extérieures. Le puits se trouvait sur le côté, près du mur d'enceinte, et Brigid fut surprise d'y voir quelqu'un, le corps à moitié penché par-dessus le cercle de pierre qui le protégeait.

Lorsqu'elle s'approcha, l'homme se redressa brusquement, une expression choquée sur son beau visage. Il avait les cheveux blonds, et il arbora un large sourire dès qu'il la vit, rejetant ses longues mèches par-dessus son épaule avec un naturel désarmant. Ses yeux bleus la fixaient comme si elle était la créature la plus précieuse de Black Isle. Son visage était d'une beauté à couper le souffle. Il était si beau qu'elle en resta presque sans voix.

« Oh ! En voilà une ravissante jeune femme sur les terres des Matheson. Je ne vous avais jamais vue. D'où venez-vous ? » L'homme s'éloigna du puits et se planta à seulement quelques centimètres devant elle. Une telle proximité mit Brigid mal à l'aise, mais elle garda son calme et ne recula que d'un demi-pas. « Plus je m'approche, plus vous me paraissez belle. Quel est votre nom et d'où venez-vous ? »

« Je ne vous ai jamais vu ici non plus. Peut-être devriez-vous vous présenter en premier » répondit Brigid en croisant les mains et en reculant d'un pas.

« Je m'appelle Morris, et j'aimerais beaucoup faire votre connaissance. » Il l'attira contre lui jusqu'à ce qu'ils se retrouvent face à face. « On ne croise pas beaucoup de beautés comme vous sur Black Isle. Puis-je vous voler un baiser ? » Il ferma les yeux en avançant les lèvres pour les poser sur les siennes, mais elle le repoussa.

« Non, vous ne pouvez pas. Vous êtes incroyablement impoli. De quel clan venez-vous ? »

« Je réside au sein de plusieurs clans. Je voyage de l'un à l'autre car je ne tiens pas en place. J'avais juste besoin d'un peu d'eau, alors j'ai pensé m'arrêter au puits des Matheson, puisqu'il ne reste plus grand monde par ici et que je ne dérangerais personne. Mais maintenant que je sais que vous vivez ici, je pourrais bien rejoindre le clan Matheson rien que pour vous. »

Brigid dut admettre qu'elle se sentait flattée. Sur les terres de Ramsay, personne n'aurait osé l'approcher ainsi. Et Morris était bel homme, avec un sourire plus éclatant que tout ce qu'elle avait jamais vu. Et ce qu'elle trouvait encore plus séduisant, c'était ses longs cheveux blonds, sa barbe naissante et ses yeux d'un bleu profond qui la fixaient sans la lâcher.

Brigid eut l'étrange impression que, puisque Marcas lui avait déjà donné des baisers passionnés, elle allait peut-être en recevoir d'autres de la part de cet homme. « N'avez-vous pas peur de la malédiction ? »

« Non, la rumeur dit que personne n'est mort depuis quinze jours. Mais quand êtes-vous arrivée ici ? Vous êtes nouvelle. Et jolie. Et jeune. Et tout ce que je recherche chez une femme. Peut-être devrais-je vous enlever et vous épouser. »

Il lui adressa un clin d'œil, mais elle refusa de se prêter à ses plaisanteries. « Mon père ne serait pas ravi d'apprendre qu'on m'a enlevée. »

« Qui est votre père ? »

« Logan Ramsay. » Elle attendit que l'homme réagisse à son nom, guettant le moindre changement dans son attitude, mais elle ne remarqua rien.

« Je n'ai rien fait de mal. Je serais ravi de le rencontrer et de lui demander la permission de vous prendre pour épouse. »

Brigid croisa les bras et rétorqua : « Peut-être

que c'est à moi que vous devriez d'abord poser la question. »

« Les femmes sont belles et font de merveilleuses mères, mais ce sont les hommes qui prennent les meilleures décisions. » Il la dévisagea de la tête aux pieds, ce qui donna à Brigid la vague impression qu'il la déshabillait du regard. « J'adore les femmes en pantalon moulant. Vous êtes plutôt séduisante dans ces vêtements de garçon. »

« Hmmm. Je ne suis pas d'accord avec cette remarque absurde sur les hommes qui prennent les meilleures décisions. Certains d'entre eux sont capables du pire. » Bearchun et les Buchan, les deux malfrats avec lesquels son clan avait eu affaire par le passé, lui vinrent à l'esprit. Leur rencontre avec eux aurait pu s'avérer désastreuse. Ces hommes avaient pris les pires décisions de tous ceux qu'elle avait jamais connus. Celui qui avait commis l'erreur d'enlever des fillettes de sept étés l'avait regretté à maintes reprises.

Morris lui fit un clin d'œil et répondit : « Je ne m'attendais pas à ce que vous soyez d'accord, mais je dois y aller, même si j'ai beaucoup apprécié notre conversation. » Il se pencha alors et lui murmura à l'oreille : « Je reviendrai vous embrasser un autre jour, car bientôt, vous m'appartiendrez. »

Puis il s'éloigna et franchit les portes. Personne ne l'arrêta ni ne le salua. Elle devrait se renseigner à son sujet au retour de Marcas et Shaw.

S'en retournant vers le puits, la jeune femme admit à contrecœur qu'elle appréciait toute cette attention masculine. À cause de son père, de ses frères et de son cousin, le laird, tous se tenaient à l'écart de Jennet et Brigid. Et si cela ne dérangeait pas sa cousine, Brigid en souffrait. En fait, elle détestait tellement cette situation que, lors de leur visite chez Loki Grant au château Curanta, elle avait supplié Kenzie, Thorn et Nari de l'embrasser, ne serait-ce que pour essayer. Tous trois avaient refusé, mais une nuit, alors qu'elle s'occupait de son cheval dans l'écurie, un bras l'avait enlacée par la taille et l'avait entraînée dans un coin avant de l'embrasser passionnément. C'était arrivé dans l'obscurité, au moment où elle s'y attendait le moins, et la personne portait une capuche pour se dissimuler des regards.

Mais c'était la voix rauque de Kenzie qui lui avait dit : « Ton vœu est exaucé, jeune fille. Maintenant, va te trouver un mari. »

Personne n'avait prononcé le moindre mot à ce sujet, et elle n'avait plus croisé Kenzie avant leur départ. Sur le chemin du retour, elle avait repensé à ce baiser, aux sentiments qui s'étaient éveillés en elle, et ses doigts s'étaient portés machinalement à ses lèvres, entraînée par son esprit dans un flot de pensées indécentes.

Ce baiser ne lui avait pas donné envie d'épouser Kenzie, loin de là, mais au moins, après son premier vrai baiser, elle avait maintenant un point de comparaison.

Marcas n'embrassait pas comme Kenzie – en fait, elle avait beaucoup apprécié sa façon d'embrasser. Que ressentirait-elle avec un baiser de Morris ? Elle eut soudain une envie irrésistible de le suivre pour le découvrir. En fait, elle trouvait plutôt libérateur que personne ici ne s'en soucie si elle embrassait qui que ce soit. Jennet et Tara étaient occupées ailleurs, et les quelques autres personnes présentes sur les lieux ne seraient guère intéressées.

Elle laissa échapper un profond soupir et se reconcentra sur sa tâche.

Le puits.

Elle se pencha, essayant de deviner ce que Morris avait voulu regarder, mais elle ne vit absolument rien. Elle prit un des seaux, l'attacha à la corde et le laissa tomber dans le puits pour évaluer la quantité d'eau et jauger jusqu'où il s'enfonçait. Elle attendit un bon moment avant d'entendre un plouf. Bonne nouvelle : il y avait de l'eau dans le puits.

« Milady, milady ! » Timm accourut à ses côtés. « C'est trop lourd pour vous, milady. Je vais vous aider à le soulever. »

Elle sourit, lui laissant l'honneur de l'aider, ce qui était un peu absurde car elle était plus grande que lui, même si la différence était minime. Pourtant, l'insistance de sa mère pour qu'elle devienne une archère accomplie avait forgé dans ses bras une robustesse que la plupart des jeunes femmes ne connaissaient jamais. « Ton aide me serait précieuse, Timm. »

Ils se penchèrent tous les deux et remontèrent le seau. Elle laissa Timm faire de son mieux, mais garda la corde en main et la guida jusqu'au sol tandis qu'ils soulevaient le seau. Il le récupéra lorsqu'il atteignit le bord et le lui tendit fièrement.

« Voilà, milady. N'hésitez pas à me dire si je peux vous être utile pour autre chose. »

« Merci beaucoup, Timm. » Il s'inclina légèrement, puis s'éloigna rapidement, mais soudain, une idée lui vint.

« Attends, Timm, s'il te plaît. » Elle posa le seau et le rejoignit, bien qu'il n'y ait personne d'autre aux alentours pour entendre leur conversation. Arrivée à ses côtés, elle déclara : « Je voudrais te poser une question à propos de quelqu'un. Il s'appelle Morris et il vient de partir. Que sais-tu de lui ? »

« Morris ? » Le jeune homme réfléchit un instant, les sourcils froncés. « Je ne connais personne du nom de Morris. Vous connaissez Marcas, donc ça ne peut pas être lui. Vous avez peut-être mal entendu son nom ? Je connais tous les gardes, mais aucun ne porte ce nom, et de toute façon, beaucoup d'entre eux ne sont plus là, milady. »

« Morris ? Il est grand, avec de longs cheveux blonds. Il m'a dit voyager souvent de clan en clan. Il prétend appartenir à tous. »

« Non, ça ne me dit rien. Et j'étais devant l'écurie. Je n'ai vu personne partir. Vous avez dû mal le comprendre. Ce devait être un visiteur que je n'ai pas vu. Si vous avez d'autres questions, je serai à l'écurie, milady. »

« Est-ce que tu as bu de cette eau récemment, Timm ? »

« Non, pas depuis le retour de Marcas. Il a dit qu'il fallait d'abord la faire bouillir, alors je vais chercher mon eau à la cuisine. Et du lait de chèvre le matin. » Il se dépêcha de terminer son travail. Timm lui rappela les nombreux garçons qui habitaient au château Curanta, même si elle ignorait s'il était orphelin ou non. Peut-être l'était-il devenu, et Marcas souhaitait le garder ici.

Elle regarda l'eau du seau, surprise de la voir si claire. Elle savait, par expérience chez elle, que lorsqu'un puits commençait à s'assécher, il charriait davantage de sédiments. Tante Brenna avait toujours conseillé de faire bouillir l'eau avant de la boire, même si la plupart des gens ne buvaient pas d'eau, sauf lors de longs voyages.

Tante Brenna et tante Jennie insistaient également pour faire bouillir l'eau qu'elles emportaient dans leurs outres, ce que d'autres trouvaient étrange. Pourtant, oncle Quade avait toujours dit que leur clan avait moins de maladies depuis que Brenna était devenue la maîtresse de maison. Il était prêt à parier que leur clan était le moins touché par les maladies.

Brigid rit en repensant aux méthodes employées par sa chère tante pour convaincre les autres que sa méthode était la meilleure. Des années auparavant, l'un des gardes, Mungo, s'était moqué d'elle. Puis un jour, elle lui avait apporté un seau d'eau et lui avait dit : « Buvez un coup, Mungo. »

Il était aussi méfiant que n'importe qui d'autre face à leur maîtresse. Puisqu'elle avait guéri les deux enfants de Quade d'un étrange mal, ils savaient qu'elle était plus sage que la plupart des gens. Mungo avait tendu la main pour boire, mais avait d'abord levé le seau pour l'examiner, à la recherche quelque chose de caché dans l'eau.

Quade se tenait derrière elle, les bras croisés et un large sourire narquois aux lèvres. « Je ne la boirais pas à ta place. »

« Où l'a-t-elle trouvée ? » demanda Mungo.

« Au ruisseau. Je l'ai vue. »

« Alors pourquoi ne la boirais-je pas ? Je bois de ce ruisseau depuis des années. »

Quade regarda sa femme en hochant la tête, mais tante Brenna les surprit tous en disant : « Goûtez-y, vous verrez bien. »

Mungo fronça les sourcils, prit une petite gorgée, puis la recracha avant de l'avaler. « C'est quoi ce truc ? On dirait que quelqu'un a chié dedans ! »

Quade éclata de rire et répondit : « Pas quelqu'un, non. Elle a pris cette eau juste à côté de crottins de cheval, au bord du ruisseau. À moitié dedans, à moitié dehors. »

« C'est pas juste, Brenna ! » cria Mungo, mais oncle Quade lui lança un regard appuyé.

« Maîtresse Brenna. »

« Vous comprenez, Mungo ? Ce n'est pas parce que l'eau a l'air claire qu'elle est exempte de maladies. Ma mère croyait que de minuscules insectes vivaient dans l'eau et pouvaient nous rendre malades. Elle m'en a montré un, un jour. Il était si petit qu'on pouvait à peine le voir. D'autres insectes sont totalement invisibles, alors je fais toujours bouillir l'eau avant de la consommer. Et tous les membres du clan Ramsay devraient faire de même. »

Oncle Quade acquiesça. « C'est vrai. Mes enfants ne boiront que de l'eau bouillie. »

Et c'est ainsi que cette règle fut instaurée au clan Ramsay. Tante Jennie, la sœur cadette de tante Brenna, adopta la même règle au clan Cameron.

Brigid plongea une tasse dans le seau et la versa sur le sol, observant sa clarté au soleil. Il n'y avait rien dans l'eau.

Rien qu'on puisse voir à l'œil nu, en tout cas.

Jennet sortit du donjon et la rejoignit au puits. « Tu as trouvé quelque chose ? »

« Non, rien d'autre qu'un homme étrange qui est allé boire au puits avant de disparaître. »

« Tu ne l'as pas reconnu ? »

« Non, et Timm non plus. Il m'a dit s'appeler Morris, mais Timm ne connaît personne de ce nom-là. Il a dit qu'il passait son temps à voyager de clan en clan. » Elle essuya ses mains mouillées sur sa tunique. « As-tu trouvé quelque chose d'inhabituel dans les caves ? »

« Non. Tous les tonneaux semblaient sûrs, mais tu sais ce que dit mère. Si on ne trouve rien de suspect, il faut en goûter juste un tout petit peu. Ça ne te tuera pas, mais ça pourrait te donner envie de vomir une fois ou deux. Et comme ça, tu sauras. »

Brigid se souvint d'une fois où sa tante avait fait la même chose, malgré les protestations de son oncle Quade. Elle avait goûté un peu de lait de chèvre, et il était contaminé. Elle avait vomi le lendemain. Puis, lors de la vérification de tout le monde, on avait découvert que la nouvelle servante refusait de laver les seaux à lait d'un jour à l'autre. « Alors, tu as goûté la bière ? »

« Oui. Juste une petite gorgée, alors tu devras

me surveiller. Toi, tu dois goûter l'eau du puits sans la faire bouillir. Si c'est moi qui le fais et que je tombe malade, on ne pourra pas en déduire l'origine. »

Brigid réfléchit un instant, mais comprit que c'était la meilleure solution.

Elle remplit la tasse avec laquelle elle avait vérifié la clarté de l'eau et prit une toute petite gorgée. « Qu'est-ce qui pourrait arriver de pire ? Vomir une fois ou deux, ça n'a jamais tué personne. »

CHAPITRE 14

MARCAS ET SHAW avaient cherché partout. Après s'être arrêtés chez les deux clans les plus proches, ils avaient ratissé la côte, sans cesser de prier pour ne trouver aucun corps flottant dans l'estuaire ou échoué sur le rivage. Mais ils n'avaient rien trouvé. Ils avaient ensuite traversé la forêt, en compagnie de quelques lévriers irlandais, mais là encore, rien. Ils s'étaient arrêtés à chaque hutte sur leur chemin et avaient interrogé les villageois, mais personne n'avait aperçu une enfant égarée. Il commençait à perdre espoir. Qui avait bien pu enlever sa fille adorée ?

Il avait pensé qu'en chemin, ils finiraient par trouver un indice : une petite botte perdue, un clan qui connaîtrait une femme ayant perdu son enfant, le son de sa petite voix au loin.

Ses pensées se tournèrent vers Freda, et il se demanda ce qu'elle aurait pensé de la situation si elle était encore en vie. Elle ne l'avait jamais aimé, lui, mais elle avait adoré leurs enfants. Bien que Freda et lui n'aient pas noué de relation amoureuse, leur couple s'était d'abord construit sur le respect mutuel, une valeur à laquelle il avait toujours tenu. Après la naissance de Tiernay, leur relation n'avait fait qu'empirer. Mais désormais, il comprenait. Elle était tombée amoureuse d'un autre homme, et son mariage s'était terminé dès qu'il l'avait appris. Quelle fin tragique ! Freda était morte avant d'avoir pu rejoindre son amant.

Cependant, il ne regrettait pas leur mariage, car elle lui avait offert un trésor inestimable : ses enfants. C'était la seule chose qui lui avait apporté un bonheur inespéré dans sa vie. Il aimait tellement Kara, son sourire à chaque fois qu'elle le voyait, ses petites mains toujours tendues vers lui en lui demandant : « Les bras ? »

Il avait toujours cédé à ses demandes, et la prenait dans ses bras avant de la serrer fort contre lui, tout en humant son parfum, le plus doux de tous. Parfois, il la posait sur ses épaules, et elle s'accrochait à ses cheveux en riant. Et même si ses petites mains lui arrachaient des touffes de cheveux au passage, cela ne le dérangeait pas le moins du monde. Ensuite, quand Freda lui avait donné un petit garçon, son cœur avait failli exploser de fierté.

Mais peu après était arrivé ce jour fatidique, celui qu'il aurait voulu oublier, celui qui l'avait forcé à prendre des décisions aux conséquences potentiellement désastreuses pour son clan, des décisions qu'il regretterait pendant des jours. Sa vie entière avait basculé.

Non. Il chassa ces pensées. Il n'avait aucun regret.

Ils venaient de quitter le dernier clan, à

Munlochy. « Il est temps de rentrer » dit Shaw – c'était une affirmation, pas une question. « Il faut que nous soyons chez nous à l'arrivée des Ramsay, car ils pourraient décider de tuer tous nos hommes. Nous pourrons poursuivre nos recherches après leur arrivée. »

« Je suis d'accord. Nous devons rentrer. »

Ils avaient chevauché pendant près d'une heure sans se parler lorsque Shaw approcha sa monture à la hauteur de celle de Marcas. Ils se trouvaient dans une région où il était difficile de galoper – c'était donc le moment idéal pour discuter.

« Qu'est-ce qui te tracasse, Shaw ? Je sens que quelque chose ne va pas. » Marcas avait toujours considéré Shaw comme son meilleur ami. Ethan était plus proche de lui en âge, mais Marcas lui confiait rarement ses pensées les plus intimes, car c'était un jeune homme très particulier. Dans le monde d'Ethan, tout était facile à juger. Il suivait les règles que lui avaient inculquées ses parents, son église et son pays. Par ailleurs, son frère cadet avait du mal à gérer ses émotions, qui n'entraient donc jamais en ligne de compte dans ses décisions.

Marcas, lui, avait besoin de ses émotions pour prendre ses décisions.

« C'est toi » déclara Shaw d'un ton ferme, avant de lever les yeux vers son frère.

« Moi ? Qu'est-ce qui ne va pas chez moi ? »

« Je ne suis pas aveugle, Marcas. Je vois bien ce qu'il se passe entre toi et cette guérisseuse nommée Brigid. Ce n'est pas bien, mon frère. Tu as enterré ta femme il y a moins d'un mois, et te voilà déjà dans les bras d'une autre. Je n'ai pas pu en parler au donjon, mais puisque nous sommes seuls, j'en profite pour te dire ce que je pense. Tu aurais dû aller te recueillir sur la tombe de ta femme au lieu d'aller séduire une guérisseuse. »

Marcas était furieux. S'ils n'avaient pas été pressés par le temps, il aurait sauté de son cheval et traîné son frère jusqu'à une clairière pour le rouer de coups. Mais ce n'était pas le moment. Cela dit, il pouvait encore lui exprimer le fond de sa pensée sans révéler la vérité. « Comment oses-tu me juger ! Après tous ces malheurs, Brigid est pour moi une petite lueur d'espoir dans ma vie. Je pense avoir le droit à un peu de bonheur. Et toi aussi. Tu devrais poursuivre ton rêve. Je vois bien comment tu regardes Tara. Dis-le-lui. Ce n'est pas parce que j'ai accompli quelque chose que tu aurais aimé avoir le courage de faire que c'est forcément mal. »

« Je t'ai vu cueillir des fleurs près des terres des Cameron. Des fleurs pour la tombe de ta femme, car elle les aimait tant. »

Leurs voix avaient pris un ton qui dépassait largement le cadre d'une banale conversation. Marcas avait envie de hurler sur son frère – son soi-disant meilleur ami.

« Pourquoi n'es-tu pas allé les déposer sur sa tombe, bon sang ? »

« Tu te trompes complètement. Ces fleurs étaient pour Kara, pas pour Freda. Mais je les ai jetées depuis, car les verra-t-elle un jour ? Peut-être pas. »

« Pourquoi ne les as-tu pas déposées sur la tombe de Freda, alors ? Ça lui aurait fait plaisir de savoir que tu pensais à elle. Elle ne mérite pas moins. »

Marcas arrêta son cheval pour s'écrier à l'adresse de son frère : « Elle ne mérite rien de ma part ! C'était une traîtresse à notre clan, une menteuse et une femme infidèle. Freda a trompé tout le monde, moi y compris. Tu veux savoir la vérité ? Je te la dirai, mais tu dois jurer de ne jamais la répéter. Le seul honneur que je lui accorde, c'est de ne pas révéler ses transgressions. Et c'est uniquement pour nos enfants que j'ai décidé de garder le silence. Je ne veux pas qu'ils gardent de mauvais souvenirs de leur mère. »

« De quoi parles-tu, Marcas ? Une menteuse ? Une femme infidèle ? Mais qu'est-ce que tu racontes ? »

Marcas ne répondit rien, se contentant de fixer Shaw du regard. Il attendit de voir combien de temps il mettrait avant de comprendre.

Lorsque Shaw fronça les sourcils, Marcas sut qu'il avait enfin trouvé la solution. « Elle t'a trompé ? »

Marcas prit une profonde inspiration et murmura : « Oui. La voilà, la vérité. »

« Avec qui ? Et comment l'as-tu découvert ? L'as-tu attrapé ? Pourquoi ne lui as-tu pas coupé les couilles ? Tu es l'héritier du titre de laird. » Le choc sur le visage de son frère ne le surprenait pas. Il n'avait jamais soupçonné l'infidélité de Freda. Personne n'aurait pu l'imaginer. Elle avait dupé tout le monde.

« Je ne l'ai jamais rencontré. Il n'appartient pas au clan Matheson. Au début, elle ne voulait pas me dire de quel clan il était, mais quelle importance, non ? » Marcas se gratta la tête, hésitant à raconter la suite car il voulait être absolument certain d'avoir envie de tout révéler à Shaw. Pouvait-il se confier à lui ?

Comme s'il lisait dans ses pensées, Shaw dit alors : « Tu peux me faire confiance, Marcas. Je garderai ton secret. Tu as déjà gardé ça pour toi pendant assez longtemps. Au moins, Tiernay est de toi, aucun doute là-dessus – c'est ton portrait craché. »

« Et il a la même tache sur la nuque que moi. C'est bien mon fils. Alors écoute : il y a peu, j'ai trouvé une étrange mixture posée sur son coffre, dans notre chambre. Elle avait oublié de la ranger. J'ai reconnu de quoi il s'agissait : c'était le genre de petit sac qu'utilise la guérisseuse, un sac rempli d'herbes médicinales. Alors je l'ai apportée à Ellice. Je l'ai posée sur sa table et je lui ai simplement demandé pourquoi elle avait fait une chose pareille. »

« C'est pour ça que tu as chassé Ellice ? »

« Laisse-moi terminer mon histoire. Je ne l'ai *pas* chassée. Elle a jeté un coup d'œil au sac et a éclaté en sanglots. Elle s'est excusée, puis m'a expliqué que Freda l'avait suppliée de le lui préparer. Qu'elle était amoureuse d'un autre homme et que, maintenant qu'elle m'avait donné un fils, elle ne souhaitait plus avoir d'enfants. Elle voulait pouvoir poursuivre sa liaison sans risquer d'être découverte. »

La vérité frappa soudain son frère de plein fouet – Marcas le vit à l'expression dans ses yeux.

« C'était un sachet d'herbes pour l'empêcher de tomber enceinte » dit enfin Shaw.

« Freda est entrée à ce moment-là. Ellice pleurait toujours, et Freda me fixait du regard. Elle a dit… » Il s'interrompit, car il se demandait s'il devait continuer ou en rester là. Mais il se devait d'être parfaitement honnête. « Elle a dit que nous n'étions pas faits l'un pour l'autre. Qu'elle avait accepté ce mariage par égard pour son père, mais qu'elle le regrettait à présent. Elle était amoureuse d'un autre homme avant même nos fiançailles. Elle avait promis à son père de me donner un fils, mais pas plus. Ensuite, elle m'a dit que je pouvais inventer l'excuse que je voulais, mais qu'elle souhaitait retourner auprès de son clan pendant quelque temps pour s'assurer de la sincérité de ses sentiments pour cet homme.

« Ellice avait cessé de pleurer, elle essuyait ses larmes » poursuivit Marcas. « Je me souviens avoir regardé Freda en l'accusant d'avoir demandé à Ellice de trahir son laird et son clan. Elle savait qu'elle ferait ce qu'elle voulait, puisqu'il s'agissait de ma femme, mais je lui ai assuré que tout le clan considérerait cette décision comme une faute. La pauvre Ellice n'avait pas le choix. Alors je lui ai demandé pourquoi elle n'était pas allée voir la guérisseuse de son clan, pendant qu'Ellice ne cessait de s'excuser. »

Il haussa les épaules. « J'ai dit à Ellice que je ne la tenais pas pour responsable. Tout était de la faute de Freda. Je me souviens que ma femme m'a regardé, les bras croisés, les lèvres pincées d'un air de défi. Alors, je lui ai dit de partir. Que je ne voulais plus la voir. Qu'elle aille chez sa mère, ou son amant. Mais que les enfants resteraient avec moi. Enfin, je lui ai dit qu'elle pouvait emmener Tiernay, puisqu'il était encore au sein, mais que Kara resterait avec moi jusqu'à son retour. C'était le seul moyen de m'assurer qu'elle reviendrait. Elle n'a pas protesté – elle a simplement fait ses valises pour rentrer chez ses parents. Ellice est partie avec elle. Je ne l'ai pas chassée. Elle a suivi ma femme de son plein gré. »

« Alors c'est pour ça ? » demanda Shaw, bouche bée. « C'est pour ça qu'Ellice a disparu, pourquoi toi et Freda ne vous entendiez plus ? »

« Je ne pouvais pas accepter son infidélité. À son retour, elle m'a confirmé être bien amoureuse de cet homme, et qu'elle allait me quitter. D'après Freda, son père allait venir me parler, ainsi qu'à notre père. Elle a dit qu'elle renoncerait aux enfants pour se libérer de moi. »

« Tu as dû être tellement furieux, Marcas. Je n'arrive pas à croire que tu ne m'aies rien dit plus tôt. Pourquoi ? »

« Parce que je n'étais pas seulement en colère, j'étais aussi blessé. J'avais besoin de temps pour penser à tout ça, et faire mon deuil à ma façon. Puis la malédiction est arrivée et l'a emportée. » Marcas baissa les yeux vers ses mains. « Je n'ai jamais souhaité sa mort, mais je ne déposerai pas de fleurs sur sa tombe. Son amant peut s'en charger. »

Shaw laissa échapper un profond soupir. « Je comprends » dit-il. « Tu as eu ton lot de tragédies et de déceptions. »

« Garde ça à l'esprit quand je te dis que je considère Brigid comme une bouffée d'air frais. Parce que c'est vraiment ce qu'elle est pour moi. Brigid me donne de l'espoir. Je n'ai jamais aimé une femme, et je ne sais pas si j'en aimerai une un jour. En suis-je seulement capable ? Je n'en suis pas certain, mais je ne me contenterai plus jamais d'un mariage arrangé. Si je me remarie un jour, ce sera par choix. »

« Et pourtant, tu as laissé tout le monde rejeter la faute sur toi pour cette malédiction, parce que c'est toi qui aurais chassé Ellice. Pourquoi ne les as-tu pas contredits ? »

« Parce que je ne veux pas que nos enfants connaissent la vérité. Les enfants doivent toujours croire que leurs mères sont merveilleuses et honorables. Plus tard, ils apprendront peut-être la vérité, mais pas par moi. »

« Si tu en avais parlé à notre clan, peut-être qu'ils l'auraient accusée à sa place. Ils auraient compris que la malédiction était due à l'infidélité de ta femme et au départ d'Ellice. »

« J'y ai pensé, mais je n'en étais pas sûr. »

« Moi, j'en suis sûr » répondit Shaw. « Ton clan t'aurait soutenu. Bon, nous devons d'abord retrouver Kara. Ensuite, nous aurons une autre mission. »

« Laquelle ? »

« Je retrouverai le salaud qui couchait avec ta femme. »

« Je ne sais rien d'autre sur lui que son nom et son clan. »

« C'est suffisant » dit Shaw. « Je le retrouverai. »

Marcas réfléchit un instant avant de révéler ce détail, mais il se dit que son frère finirait de toute façon par découvrir la vérité. « Il s'appelle Hamon. »

CHAPITRE 15

BRIGID ET JENNET entrèrent dans le donjon, surprises de n'y trouver personne. « Je vais monter un moment dans notre chambre » déclara Jennet. « Je te rejoins dans les cuisines. J'imagine que tu vas discuter avec Tara, puisque vous êtes seules. »

« Oui, rejoins-nous là-bas plus tard. Peut-être qu'elle a eu plus de chance que nous. » Brigid repoussa une mèche rebelle de son visage, puis se dirigea vers les braises mourantes de l'âtre pour se réchauffer les mains avant de se rendre aux cuisines.

Elle sortit dehors avant d'ouvrir la porte des cuisines. Son père lui avait raconté qu'autrefois, leurs cuisines se trouvaient dans un bâtiment séparé, mais qu'à son arrivée, tante Brenna avait insisté pour qu'on installe un passage reliant les deux bâtiments, afin que les servantes ne soient pas obligées de passer par dehors en cas de mauvais temps.

De toute évidence, certains clans ne s'offusquaient toujours pas de se retrouver avec du pain mouillé.

Tara était tellement absorbée par ses pensées qu'elle n'entendit pas Brigid s'approcher avant que celle-ci ne se tienne juste à côté d'elle. « Tu as trouvé quelque chose ? »

Tara sursauta, surprise par la présence soudaine de sa cousine. Juste à côté, Jinny et Edda étaient en train de couper de la viande et des légumes pour préparer un ragoût, mais la jeune femme avait été tellement concentrée par l'observation des ingrédients de la cuisine qu'elle ne s'était pas du tout attendue à voir Brigid. « Excuse-moi, je ne voulais pas te faire peur. »

« Ne t'inquiète pas, j'ai l'habitude. Brin adore me faire sursauter. » Tara sourit tendrement lorsqu'elle évoqua son unique frère, de plusieurs années son cadet. « Il y a certains ingrédients que je ne connais pas, mais les autres, nous les utilisons souvent. Quant à celui-ci… » Elle prit une petite boule semblable à une coque dure striée de rouge. « Jinny appelle ça de la noix de muscade. Elle m'a dit qu'on utilise cette enveloppe rouge pour faire une autre épice appelée macis. La noix de muscade est à l'intérieur. C'est très bon. Elle dit qu'elle s'en sert depuis des années et qu'elle se la procure en France. »

« Ce n'est probablement pas cette boule-là qu'elle utilise depuis des années » commenta Brigid en prenant la noix dans sa main avant de la lever pour mieux l'examiner.

« Oh ! Viens goûter ça. Elle m'a montré ce drôle de mélange qui ressemble à du sel, mais qui a le goût inverse. Je me demandais s'il pouvait s'agir de notre coupable. » Elle sortit un bol contenant une substance blanche et granuleuse. Tara y plongea les doigts et les retira couverts de ces granules.

« Qu'est-ce que c'est ? »

« Elle appelle ça du sucre. Je n'en avais encore jamais vu. Elle prétend que c'est plus sucré que le miel – ils le font venir d'Espagne. Elle l'utilise dans ses tartes et ses sauces sucrées. Ils n'en trouvent pas toujours, alors elle le garde précieusement. »

« Du sucre ? Quel drôle de nom. Je n'en avais jamais entendu parler non plus. Ça vient d'Espagne ? Et ils s'en servent ? »

« Oui, souvent. Goûte. »

Brigid renifla l'étrange substance, puis prit son courage à deux mains et posa sa langue sur les granules collés sur son doigt. À sa grande surprise, ils fondirent dans sa bouche en laissant derrière eux un goût sucré. « Oh oui, c'est vraiment sucré ! Mon Dieu ! » La sensation était si intense qu'elle se demanda comment ils se servaient de cet ingrédient. « J'espère qu'ils ne le mangent pas comme ça, si ? Le goût est bien trop fort. »

« Non, elle m'a dit qu'elle faisait chauffer la sauce, ce qui fait fondre le sucre avant qu'elle ne mélange. Le sucre permet d'adoucir le goût de la sauce. »

« Et elle s'en est déjà servie ? »

« Oui, souvent. » Tara tira la langue pour essayer une nouvelle fois, et le goût sucré la fit grimacer. « C'est vraiment bizarre. »

« J'ai l'impression que tu n'es pas plus avancée que nous » dit Brigid en regardant Jinny et Edda qui, en pleine conversation, les ignoraient pour le moment. « Alors comme ça, tu as des vues sur Shaw ? »

Tara écarquilla les yeux, puis un large sourire illumina son visage. « Oui, et j'espère qu'il m'embrassera bientôt. Comme je suis la fille du laird, personne ne m'a jamais embrassée. »

« C'est vrai. Ça ne m'est jamais arrivé non plus sur les terres des Ramsay, car tout le monde a peur de mon père, de mon oncle, de mes frères, ou de mon cousin, le laird. Quelle frustration ! »

Tara leva le menton et redressa les épaules. « C'est notre moment. Je propose qu'on embrasse ces garçons tant qu'on en a l'occasion. Marcas t'a-t-il déjà dit quelque chose ? »

« Non, mais… »

« Il t'a déjà embrassée ? » Elle laissa échapper un petit cri aigu. « Oh ! »

« Arrête, Tara. Ce n'était qu'un baiser, mais… » Brigid jeta un coup d'œil autour d'elle pour vérifier que les autres femmes ne les écoutaient pas. « … ça m'a beaucoup plu. »

Tara laissa échapper un autre petit cri, puis alla se laver les mains avant de les essuyer sur une serviette en lin pour prendre celles de Brigid. « Je suis contente pour toi, mais il faut que nous allions parler à Gisela. »

« Comment ça ? »

« J'ai un mauvais pressentiment concernant Marcas et sa femme. J'aimerais savoir ce que pensait Gisela de leur relation avant la malédiction. » La voix de Tara était devenue presque aussi basse qu'un murmure.

Brigid était d'accord avec elle, et elle aurait

volontiers posé toutes ses questions à Gisela, mais elle ne pouvait s'empêcher de se demander ce qui avait poussé Tara à lui dire une chose pareille. « Pourquoi, Tara ? Je sais qu'il y a toujours une bonne raison derrière tout ce que vous faites, toi et Riley. Pourquoi veux-tu aller questionner Gisela ? »

Tara entraîna Brigid derrière elle, traversa un couloir et retourna dans le hall. Avant de franchir la dernière porte, Tara se tourna vers sa cousine. « J'ai bien vu la façon dont il te regarde. On dirait un homme amoureux pour la première fois. C'est comme s'il venait de découvrir ce sentiment, et qu'il ne l'avait jamais éprouvé auparavant. Pourtant, il était marié et a perdu sa femme il y a si peu de temps. Il semble ne pas regretter sa mort, et reporte tout son chagrin sur la disparition de Kara. Ce n'est pas mauvais en soi, mais ça me donne envie de poser quelques questions à sa sœur pour en savoir plus. »

Brigid hocha la tête, son regard scrutant celui de Tara, perdue dans ses pensées au sujet du clan Matheson, de son laird et de sa famille. Marcas n'était devenu laird que très récemment, mais il s'était marié dans l'optique d'hériter du titre. Pourtant, elle avait entendu des propos qui laissaient penser qu'il n'avait pas toujours été disposé à assumer sa responsabilité de laird après la mort de son père.

Que s'était-il passé ?

« Et si nous allions la chercher ? Tu es d'accord ? » demanda Tara, attendant la réponse de Brigid.

« Oui, j'aimerais connaître son point de vue sur la famille de son frère. »

Elles entrèrent alors dans le hall et furent ravies de voir Gisela assise sur une chaise près de la cheminée, Tiernay à ses pieds, en train de se hisser sur son tabouret. « Bravo, mon garçon ! » s'exclama Gisela en applaudissant son habileté.

« Il apprend à marcher ? » demanda Tara en conduisant Brigid vers Gisela.

« Il essaie, mais il n'y arrive pas encore tout à fait. » Le garçonnet fit un pas, puis tomba lourdement sur son derrière bien rembourré. Un sourire illumina alors son visage tandis qu'il attrapait un jouet en tissu pour le mettre dans sa bouche. À côté, un autre jouet émettait des sons lorsqu'il le secouait, ce qui le faisait beaucoup rire.

Brigid se tourna vers Gisela et crut apercevoir des larmes dans ses yeux. « Tout va bien, Gisela ? » demanda-t-elle en s'asseyant sur une chaise derrière Tiernay. Tara prit place en face d'elle, les femmes formant ainsi un demi-cercle autour du garçon.

« Oui, les choses vont mieux qu'avant. » Sa lèvre inférieure tremblait. « Mes parents me manquent, et je suis triste que Tiernay ait perdu sa mère. Et la petite Kara… J'espérais tellement que Marcas la retrouve, mais si c'était le cas, ils seraient déjà rentrés. »

« Comment était la mère de Tiernay ? Comment s'appelait-elle ? » s'enquit Tara.

« Freda. Elle s'appelait Freda. Elle adorait ses enfants, et… » Gisela s'interrompit, la voix tremblante. Tant d'émotions se succédaient sur son visage que Brigid ne pouvait deviner à quoi elle pensait.

« Je suis navrée pour vous » dit Brigid. « Vous devez tous traverser une période très difficile avec tous ces deuils. »

« Non, ce n'est pas ça. Oh, je… comment vous dire… » Gisela ferma les yeux en se tordant les mains. Après un moment, elle reprit : « Freda était une femme douce, mais elle n'était pas faite pour mon frère. Parfois, je crains d'avoir été punie par le Ciel pour la rancœur que j'éprouvais envers elle – je ne devrais pas penser de telles choses. J'aurais dû me montrer plus chaleureuse. »

« Je n'ai jamais entendu parler d'une punition du Ciel comme celle infligée à votre clan » dit Tara. « Ce n'est pas une malédiction. Ainsi, Freda et Marcas ne s'entendaient pas ? »

Gisela soupira et son visage prit une expression résignée. « Je vais être honnête avec vous, parce qu'il le faut. Je n'ai jamais aimé le choix de Freda pour mon frère. C'était une bonne mère pour Kara et Tiernay. Elle les aimait sincèrement, mais elle n'a jamais été gentille avec mon frère. J'avais de la peine pour lui, car il s'était retrouvé coincé dans un mariage arrangé et qu'il essayait de faire de son mieux, contrairement à elle. Elle était dure avec lui, et je la détestais pour ça. À la fin, je ne pouvais même plus le cacher. Mais ensuite, quelque chose a changé entre eux, et leur mariage est devenu catastrophique. J'ai essayé d'en parler avec lui, mais il ne voulait rien entendre. Il méritait mieux. »

Gisela se pencha pour embrasser Tiernay sur le haut du crâne. « Et puis elle est morte, et maintenant je me pose des questions sur les malédictions et tant d'autres choses… Je ne sais plus quoi penser. »

« Ce n'est pas vous qui avez jeté une malédiction sur votre clan » assura Tara.

« Freda était une malédiction pour notre famille » rétorqua Gisela.

Brigid ne savait pas comment réagir, mais les paroles de Gisela eurent sur elle un effet des plus étranges : ses sentiments pour Marcas semblaient s'être intensifiés. Elle devait prendre du recul avant de se confier à Gisela sur ses sentiments pour son frère. Lui en parler serait une grave erreur. Ce n'était pas le moment, d'autant plus que Freda était décédée il y a si peu de temps. « Si ça ne vous dérange pas, je vais aller m'entraîner au tir à l'arc, au cas où on aurait besoin de moi. »

Jennet descendit l'escalier à ce moment précis, et Brigid s'approcha d'elle. « Nous n'avons rien trouvé de plus. Je pense qu'il vaut mieux attendre de voir si l'une de nous tombe malade. En attendant, je vais au champ de tir. »

« Vas-y » répondit Jennet. « Nous aurons peut-être besoin de tes talents d'archère. Ton père arrivera bientôt, mais pas avant demain ou après-demain. »

Brigid se mit en route et se dirigea vers le petit champ de tir à l'arc situé à l'extérieur du château, après avoir pris un arc et un carquois à l'écurie. Timm la suivit en criant : « Est-ce que je peux vous regarder un peu ? »

« Bien sûr » répondit Brigid en souriant. Puis elle entreprit de s'installer en arrangeant ses affaires à sa guise. Elle portait son pantalon – ainsi, ses vêtements ne la gêneraient pas pour tirer. Elle se mit en position, trouva sa cible, la visa et décocha sa flèche. Elle atteignit presque le centre. Elle tira une autre flèche, puis deux autres, avant de marquer une pause.

Brigid savourait son succès, heureuse de n'avoir rien perdu de son adresse, puis elle entendit deux voix derrière elle. L'une était celle de Timm, qui lui dit : « Vous êtes la meilleure. C'était le tir le plus rapide de tous les temps ! » Puis il disparut dans l'écurie.

Ethan s'approcha alors. « C'est vous qui avez fait ça ? Vous êtes douée pour le tir à l'arc ? »

« Oui, j'ai été entraînée par ma mère et mes sœurs. »

« Vous avez l'œil perçant, surtout pour une femme. » Ethan garda les mains croisées devant lui, le regard fixé sur le centre de la cible.

« Puis-je vous poser quelques questions, Ethan ? »

« À propos de quoi ? » Il recula d'un pas, et elle comprit qu'elle commençait à le mettre mal à l'aise, mais il ne s'éloigna pas plus. Comme il semblait lui faire confiance, elle poursuivit :

« J'ai besoin de comprendre pourquoi vous n'êtes pas tombé malade. Quelle en est la raison, d'après vous ? »

« Je ne sais pas » répondit-il.

« Que buvez-vous, en général ? De la bière ? De l'hydromel ? Du lait de chèvre ? »

Il secoua la tête. « De l'eau. Celle du ruisseau. Et je la fais bouillir avant. »

« Vous la faites bouillir ? »

« Je mets toujours l'eau dans une casserole et je la fais bouillir sur le feu. Ensuite, j'ajoute un os et je laisse mijoter. »

« Donc vous buvez surtout du bouillon ? »

« Oui. Je préfère le bouillon chaud. Mais je le fais seulement avec de l'eau du ruisseau dans la forêt. Elle est plus fraîche là-bas. Je n'aimais pas celle du vieux puits, alors j'ai arrêté de l'utiliser. Parfois, je prends du lait de chèvre, mais pas toujours. »

« Merci pour ces informations. »

« C'est un honneur pour moi d'aider les guérisseurs. J'ai toujours été passionnée par les arts de la guérison. Mais je dois retourner à mon poste sur les remparts jusqu'au retour de Marcas. »

Après le départ d'Ethan, Brigid décocha plusieurs flèches sous différents angles, tout en repensant aux paroles du jeune homme. Puisqu'il était le seul à n'être jamais tombé malade, la maladie devait provenir de l'une des choses qu'il ne consommait jamais.

Elle avait donc plusieurs suspects : l'eau du puits, le lait de chèvre, l'eau non bouillie, ou encore la bière et l'hydromel.

Elle ramassa ses flèches, remplit son carquois et s'apprêtait à tirer quelques flèches supplémentaires lorsqu'une paire de bras l'encercla. Instinctivement, elle donna un coup de poing au menton de son agresseur.

« Aïe » dit une voix familière. « Je ne voulais pas vous faire peur. »

Elle se retourna. « Eh bien, vous m'avez fait peur, Morris. Ne m'approchez plus comme ça, s'il vous plaît. » Secrètement ravie de son retour, elle tira une autre flèche, puis en décocha trois à la suite, qui atteignirent toutes leur cible.

« Vous avez un sacré talent, milady. Vous tirez plus vite que quiconque. » Il s'approcha d'elle d'un pas nonchalant, les yeux fixés sur sa cible, tandis qu'elle calait son arc contre le tronc d'un arbre voisin. Il vint alors se planter juste devant elle, les yeux rivés sur sa bouche. « Je suis revenu parce que je n'arrivais pas à vous oublier. »

« Vraiment ? » Elle se doutait qu'il mentait, mais elle décida d'entrer dans son jeu.

« Je suis revenu parce que j'ai toujours envie de vous embrasser. Et je suis vraiment heureux de vous revoir vêtue de ce pantalon. »

« Si vous êtes gentil, j'accepterai peut-être. » De si près, elle pouvait voir ses longs cils, d'une nuance plus foncée que ses cheveux blonds. Sa barbe était elle aussi plus foncée, et à cet instant, elle projetait une ombre sur sa mâchoire carrée et ses lèvres fermes.

Il fit un pas de plus vers elle – elle pouvait sentir la chaleur de son souffle, et voir la couleur de ses yeux s'assombrir. « Vraiment ? » Sa voix n'était qu'un murmure rauque, et elle ne put s'empêcher d'acquiescer doucement.

Il posa ses lèvres sur les siennes avant de l'enlacer en la serrant fort contre lui, ce qui ne lui plut guère. Mais elle se concentra sur le baiser, sur son goût, entrouvrant les lèvres pour lui offrir un meilleur accès. Elle sentit sa langue la taquiner jusqu'à ce qu'il resserre son étreinte, et sa main glissa jusqu'à ses fesses, la maintenant si près de lui qu'elle sentit son érection contre elle.

Cela ne lui plut pas non plus. Pourquoi ? Elle n'en était pas sûre, mais elle savait qu'elle n'appréciait ni son baiser, ni la sensation de son membre dur contre elle. Était-ce à cause de Marcas ou simplement parce qu'ils n'étaient pas faits l'un pour l'autre ? À ce stade, cela importait peu – elle devait s'éloigner de lui.

Elle le repoussa et il la lâcha. « Oh, je n'avais pas encore fini, ma belle. J'ai encore tant de choses à vous montrer. »

Les bras croisés, elle rétorqua : « Mais moi, j'en ai terminé. Je retourne au donjon. D'où avez-vous dit que vous veniez, Morris ? »

« Je ne l'ai pas dit. Peut-être que nous nous reverrons ce soir. Nous pourrions regarder les étoiles ensemble. Le ciel s'annonce dégagé. » Il haussa les sourcils dans sa direction, mais elle n'était pas intéressée.

« Je me dois de refuser. Si vous voulez bien m'excuser, je dois m'entraîner encore un peu au tir à l'arc. » Elle lui tourna alors le dos pour lui faire comprendre qu'ils en avaient terminé.

« J'imagine qu'il est temps pour moi de partir. Cela dit, je n'aurais rien contre rester encore un peu pour admirer vos jolies fesses rebondies, si ça ne vous dérange pas. »

« Ça me dérange. Partez. »

« Vous avez raison. Je me suis attardé un peu trop longtemps. Voyez-moi ainsi – je suis partout. »

Elle se pencha pour ramasser ses flèches, puis se retourna pour voir s'il était encore là, mais il avait disparu.

Non loin de là, Timm sortit de l'écurie pour lui demander : « Je vous ai entendue parler, milady. Vous m'avez dit quelque chose ? »

« Non, mais Morris était là il y a un instant. Tu ne l'as pas vu ? »

« Non, je n'ai vu personne » répondit Timm.

Le jeune homme avait disparu. Tel un fantôme dans le vent.

CHAPITRE 16

MARCAS PASSA LA porte principale du clan Matheson, rongé par une frustration inhabituelle. Quand avait-il déjà échoué aussi lamentablement dans une quête ?

Il n'avait pas retrouvé Kara, mais il savait qu'il devait retourner auprès du petit Tiernay. Même si le garçonnet ne pouvait encore exprimer son chagrin, il avait forcément remarqué que quelque chose avait changé. Il n'avait plus ni Freda ni ses grands-parents. Sa grand-mère adorait le prendre sur ses genoux.

Et Marcas avait toujours ressenti la même chose. Avant même que le petit Tiernay n'ait appris à marcher, son large sourire l'appelait à chaque fois qu'il passait près de lui. Il adorait poser le garçon sur ses genoux pendant qu'il jouait.

Ethan le héla depuis le mur d'enceinte alors qu'ils approchaient. « Toujours pas de nouvelles de Kara ? »

Marcas secoua la tête, épuisé par leur rythme effréné, qui leur avait toutefois permis de visiter trois clans avant de revenir. « Avons-nous eu de la visite ? »

« Non, chef » répondit Ethan.

Il n'était pas dérangé le moins du monde par le fait qu'Ethan l'appelait 'chef'. Son jeune frère avait toujours été à cheval sur les règles, et il insisterait pour appeler Marcas par son titre, simplement parce que leur père le lui avait appris. Rien ne pourrait le convaincre du contraire.

Heureux d'être arrivés à temps pour le dîner, même si la nuit commençait à tomber, il espérait que tout le monde serait encore là et que personne ne serait malade. Une fois descendu de son cheval à proximité de l'écurie, Timm sortit pour s'occuper de sa monture. « Est-ce que ton père et ses hommes sont revenus, Timms ? »

« Oui. Ils sont en train de dîner à l'intérieur. Ils n'ont pas retrouvé Kara non plus. » Alvery était le père de Timm.

Pour une raison étrange, leur échec ne le surprit pas non plus. « Qu'avons-nous pour le dîner ? »

« Un bon ragoût de venaison. »

L'idée d'un bon bouillon fumant lui fit gargouiller l'estomac. Il attendit donc Shaw, puis entra dans le donjon. Le silence se fit à son arrivée, et il secoua la tête. Gisela se leva pour l'accueillir : « Nous la retrouverons, Marcas. »

Les hommes allèrent se débarbouiller rapidement aux cuisines, puis s'assirent à table. « Quelqu'un va-t-il venir nous voler notre château ? » demanda Ethan.

« Non, pas encore. Il paraît que le clan Milton nous surveille, mais MacHeth nous a assuré qu'il viendrait nous aider si besoin. Je suis reconnaissant de son soutien, et j'espère qu'il tiendra parole. »

On fit circuler du pain et un bol de baies. Jinny apporta à chacun une ration de ragoût, et Marcas se jeta sur la sienne avec délectation. Pendant leur voyage, ils n'avaient mangé que des galettes d'avoine. Une fois son repas terminé, il se tourna vers Brigid. « Toujours pas de nouvelles des Ramsay, jeune fille ? »

« Non, mais ils seront là demain. Peut-être pas là avant la tombée de la nuit, mais ils seront là. »

« Avez-vous une idée de ce qui a provoqué ces vomissements ? »

« Non, mais nous sommes en train de faire des tests. Nous examinerons différentes hypothèses demain. »

« Est-ce qu'on ira pêcher demain, chef ? » demanda Ethan. C'était l'une de ses activités préférées, mais il détestait y aller seul, et considérait ses deux frères comme les meilleurs pêcheurs du monde.

Marcas poussa un grognement tandis que Shaw riait sous cape.

« Qu'est-ce qu'il y a de si drôle ? » s'enquit Tara.

Shaw ne put s'empêcher de ricaner. « Marcas déteste nager. »

« Comment ça ? Je croyais que tout le monde adorait nager. »

« Pas Marcas. Un jour quand il était petit, il s'est retrouvé coincé dans une vasière après être resté trop longtemps dans l'eau. Comme on lui criait de se dépêcher, il a dû nager pendant très longtemps, puis il s'est retrouvé piégé dans une zone marécageuse. Quand il a enfin posé le pied sur la rive sablonneuse de l'estuaire, on aurait dit un monstre des marais. »

« Il avait des algues dans les cheveux, collées à ses vêtements, partout » ajouta Ethan. « Il m'a fait très peur. »

Marcas haussa les épaules. « La nage a été très longue. J'ai cru qu'un monstre s'était accroché aux algues, et j'avais peur d'être entraîné sous l'eau. Je n'aime pas avoir des algues près de mes pieds ou qui tourbillonnent autour de mes jambes. »

Ethan gonfla légèrement la poitrine. « Il m'emmène toujours pêcher à marée basse, mais il cherche les bancs de sable et évite les vasières. Nous prenons de belles truites et parfois du flet. Et nous sommes toujours de retour avant la marée montante. »

« Vous êtes très bon avec Ethan » commenta Jennet, ce qui surprit Brigid. Jennet jeta alors un coup d'œil à Ethan, avec une expression étrange que Brigid ne reconnut pas. C'était une véritable aventure pour les trois jeunes femmes. Et elle n'avait encore jamais vu Jennet regarder un homme de cette façon.

Après le dîner, lorsqu'ils se levèrent de table et que les assiettes furent débarrassées, Marcas se glissa près de Brigid pour lui demander : « Me ferais-tu l'honneur d'une petite promenade sur les parapets ? »

« Oui » répondit Brigid.

Il la conduisit donc en haut des escaliers, jusqu'au bout du couloir, puis tira une lourde porte et la lui tint, un souffle de vent lui rabattant les cheveux. Elle gloussa en se laissant tomber en arrière contre lui, et il posa sa main sur sa taille, ce qui lui plut, mais elle ne s'attarda pas. Au lieu de cela, elle le repoussa et monta le petit escalier jusqu'aux parapets.

Avec Marcas, elle se sentait heureuse et enthousiaste, un sentiment totalement différent de celui qu'elle avait éprouvé avec Morris. Plus important encore, elle lui faisait confiance, contrairement à l'étranger blond et ses paroles mielleuses.

Une fois dehors, elle soupira face à la vue sur l'estuaire et les montagnes au loin, tandis que les nuages semblaient si proches qu'on aurait pu les toucher. « C'est magnifique, Marcas. »

« Là-bas, ce sont les bois de Gallow Hill, ma forêt préférée, même si nous en avons beaucoup sur Black Isle. »

« Assez parlé. Dis-moi ce que tu sais. Avez-vous entendu quelque à propos de Kara ? »

Il baissa la tête, les bras appuyés sur le rebord du mur. « Non, rien. Cela dit, on ne nous a pas laissé entrer dans le clan MacHeth. »

« Tu les penses coupables d'une quelconque supercherie ? »

« C'est possible, oui. Ils pourraient savoir quelque chose sur Kara, ou sur la malédiction. Le laird craignait sans doute que nous leur apportions la maladie. Et toi, pas de nouvelles de ton père ? » Il se redressa de toute sa hauteur, le regard tourné vers l'ouest. « J'espérais que nous verrions leur approche d'ici. S'il emmène une armée de quatre-vingts hommes avec lui, nous pourrons les voir arriver. »

« Il n'en fera pas venir autant pour l'instant. Peut-être que nous verrons d'autres gardes arriver quelques jours plus tard, mais mon père préfère se déplacer discrètement. Ma mère et lui étaient espions pour la couronne écossaise, il y a bien des années. Il peut se faufiler rapidement quelque part sans être vu. Il a enlevé ma tante sans se faire prendre au château Grant ! »

« J'espère qu'il a bon cœur. Sans la moindre nouvelle de ma fille, je n'ai aucune envie de me battre contre lui. »

« La perte de tes parents et de ta femme doit te causer une immense douleur. Même s'il n'y avait guère d'amour entre vous. » Elle posa sa main sur son avant-bras et il la dévisagea, ses yeux gris éveillant en elle une étrange émotion qui lui donnait envie de le suivre partout où il irait.

« Autant te raconter toute la vérité. Il n'y a jamais eu d'amour entre ma femme et moi, mais les choses ont pris une très mauvaise tournure. J'ai découvert que ma femme prenait une potion pour ne plus tomber enceinte. J'ai alors confronté notre guérisseuse, qui m'a tout avoué. Ma femme a reconnu être amoureuse de l'homme qu'elle avait toujours voulu épouser, qu'elle prenait ces herbes depuis la naissance de Tiernay, et qu'elle ne partagerait plus jamais ma couche. Dès que je l'ai appris, j'ai su que notre relation était terminée, mais elle était fermement décidée à divorcer, même si ce n'est jamais arrivé, au final. Il y a deux lunes, elle est retournée chez ses parents avec Tiernay et m'a laissé Kara. Elle y a revu son amant, ce qui a confirmé sa décision.

Elle n'est revenue sur les terres des Matheson que pour régler la chose. Son père devait venir nous parler, à mon père et moi. Elle comptait partir, dissoudre notre mariage et rentrer définitivement chez elle. Mais son père n'est jamais venu. Et elle est tombée malade le lendemain. »

« Oh, Marcas. » Brigid remonta sa main jusqu'à son dos, qu'elle frotta doucement. « Quel terrible souvenir, quelle horreur d'avoir appris une chose pareille. Connaissais-tu l'homme qu'elle aimait ? »

« Non. Je ne sais même pas à quoi il ressemble. On m'a dit qu'il était venu la voir après qu'elle soit tombée malade, mais je ne l'ai pas vu. Puis, comme la maladie se propageait, j'ai interdit les visites. »

« Je n'ose imaginer apprendre une telle chose sur mon époux. C'est donc pour cela que vous n'aviez pas de guérisseuse ? »

« Oui. Notre guérisseuse est partie avec Freda lorsqu'elle est retournée dans son clan. Je pense qu'Ellice se sentait extrêmement coupable de m'avoir trahi, ce qui explique son départ précipité. J'ignore si elle est encore avec le clan de Freda. »

« Et tu n'en as parlé à personne ? J'imagine qu'on a dû te poser des questions, surtout après le début de la maladie. »

« En effet. Mais je n'ai rien dit. Je ne voulais pas que mes enfants apprennent la vérité sur leur mère. Ils n'avaient pas besoin de l'entendre, alors j'ai étouffé toute l'affaire. »

Brigid se pencha pour l'embrasser sur la joue. « Tu es un homme honorable, Marcas Matheson. »

« J'espère que tu ne m'en voudras pas si je te dis combien je t'apprécie et te respecte. C'est la vérité. Pour toi, je ressens des choses que je n'ai jamais ressenties auparavant. Et je ne sais pas comment gérer tout ça. »

Elle le regarda dans les yeux, puis repoussa une mèche de ses cheveux de son col. Soudain, elle écarquilla les yeux.

« Qu'est-ce qui ne va pas ? »

« Mon ventre. J'ai mal au ventre. » Elle porta la main à son estomac et se détourna de lui.

Quelques instants plus tard, elle vomit par-dessus le parapet.

À trois reprises.

CHAPITRE 17

MARCAS LA RATTRAPA lorsqu'elle s'effondra, désireux de la conduire auprès de ses cousines afin de pouvoir évaluer la gravité de son état. Outre ses vomissements, elle avait dû perdre connaissance. Elle s'était cogné la tête contre le mur de pierre en tombant, et il voyait déjà le gonflement que sa chute avait provoqué sur son cuir chevelu.

Elle était inconsciente.

La tenant toujours dans ses bras, il parvint à ouvrir les lourdes portes, et lorsqu'il atteignit enfin le balcon, il se pencha par-dessus la rambarde pour déclarer : « Brigid est malade. Elle a attrapé la malédiction, et elle s'est cogné la tête. »

« Amène-la dans la chambre des malades, en bas » répondit Gisela. « Il faudra rester à son chevet toute la nuit. »

Obéissant à sa sœur, il descendit l'escalier et la suivit dans la chambre tandis qu'elle en allumait la torche pour leur apporter une lumière bienvenue. Tara et Jennet, qui étaient déjà là, lui désignèrent une paillasse où la déposer et se précipitèrent vers leurs instruments.

« Qu'a-t-elle bien pu faire pour avoir ces vomissements ? » demanda-t-il. « Personne d'autre n'est tombé malade. Je croyais que nous en avions enfin terminé. » Il faisait les cent pas dans la petite pièce, bouleversé de voir Brigid malade. Tout ce qu'il faisait, tout ce qu'il touchait semblait revenir le hanter. Il l'avait emmenée ici avec les meilleures intentions du monde, et la pauvre jeune fille était malade à cause de lui.

Tout était de sa faute.

Jennet marmonna d'un air entendu : « Je crois que je sais pourquoi. »

Tara lui donna une tape sur le bras. « Allez, crache le morceau ! Qu'est-ce que vous avez fait, toutes les deux ? »

« Nous avons fait un pacte. J'ai goûté un peu de bière qui avait peut-être tourné, et Brigid a goûté l'eau du puits. Elle n'en a pris qu'une toute petite gorgée. » Sa cousine lui adressa un regard qui parut la faire se sentir un peu coupable. Puis elle jeta un coup d'œil à Marcas. « La bonne nouvelle, c'est que nous avons trouvé le coupable : le puits. »

« Vous avez perdu la tête, toutes les deux ? » s'écria Tara, les mains sur les hanches, fusillant Jennet du regard. « Regarde-la ! »

« Ma mère a déjà fait ce genre de chose. C'était le seul moyen. »

Tara leva les yeux au ciel. « Nous devons la soigner, maintenant. Laissez-nous, Marcas, nous allons la changer et l'installer. »

Marcas observa le visage pâle de la jeune femme allongée sur la paillasse et se mit à prier. Voilà bien longtemps qu'il ne l'avait pas fait. Mais Brigid…

il ne pouvait pas la perdre. Puis il partit dans le couloir en aboyant sur ses frères : « C'est le puits. Il faut le couvrir, et que quelqu'un dise à Nonie et Jinny de jeter toute l'eau que nous y avons puisée. »

Edda se précipita dans la cuisine tandis que Marcas et Shaw se dirigeaient vers la cour.

Ethan avait l'air particulièrement enthousiaste, chose que Marcas n'avait pas vue chez lui depuis longtemps. « Pourquoi es-tu si content, Ethan ? »

« Parce que nous avons trouvé la solution. Ce n'est peut-être pas une bonne nouvelle pour Brigid, mais elle semble robuste. Si elle n'en boit plus, elle devrait guérir. Alors, c'était le puits, la cause de tout. »

« Nous utiliserons l'eau du puits qui se trouve dans les bois. Elle est encore bonne » intervint Shaw.

Ils firent ce qu'ils avaient à faire, puis Marcas retourna dans le hall. Il devait la voir, s'assurer qu'elle allait bien. Si quelque chose arrivait à Brigid, il serait inconsolable.

Il frappa à la porte et recula, attendant qu'on lui ouvre. Tara se tenait près de la porte.

« Comment va-t-elle ? » murmura-t-il.

« Elle s'en sortira. Nous l'avons lavée et lui avons enfilé une chemise de nuit. Elle est réveillée et demande de vos nouvelles. »

« Puis-je la voir ? »

« Bien sûr » répondit Tara en saisissant la main de Jennet pour l'entraîner hors de la chambre.

« Pourquoi dois-je partir, moi aussi ? » s'écria Jennet.

« Laisse-les tranquilles, c'est tout » rétorqua Tara en veillant à ce que Jennet la suive jusqu'à la porte sans se retourner.

Marcas entra dans la pièce, puis attendit que ses yeux s'habituent à la lumière de la torche. La chambre était encore sombre, mais il trouva rapidement Brigid et s'agenouilla auprès d'elle. « Tu vas guérir ? »

Elle hocha la tête. Les cernes sous ses yeux lui indiquèrent qu'elle était encore très malade, mais il gardait espoir. Brigid se redressa légèrement et dit : « Je te prie de m'excuser. C'était idiot, mais au moins nous avons trouvé la source du problème. Je suis navrée que tu aies dû assister à ça. »

« J'ai vu pire, jeune fille. N'y pense plus. » Il marqua une pause, cherchant le meilleur moyen de faire ce qu'il souhaitait accomplir. « Puis-je me joindre à toi ? »

Elle resta muette, mais en guise de réponse, elle leva sa couverture.

« Tu vas peut-être me prendre pour un fou, mais j'ai besoin de te serrer dans mes bras. De le voir par moi-même, d'écouter ta respiration, de sentir ton cœur battre pour me convaincre que tu vas bien. » Il se glissa derrière elle et colla son torse contre son dos, avant de l'enlacer et de la serrer contre lui.

Il huma son parfum de lavande, ferma les yeux, soupira et posa sa tête dans le creux de son cou. « J'ai paniqué » murmura-t-il. « J'ai craint le pire. »

Elle voulut prendre la parole, mais il posa son doigt sur ses lèvres. « Garde tes forces, s'il te plaît. Et laisse-moi dire ce que j'ai sur le cœur. »

Brigid se laissa aller contre lui et murmura : « D'accord. »

Il était soulagé qu'elle ait le dos tourné. S'il plongeait son regard dans le sien, il ne parviendrait pas à garder son sang-froid. « Je voudrais essayer de t'expliquer ce que je ressens. Je n'y arriverais peut-être pas, mais je ferai de mon mieux.

« Lorsque je t'ai vue pour la première fois sur les terres de Ramsay, je ne t'ai pas trouvé spécialement attirante. Comme j'avais tort ! J'avoue que j'avais le cœur endurci, car j'étais rongée par la peur et l'apitoiement. Il m'a fallu du temps pour te voir telle que tu es vraiment : tu es l'un des plus beaux cadeaux que j'aie jamais reçus. »

Elle se tourna sur le dos et plongea son regard dans le sien, les yeux embués d'émotion. Son doigt effleura sa mâchoire avant de retomber sur son torse. « Marcas. »

« Attends, laisse-moi terminer. Je n'ai jamais compris ce qu'était l'amour. Je connais l'amour pour un enfant, pour un parent ou un frère, mais cet amour entre un homme et une femme, entre un mari et son épouse, je ne l'avais jamais compris. Je le croyais illusoire, mais en te regardant travailler, en observant tes relations avec les autres, en écoutant ton rire, j'ai commencé à comprendre. » Il l'embrassa sur le front. « J'éprouve des sentiments que je ne comprends pas, mais je ne veux pas qu'ils s'éteignent. J'ai besoin de toi, Brigid Ramsay. J'ai besoin de toi dans ma vie, et quand tout sera fini, je te supplie de rester pour que nous apprenions à mieux nous connaître. Je ne sais pas comment ça se passera une fois que tes parents seront arrivés, mais quand je te regarde, je ne vois que de l'espoir. »

« Oh, Marcas. » Elle prit son visage dans ses mains. « J'aimerais t'embrasser, mais je ne voudrais pas te rendre malade. »

« Je n'ai pas besoin de t'embrasser tant que je t'ai près de moi. »

Elle se blottit contre sa poitrine, et il se lova contre elle. « Voilà tout ce dont j'ai besoin » murmura-t-il. « Mais je ne te connais pas assez… Je ne connais ta couleur préférée, ton plat préféré, ton passe-temps favori. »

« Nous avons tout le temps d'apprendre tout ça. Mais pour l'instant, je peux te répondre : le bleu, les tartes aux fruits et les festivals des Ramsay. »

Il rit doucement. « J'ai hâte d'entendre parler des festivals des Ramsay. J'imagine qu'il devait y avoir du tir à l'arc. Tu voudras bien me donner des leçons ? J'en aurais bien besoin. »

Elle hocha la tête, s'étira, bâilla et se blottit à nouveau contre lui.

Avant même qu'il ne s'en rende compte, elle s'était endormie dans ses bras. Il la contempla, admira chaque détail de son visage. Ses longs cils, sa peau douce, sa mâchoire carrée. Un léger sourire effleura son visage, et il espéra qu'elle rêvait de lui.

Il savait qu'il aurait dû se lever et la laisser dormir, mais il ne voulait pas la laisser. Jamais.

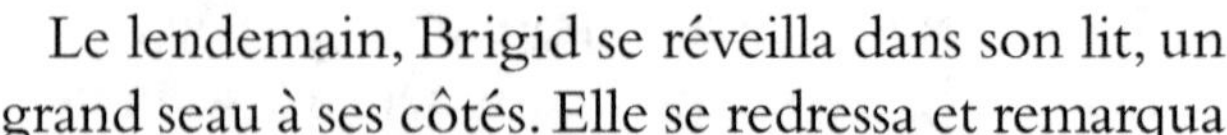

Le lendemain, Brigid se réveilla dans son lit, un grand seau à ses côtés. Elle se redressa et remarqua que Tara la fixait du regard depuis l'autre bout de la pièce, occupée à ranger leurs vêtements. « Tu survivras ? »

« Bien sûr que oui. Pourquoi tu dis ça ? » Mais une fois assise, Brigid comprit immédiatement la question de Tara. C'était comme si le marteau d'un forgeron lui martelait le front, et son estomac semblait envahi de ces dauphins qui bondissaient dans l'estuaire. Mais elle avait déjà connu pire, alors elle se força à se redresser. Lorsqu'elle parcourut la pièce du regard, elle constata qu'elle était déserte, à l'exception de Tara. « Où est Jennet ? »

« Elle est partie voir ce qu'elle peut découvrir au sujet du puits. Elle veut savoir pourquoi l'eau n'y est plus potable, et veut demander à Marcas de creuser un nouveau puits ailleurs. »

Des souvenirs commencèrent à affluer dans l'esprit de Brigid. Elle avait vomi par-dessus les parapets, senti ses genoux flancher. À un moment donné, elle avait aussi vomi dans le seau. Elle ne put s'empêcher d'examiner sa chemise de nuit et ses draps, juste pour vérifier qu'elle ne les avait pas souillés. Il y avait un grand carré de lin à proximité, qu'elle avait dû utiliser.

Elle avait vomi devant Marcas. « Non… » Puis, la veille au soir, elle était restée allongée dans ses bras, à écouter ses paroles qui l'avaient fait se sentir tellement spéciale.

« Qu'est-ce qui ne va pas ? » demanda Tara en se précipitant à ses côtés pour lui toucher le front. « Tu n'as pas de fièvre, n'est-ce pas ? J'ai rangé les fourrures justement pour ça. »

« Non, je n'ai pas de frissons, et je n'ai pas envie

de vomir. Je me sens juste faible, mais je ne me souviens pas comment je suis arrivée ici. » Elle porta sa main à son front en posant les pieds au sol, et se força à se lever. C'est alors qu'elle sentit une douleur sur son cuir chevelu, et lorsqu'elle toucha cet endroit du bout des doigts, elle sentit une bosse de la taille d'un œuf de poule, collante de sang.

Tara apparut à ses côtés en un instant. « Fais attention. Je ne te laisserai pas retomber, pas tant que je veille sur toi. »

« Je n'ai pas de vertiges. Mais je ne me souviens pas d'être venue me coucher. Je me rappelle seulement que Marcas était là hier soir, mais avant ? »

« C'est parce que Marcas t'a portée jusqu'ici. Tu es tombée sur les parapets et tu t'es cogné le coin de la tête contre le mur de pierre. » Tara leva la main et tâta sa bosse. « Elle n'a pas grossi. »

« Alors j'ai dormi toute la nuit ? »

« Et toute la journée. Le soleil est en train de se coucher. »

« Je dois aller dans le hall, voir comment vont les choses. Ont-ils retrouvé Kara ? »

« Non, mais tu devrais rester au lit. Tu as été très malade. »

« Je t'en prie, aide-moi à trouver des vêtements propres à me mettre. Mon pantalon est propre. Je crois que Nonie l'a lavé. Et la tunique aussi. Je voudrais parler à Jennet. »

« Je t'ai apporté tes vêtements propres. Je vais t'aider. »

« Merci beaucoup, chère cousine. » Elle se

déplaçait lentement dans la pièce, mais lorsqu'elle réalisa sa faiblesse, elle s'appuya sur quelque chose pour se diriger vers le coffre où Tara avait posé ses vêtements. « Père sera bientôt là. »

« Shaw a dit qu'ils avaient aperçu un petit groupe qui se dirigeait vers nous. Une douzaine de personnes. Ils ont vu des hommes et des femmes – ce sont donc sûrement tes parents. Mon père les a probablement retrouvés sur les terres des Grant et doit les attendre là-bas. Il n'arriverait jamais à suivre oncle Logan. » Tara tendit le pantalon à Brigid pour qu'elle l'enfile, tandis qu'elle se soutenait en s'appuyant sur l'épaule de sa cousine.

« Jennet n'est pas tombée malade ? »

« Non, mais elle nous a parlé de votre pacte. C'était stupide de votre part. Tu as eu de la chance de ne pas tomber encore plus malade. N'oublie pas que de nombreuses personnes sont mortes après avoir bu cette eau. »

« Ce n'était qu'une toute petite gorgée. Ma tante fait toujours ça quand elle ne trouve pas la cause d'une maladie. Et visiblement, ça a marché. C'était le puits, pas une malédiction. » Voilà, elle l'avait dit. Et puisque Jennet et elle avaient découvert la vérité, il n'y avait plus aucune raison de croire que ce clan était maudit.

« Cette petite gorgée t'a quand même bien rendue malade. Imagine si tu en avais pris plus. »

« Imagine si j'avais continué à en boire comme tant d'autres l'on fait ici. » Enfin, lorsque Brigid eu terminé, elle passa ses doigts dans ses boucles indisciplinées et demanda à Tara l'impossible : « Tu crois que tu pourrais me coiffer correctement ? »

« Je vais essayer. » Tara tressa les longues mèches de Brigid, puis les attacha en chignon sur le haut de sa tête. « Voilà. Au cas où tu vomirais encore. Tu devrais prendre un peu de bouillon bien chaud. Nonie nous a préparés de l'orge au miel. J'en prendrais bien un peu aussi. Je t'accompagne jusqu'à la cheminée. »

Brigid se fichait de son apparence, mais elle avait deux besoins immédiats : le premier, un bouillon chaud. Le second, voir la réaction de Marcas. Il avait dû être dégoûté de la voir vomir, même si elle s'était efforcée de se détourner de lui dans l'obscurité.

Elles traversèrent le hall, et elle remarqua que les gens étaient déjà rassemblés pour le dîner. « Effectivement, j'ai bien dormi. »

« En effet, mais tu en avais besoin, c'est évident. À part ton teint pâle, tu as bien meilleure mine. Je vais passer devant dans l'escalier, comme ça tu pourras t'appuyer sur mon épaule si tu en as besoin. »

Brigid obéit, et le silence se fit dans le hall. Tous les regards restèrent fixés sur elle tandis qu'elle descendait les marches. Jennet accourut à ses côtés. « Tu vas mieux ? Nous avons été drôlement imprudentes. J'ai eu très peur pour toi quand tu es tombée malade. »

« Je survivrai, mais je ne participerai pas tout de suite aux courses des festivals. »

Jennet lui sourit et la serra doucement dans ses bras. « Mais maintenant, nous avons trouvé le coupable. Nous sommes allés au puits, et Marcas l'a recouvert d'une toile pour que personne ne puisse l'utiliser. »

« Mais il leur faut de l'eau pour cuisiner et pour se laver. »

« Nous faisons bouillir toute l'eau, et il y a un autre puits dans les bois qui ne s'est jamais asséché. Jinny ne cesse de faire bouillir l'eau. Et Alvery a annoncé qu'il ferait creuser un nouveau puits bientôt, peut-être derrière le donjon. » Jennet repoussa quelques mèches rebelles des cheveux de Brigid. « Veux-tu un peu de bouillon ? »

« Oui, mais j'aimerais aussi m'asseoir près du feu. Où est Marcas ? »

« Shaw et lui sont partis en patrouille, dans l'espoir de croiser la route de ton père » expliqua Jennet. « Ils veulent l'inviter à entrer avant qu'il n'attaque. » Puis elle disparut, et Brigid espéra qu'elle était allée lui chercher un bouillon bien chaud.

Tara conduisit Brigid jusqu'à un fauteuil placé juste devant la cheminée, puis la recouvrit d'une épaisse fourrure. Jennet arriva aussitôt avec une tasse. « Tiens, c'est sucré au miel. Ça va te plaire. »

Brigid but quelques gorgées du liquide fumant et se sentit beaucoup mieux.

« Ne te presse pas. Attends un peu avant d'en boire plus » conseilla Tara.

Jennet croisa les bras, les lèvres pincées. « Elle a besoin de boire. Laisse-la prendre ce qu'elle veut. »

Les deux cousines la chouchoutaient comme le faisait sa mère autrefois, et ce n'était pas pour lui déplaire. Brigid sourit en coin, son regard alternant de l'une à l'autre. « Ce serait un vrai défi de vous laisser vous occuper de moi, toutes les deux. »

Tara lui adressa un geste de la main. « Je te laisse avec Jennet. J'ai faim, je vais manger à table. »

« Merci, chère cousine. »

Tara se pencha et la serra dans ses bras. « Je suis heureuse de te voir guérir. »

Avant que Jennet n'eut le temps de s'asseoir, la porte du hall s'ouvrit brusquement et Marcas entra. Dès qu'il aperçut Brigid près de la cheminée, il se précipita pour s'agenouiller à ses côtés, le regard empreint d'inquiétude. « Tu vas bien ? »

« Oui, je vais mieux. Je suis désolée que tu m'aies vue dans cet état. »

« Ne t'excuse pas. Je suis heureux de te voir en meilleure santé. »

Elle dut alors lui poser une question qu'elle redoutait : « Parmi ceux qui sont morts, y en a-t-il dont l'état s'est amélioré avant de s'aggraver ? »

« Non. Généralement, les gens mouraient dans les deux jours qui suivaient les premiers vomissements, et ils ne s'arrêtaient jamais de vomir. Mon père a survécu plus longtemps, mais il a fait partie des rares à aller mieux, à se croire complètement guéri, avant de retomber malade. Ceux qui mouraient rapidement étaient incapables de se relever pour me parler. Tu vas guérir. Jennet a dit que tu n'en avais bu qu'un tout petit peu. »

« C'est vrai. Je devrais me remettre complètement. »

« Même si c'était de la folie, au moins nous avons trouvé la source. J'en suis très heureux. »

« Avez-vous vu mon père ? »

« Non. Nous l'avons cherché, mais il est introuvable. Il se cache bien. »

Brigid sourit. « Oui, c'est vrai. Personne ne peut l'attraper. »

CHAPITRE 18

LOGAN ÉTAIT EN train de faire les cent pas, en attendant que les membres de son groupe aient terminé de faire leurs besoins. Le soleil était sur le point de se coucher, et il aurait voulu arriver sur les terres des Matheson cette nuit-là. Ils avaient passé le château Tarradale, situé sur la côte ouest de Black Isle, et déniché une clairière qui, d'après lui, se trouvait à environ deux heures du château Eddirdale. Il ignorait complètement ce qui l'attendait sur les terres des Matheson. Un combat ? Trois guérisseuses prises en otage, luttant pour échapper à leurs ravisseurs ? Enfermées dans une tour, comme c'était arrivé à Elizabeth Grant autrefois ?

Ou bien trouverait-il un clan décimé par une menace mortelle d'origine inconnue ? À cette pensée, il se dit qu'ils allaient devoir planifier leur approche du château avec le plus grand soin. Après tout, trois de ses proches étaient là-bas, ou du moins le pensaient-ils.

L'une d'entre elles était sa chère Brigie, la jeune fille dont le rire ne manquait jamais de lui réchauffer le cœur. Il aurait pu jurer que personne n'avait un rire comme le sien – il semblait éclater en mille bulles innocentes d'amour et de compassion.

Qui mériterait un jour d'épouser une jeune femme comme elle ?

Gwynie se trouvait non loin de lui, son arc à la main en cas de besoin, ce qui était devenu une habitude chez elle après toutes ces années. Sa femme était toujours magnifique, avec ses cheveux attachés en une tresse qui démarrait au sommet de son crâne. Parfois, elle se les tressait pour voyager, comme ce jour-là, et d'autres fois elle les laissait tomber librement sur ses épaules – sa coiffure préférée. Elle avait bien quelques mèches grises, mais la couleur noisette de ses cheveux soyeux prédominait toujours.

Contrairement à d'autres, Gwyneth n'avait pas pris de poids avec l'âge. Elle était toujours très occupée à former la jeune génération de leur clan au tir à l'arc. Et le Seigneur leur avait donné plusieurs petits-enfants, ce qui d'après Gwynie, rendait leur univers encore plus spécial. Molly et Tormod avaient quatre enfants, tandis que Sorcha et Cailean en avaient deux. Gavin et Merewen n'étaient pas encore parents. Maggie et Will venaient d'accueillir leur premier enfant, une petite fille, et Logan n'avait jamais vu un père plus attentionné que Will. Gwynie se rappelait de chaque nom et de chaque date de naissance, contrairement à lui, même s'il avait toujours considéré ses petits-enfants comme des cadeaux du Ciel. Cailean les avait beaucoup surpris, Gwynie et lui. Il traitait ses deux filles comme des princesses. Will gâtait peut-être la sienne, mais ses parents l'élèveraient dans la forêt et les grottes, comme ils avaient eux-mêmes vécu. Ce qui n'était pas le cas des petites de Cailean. Sorcha adorait les voir ensemble, surtout le jour où elle avait surpris ses filles en train de vêtir Cailean des robes de leur mère. Ils avaient tous beaucoup ri ce jour-là.

Mais Logan dut chasser ses pensées de son esprit – sa famille était en train de revenir. Il cessa de faire les cent pas pour prendre la parole : « Les filles sont tout près, Gwynie, et je ne pense pas qu'elles aient été blessées. On les a enlevées pour leurs talents de guérisseuses. » Il parcourut les environs du regard, un réflexe qu'il gardait toujours lorsqu'il quittait les terres des Ramsay.

« Je pense que tu as raison, Logan. Je sens qu'elles ne sont pas loin. Mais m'en voudras-tu beaucoup si mes vieux os rêvent d'un lit pour dormir ce soir ? Je me fiche de savoir s'ils vomissent toujours ou non, là-bas. J'ai besoin d'un lit. »

Logan s'approcha pour enfouir son visage près de son oreille. « Moi aussi, j'aimerais bien un lit. Partageras-tu le tien avec moi, Gwynie ? »

Un hurlement les surprit soudain.

« Sorcha ! » Gwynie se précipita vers l'origine du cri, suivie de près par Logan.

« Trouve-moi ta femme, MacAdam ! » Son rugissement s'éleva jusqu'en haut des arbres, afin que tout le monde l'entende pour venir les aider.

Le couple traversa les buissons à toute vitesse, comme un daim et sa biche tentant d'échapper à des chasseurs, guidés par les jurons et les coups de pied bruyants de leur fille, qui luttait probablement contre un bâtard en train de l'agresser. Cet idiot ignorait qu'il allait finir avec les couilles fendues en deux par sa femme. « Tu la vois, Gwynie ? »

« Non, mais je les entends. » Elle s'approcha de son mari pour lui désigner une autre direction. « Par là, entre les arbres. J'ai entendu une femme, un homme et un enfant, comme si les deux premiers étaient en train de se battre sous les yeux du troisième. Je ne sais pas trop quelle voix est celle de Sorcha. »

Ils arrivèrent sur les lieux en même temps que Gavin et Merewen qui apparurent de l'autre côté, suivis de Kyle. Cailean tenait un inconnu au sol, son genou sur la poitrine de son adversaire, son épée jetée sur le côté, et une dague pointée sur sa gorge.

« Ne me tuez pas, je vous en prie ! Je n'ai rien fait de mal » siffla l'homme en agitant les mains, ses yeux fous de panique tournés vers son agresseur.

Logan regarda tout autour de lui, surpris de voir que Sorcha tenait la main d'une fillette de trois ou quatre étés, sale mais visiblement en bonne santé. Elle était en train de pleurer, sa tête contre l'épaule de Sorcha et son pouce dans la bouche. « Je veux mon papa ! »

Comme Logan ne vit personne d'autre dans les environs, il s'approcha derrière Cailean et observa par-dessus son épaule l'homme qui suppliait toujours qu'on l'épargne. De toute évidence, cet idiot croyait que Logan allait le sauver, car il s'adressa immédiatement à lui lorsqu'il le vit : « Je n'ai rien fait de mal. Il m'a payé pour que je la surveille quelques heures. Je n'ai rien fait d'autre. Il va bientôt revenir. »

« Vous avez touché ma femme » répondit Cailean dans un grondement qui surprit Logan. « Personne ne touche ma femme. » Logan faillit pousser un soupir de fierté. Ses leçons avaient porté leurs fruits, mais aussi fier qu'il soit, ils devaient d'abord comprendre ce qu'il se passait.

« Laisse-le, mon garçon. Je veux qu'il nous dise ce qu'il sait avant que tu ne répandes ses entrailles dans toute la région. »

L'homme poussa un gémissement, mais Cailean retira sa main de sa trachée. « Si vous bougez, je vous coupe les couilles. »

Visiblement intimidé par Cailean, l'inconnu secoua frénétiquement la tête. « Je vous dirai tout. Que voulez-vous savoir ? »

« Qui est cette petite ? » demanda Gwynie.

« Je ne sais pas. Elle est peut-être du clan Matheson ? On m'a dit qu'ils avaient des crises de vomissements. J'étais en train de voyager entre Inverness et Avoch pour livrer un courrier, mais cet homme m'a arrêté et m'a demandé si je voulais me faire un peu d'argent. Je n'avais qu'à surveiller la petite pendant deux heures. Il va revenir d'une minute à l'autre. »

« Qui donc ? » aboya Gavin.

« Je ne sais pas. Je ne suis pas d'ici. Je voulais juste me faire un peu d'argent, mais je ne savais pas qu'elle était si petite. Ce salaud l'avait attachée à un arbre. Je l'ai libérée, mais elle n'a pas bougé. »

« Relâche-le, MacAdam. »

« Vous êtes sûr ? » demanda Cailean par-dessus son épaule.

« Si vous voyez ce salaud qui a attaché la petite, vous feriez mieux de la fermer où nous vous retrouverons. Vous serez facile à pister : vous allez sûrement laisser une trainée de pisse derrière vous. » Puis Cailean relâcha l'inconnu, qui s'enfuit en courant entre les buissons et saisit son cheval sans un seul regard en arrière.

Gwynie s'approcha de la fillette. « Bonjour, ma petite. Le méchant est parti. Il ne viendra plus te faire peur. »

Elle secoua la tête avec insistance.

« Ah ? Ce n'était pas un méchant ? » demanda Sorcha.

« C'est un autre, le méchant. Il est horrible avec moi. J'avais mal aux jambes à cause des cordes, mais l'autre homme les a enlevées. » De son doigt minuscule, elle désigna l'inconnu qui venait de disparaître.

Logan souleva sa robe pour examiner ses petites chevilles, peu surpris de les voir couvertes de bleus et de sang. Une odeur d'urine lui monta aux narines, et il faillit en tomber à la renverse.

« Je suis sale. Il me laissait pas aller dans les bois. J'ai dû faire pipi sur ma robe. » Son regard empli de remords lui rappela celui d'une petite nommée Gracie, qui s'était trouvée dans une situation similaire plusieurs années auparavant.

« Comment tu t'appelles ? » s'enquit Gwynie.

« Kara. »

« Kara. Comme c'est joli ! Et ton nom de famille ? Appartiens-tu à un clan ? »

Elle hocha la tête. « Le clan Maphson. » Puis elle remit son pouce dans sa bouche en tirant une mèche de ses cheveux.

« Eh bien, ma petite Kara. Est-ce que tu aimerais aller jouer dans l'eau ? » proposa Logan.

Elle acquiesça en lâchant son pouce avec un bruit de succion.

« Enlève-lui sa robe, Sorcha. » La jeune femme obéit, et il prit la fillette dans ses bras avant de la faire tournoyer jusqu'à ce qu'elle pousse un gloussement de plaisir. Il rebroussa ensuite chemin vers le ruisseau qu'ils avaient utilisé un peu plus tôt, puis trouva un rocher pour s'asseoir. Il se pencha alors pour poser les fesses de la petite dans l'eau. Au début, elle fronça les sourcils, probablement parce que l'eau était froide, ou peut-être parce que ses blessures la piquaient, mais il continua de la faire tournoyer tout en la plongeant dans l'eau jusqu'à ce qu'elle soit à peu près propre. Elle gloussa et se remit à froncer les sourcils, selon la sensation du moment, mais ne lâcha pas le vieil homme, ses grands yeux marron rivés sur les siens.

« J'aurais pu m'en occuper, père, mais tu es tellement adorable avec les enfants, et j'adore te regarder faire. » Sorcha observait son père, visiblement ravie d'entendre les rires de la fillette, puis se tourna vers sa mère qui secoua la tête face à ses pitreries.

« Il était bien meilleur avec toi que moi, Sorcha. »

« Enlève ta tunique, MacAdam. »

« Quoi ? Pourquoi ça ? »

« Fais-le, c'est tout. La petite va devoir enfiler des vêtements secs, et le plaid est trop rugueux pour ses fesses. Personne ne dira rien si tu ne portes pas de tunique. »

« Donne-la-lui, Cailean. Tu en as une autre dans ta sacoche. C'est moi qui l'ai prise. »

Cailean obéit donc et tendit sa tunique à Gwynie. Sorcha sourit et adressa un clin d'œil à son mari pour le complimenter sur son physique, pendant que Logan soulevait Kara afin d'aider Gwynie à enfiler le vêtement autour de la petite avant de faire un nœud dans le dos.

Lorsque Sorcha eut enfin terminé d'admirer son mari, elle déclara : « Je n'arrive pas à croire comme tu es gentil avec elle, père. »

« Ton père se débrouille à merveille avec les enfants. Il a fait la même chose pour Gracie lorsqu'elle était âgée de deux étés, et il s'est occupé de Torrian et Lily quand ils étaient malades. »

« C'est mieux ? » demanda Logan à l'adresse de la fillette.

« Oui. Merzi. »

« Merewen, va chercher de la pommade dans ma sacoche, je vais lui soigner ses blessures » proposa Gwynie.

« Vous me ramenez à la maison ? » demanda la petite.

« Qui est ton papa ? » demanda Logan. « Comment s'appelle-t-il, Kara ? »

« Il s'appelle papa. »

« Il n'a pas un autre nom ? »

« Si. »

Après tous les morts dont leur clan avait été

frappé, Logan se demanda s'ils savaient que la petite était encore en vie. « Quel est l'autre nom de ton papa ? »

Tout sourire, elle répondit fièrement : « Chef. Nonie a dit que son nouveau nom était chef Maphson. »

Logan se tourna vers Gwynie sans rien dire. Ce fut Gavin qui lui murmura à l'oreille : « Elle pourra servir de monnaie d'échange. »

C'était la vérité. Si les Matheson leur cherchaient des noises, ils avaient de quoi négocier à présent.

Et rien de moins que la fille du laird.

CHAPITRE 19

MARCAS SE SENTIT beaucoup mieux en voyant Brigid assise dans un fauteuil, en train de siroter son bouillon. « Tu reprends des couleurs » dit-il après que Jennet les eut laissés seuls quelques instants.

« Je suis tellement gênée » dit-elle. « Je n'arrive pas à croire que j'aie vomi devant toi. »

Il ne put s'empêcher de glousser doucement. « Sais-tu qu'il y a un an, ça m'aurait peut-être gêné ? Mais maintenant, après tout ce que j'ai vu, ce n'était vraiment pas grand-chose. J'ai bien remarqué dans tes yeux, quand tu t'es retournée, que tu rêvais de te transformer en luciole et de disparaître, mais au lieu de ça, tu t'es évanouie et tu t'es cogné la tête. Je suis désolé de ne pas t'avoir rattrapée. »

« Je pense que tu as quand même dû me rattraper, sinon ma blessure aurait été bien pire. J'aurais même pu passer par-dessus les parapets. » Elle but une autre gorgée de bouillon. « Voilà comment je sais que j'ai été malade – ce bouillon d'orge me paraît divin. »

« Jinny l'a préparé avec amour. C'est pour ça que

tu l'apprécies. Continue de le boire. » Il se pencha vers elle et l'embrassa sur le front. « Quant à passer par-dessus le mur, je ne l'aurais jamais permis. À présent, je vais partir à la recherche de ton père. J'ai entendu dire qu'un groupe d'hommes et de femmes inconnus se trouvait dans les environs, mais nous n'avons pas encore réussi à les localiser. La nuit va tomber, et j'imagine qu'ils ne devraient plus tarder. »

« Des inconnus ? Tu veux dire, des gens que vous ne connaissez pas ? Mais si tu dis qu'il y avait des femmes, alors ma mère est probablement avec eux. » Elle devait admettre qu'elle espérait que sa mère soit venue avec son père. Quand elle était malade, elle ressentait toujours le besoin d'avoir sa mère près d'elle.

« Si j'ai dit que ce sont des inconnus, c'est parce qu'ils sont difficiles à localiser. Si une autre bande de guerriers arrivait des Highlands, elle ne chercherait pas à se cacher. J'ai entendu dire que l'armée des Grant était capable de tout écraser sur son passage. Ce n'est pas le cas de ce groupe. Je n'ai même pas réussi à les retrouver. Je vais devoir demander à ton père comment il fait, ça m'intrigue. »

« C'est un excellent pisteur. Je ne sais pas s'il te livrera ses secrets. »

Marcas se leva et lui posa une main sur l'épaule, regrettant de ne pouvoir la serrer dans ses bras. Mais il s'en abstint. À contrecœur, il devait la laisser partir. Quand avait-il jamais rencontré une femme aussi sage ? Mais il devait se rendre aux portes.

Juste au cas où.

Que diable tramait Logan Ramsay ? Allait-il lancer une attaque frontale ? Si tel était le cas, les quelques hommes du clan Matheson ne feraient pas le poids face à lui. Il devait bien l'admettre, même s'il avait été chargé de l'entraînement de leurs meilleurs épéistes avant la malédiction, il en avait désormais perdu la majorité. Shaw était doué à l'épée, mais Alvery était devenu un vieil homme. Torcall était solide, mais il savait que l'issue leur serait fatale.

Et s'ils s'introduisaient en douce dans l'espoir de récupérer sa fille, Ramsay devrait pénétrer de force dans le grand hall. Cela dit, personne ne l'en empêcherait.

Marcas se dirigea vers la porte et s'adressa à Torcall, qui parcourait les environs du regard : « Tu vois quelque chose, Torcall ? »

« Possible. Je vois des chevaux qui approchent, et je ne pense pas qu'ils suivent la piste principale. Je crois qu'ils viennent par ici. »

« Portent-ils des plaids ? Celui des Ramsay est bleu foncé. »

« Impossible à dire, chef. »

Marcas gravit l'escalier menant au sommet du mur, puis posa les yeux sur l'obscurité de la nuit. Le ciel était sans nuages, heureusement pour eux. La lune éclairait suffisamment les environs. Il scruta les alentours, distinguant à peine le groupe à cheval. Les deux premiers étaient des hommes, suivis de trois femmes. Un petit contingent de gardes entourait le groupe. Deux hommes suivaient les trois femmes, et son regard fut attiré par quelque chose qui faillit le faire suffoquer.

Une enfant.

Il était certain d'avoir vu une enfant chevaucher devant le premier homme. Ce dernier l'entourait instinctivement de son bras, mais la petite faisait moins de la moitié de sa taille.

Une boule se forma dans sa gorge, menaçant de le faire vomir. S'agissait-il de Kara ?

« Torcall, vois-tu une enfant sur le premier cheval ? » murmura-t-il. Son regard parcourut le reste du groupe, tous vêtus du même plaid sombre, qu'il supposait bleu, mais dans la pénombre, difficile d'en être sûr. Le plaid Matheson était lui aussi principalement bleu, mais plutôt turquoise avec des touches de vert. Les hommes avaient une apparence imposante : ils étaient grands et musclés, surtout celui qui chevauchait à côté de l'homme avec l'enfant. Il était blond et semblait du genre à mâcher des orties pour s'amuser.

« Ce pourrait être une enfant, chef. Ou bien une ruse destinée à vous attirer, à vous faire croire que ce pourrait être Kara. Soyez prudent. »

Une voix les interpella alors qu'ils approchaient de leur porte fermée : « Dites au chef Matheson que nous souhaitons discuter. J'ai quelque chose qui devrait l'intéresser. »

C'était tout ce que Marcas avait besoin d'entendre. « Ouvrez les portes ! » aboya-t-il. Puis il dévala l'escalier au moment même où les portes s'ouvraient, se précipita à travers l'ouverture et s'écria avant de s'arrêter : « Dites-moi votre nom et le motif de votre visite. »

L'attente lui parut interminable. Mais l'homme devant lui finit par répondre : « Ramsay. Vous avez quelqu'un que je cherche. Amenez-moi ma fille, tout de suite. Et mes nièces. »

La voix qu'il entendit alors faillit le faire tomber à genoux.

« Papa ! Je suis rentrée ! »

Soudain, Marcas n'entendit plus rien. « Kara ? » Il courut alors vers elle, ignorant les cris des hommes Ramsay, celui qui descendit de cheval pour se planter devant lui, et les autres qui descendirent en pointant leurs arcs sur lui.

« Kara ? »

Plus rien n'avait d'importance. Il risquerait sa vie pour serrer sa fille dans ses bras.

« Kara ? C'est bien toi ? »

Les larmes lui montèrent aux yeux, mais il les essuya pour voir si c'était bien sa fille adorée. Celle à qui il chantait des berceuses, celle dont le sourire faisait chavirer son cœur, celle qui le regardait à présent en disant : « Ze t'aime, papa. »

« Kara. » C'était elle. Vraiment elle. Il jeta un coup d'œil à l'homme qui se tenait devant le cheval, les bras croisés, prêt à en découdre, et leva le poing au dernier moment pour lui asséner un coup en plein visage. Rien ni personne ne l'empêcherait de retrouver sa fille chérie.

L'homme était aussi imposant qu'il l'avait supposé, car il ne bougea pas d'un pouce, mais recula lorsque celui à cheval lui dit : « Laisse-le, MacAdam. Il ne veut qu'une chose. »

« Coucou, papa. » L'homme à cheval déposa

la fillette près de Marcas, qui la serra si fort dans ses bras qu'il dut se retenir pour ne pas lui faire mal. Il pleurait à chaudes larmes, sans la moindre honte.

« Ah, bon sang. » L'homme à cheval mit pied à terre avant d'aider la femme à côté de lui à faire de même. Mais Marcas était toujours incapable de parler.

« Voici mes amis, papa. Ils m'ont libérée du méchant. Je l'aimais pas. »

« Quel méchant ? » Marcas se retourna vers l'homme qui se tenait devant lui, et qu'il regardait presque droit dans les yeux. « Merci de me l'avoir ramenée. »

« Nous vous expliquerons tout dès que vous nous direz si ma fille et mes nièces sont ici. Je suis Logan Ramsay. »

Marcas hocha la tête, la gorge serrée, mais il lutta pour retenir ses larmes. « Elles sont ici, elles vont bien, et je vous présente mes excuses. J'avais besoin de leur aide. Je vous souhaite la bienvenue au château Eddirdale, demeure du clan Matheson. Entrez, je vous en prie. »

« Et la malédiction ? » demanda l'homme nommé MacAdam. « Êtes-vous tous malades ? Et les filles ? »

« La malédiction est levée. C'est votre fille qui a découvert le coupable, lord Ramsay : notre puits fraîchement creusé. Je ne leur ai fait aucun mal et ne les ai pas empoisonnées, mais Brigid a goûté l'eau de son plein gré et est tombée un peu malade, mais elle va mieux à présent. Vous êtes tous les bienvenus pour un repas et pour passer la nuit. Nous avons toute la place nécessaire dans notre château. »

« Je lui ai pourtant dit de ne plus faire ça » intervint la femme. « Cette enfant finira par me tuer. » Mince et belle, elle ressemblait beaucoup à Brigid, aussi Marcas soupçonna que c'était la tristement célèbre Gwyneth Ramsay qui se tenait devant lui, arc à la main.

« Nous acceptons votre hospitalité » répondit Logan. « Avez-vous une écurie ? »

« Oui, avec un garçon qui s'occupera de vos chevaux. Nous avons beaucoup de stalles, mais nous manquons de garçons d'écurie. » Marcas ouvrit la marche, puis appela Timm, qui les salua aussitôt.

« Envoie quelques-uns de nos hommes les aider à s'occuper des chevaux, Kyle » dit Ramsay. « Ils dormiront ici, mais ils apprécieraient sans doute une tourte à la viande ou une assiette de ragoût, si vous en avez assez. »

« Nous en avons plein. Faites venir vos hommes dans une demi-heure environ. »

Marcas ne pouvait pas encore lâcher sa petite Kara. Sa voix, bien que balbutiante, semblait apaisée tandis qu'elle observait les alentours. Il se demandait ce qui lui était arrivé, mais pour l'instant, il se contenterait de la savoir lavée, nourrie et correctement vêtue. Elle portait un vêtement étrange qu'il n'avait jamais vu, mais elle semblait de bonne humeur.

Un groupe sortit par la porte principale du donjon et dévala les marches droit vers eux, ayant probablement remarqué l'arrivée des Ramsay ou entendu la voix de Kara. Jennet et Tara arrivèrent alors en criant : « Oncle Logan ! Tante Gwyneth ? »

« Où est Brigid ? » s'écria la femme qu'il supposait être Gwyneth.

« Elle arrive » répondit Jennet.

Marcas se retourna et fit face au donjon. Il s'arrêta alors un instant pour observer les événements en train de se produire dans leur château silencieux, et le bruit lui rappela une autre époque. Une époque plus heureuse.

Brigid venait de sortir et s'avançait lentement vers eux, comme le ferait toute personne de sang royal, la tête haute, la démarche digne d'une noble. Elle portait une robe sombre que Gisela avait dû lui trouver.

« Elle est jolie, papa. On dirait une reine. »

« C'est vrai, n'est-ce pas, ma princesse ? »

Brigid l'aperçut, puis son regard se posa sur Kara. Elle se précipita vers eux. « Vous l'avez retrouvée ? C'est bien Kara ? »

« Je m'appelle Kara, et voici mon papa. »

Brigid l'embrassa sur le front, puis se tourna vers Marcas et murmura : « Je suis si heureuse pour toi. Tu as retrouvé tes enfants, et ils vont enfin être réunis. Ta famille est de nouveau au complet, enfin presque. »

« Je crois que c'est ton père que je dois remercier » dit-il en désignant le groupe derrière eux.

Brigid le fixa, les yeux écarquillés. « Ils sont enfin arrivés. »

Sa mère accourut, laissant Jennet et Tara avec

Sorcha et Merewen. « Ils ne t'ont pas fait de mal ? » Elle prit les mains de Brigid et l'examina de la tête aux pieds, comme si elle craignait de passer à côté de quelque chose. Puis elle plissa ses yeux. « Tu es différente. Es-tu sûre de ne pas avoir été blessée ? »

Kara, qui n'avait pas compris que Gwyneth s'adressait à sa fille, répondit : « Si, j'ai encore mal aux jambes. » Elle en leva une pour la montrer à son père. « Tu vois, papa ? Ce méchant m'a attachée. »

Marcas s'efforça de contenir la fureur qui l'envahit à la vue des blessures sur la peau fragile de sa fille, mais il ne dit rien. Il aurait le temps de tout savoir plus tard.

Gwyneth se présenta et lui dit : « Nous ne lui avons pas fait de mal, et nous ne savions pas qui elle était, mais nous vous dirons tout si vous nous laissez entrer. Je n'ai plus l'habitude de faire un si long trajet à cheval. J'aurais bien besoin d'un fauteuil et d'un bon feu, si cela ne vous dérange pas. »

Logan s'approcha pour passer son bras autour de Brigid. « Alors, qui dois-je tuer ? » plaisanta-t-il. Puis, tout en adressant un regard coupable à Kara, il ajouta : « Enfin, qui dois-je remercier de s'être si bien occupé de toi ? »

Marcas se présenta rapidement. « Je suis Marcas Matheson, laird du clan Matheson. Je vous invite à partager notre repas, et je compte tout vous expliquer. Si vous me permettez de profiter du retour de ma fille, nous pourrons nous retrouver demain dans mon solarium. Nous avons suffisamment de chambres pour vous accueillir tous confortablement, sur des lits plutôt qu'à même le sol. Je sais que j'ai une dette envers vous. »

« Soit. » Logan retira son bras des épaules de sa fille et le groupe entra, certains pour se diriger vers la cheminée et d'autres vers les tables tréteaux, tandis que Jinny et Nonie pleuraient de joie en revoyant Kara.

« Merci infiniment » déclara Nonie. « Oh, le Seigneur soit loué ! »

« Elle a bien besoin d'un bain » répondit Gwyneth. « Nous l'avons plongée dans un ruisseau quand nous l'avons trouvée dans cet état lamentable, et je lui ai mis de la pommade sur les chevilles. Elle était attachée à un arbre avec une corde juste avant que nous la trouvions. »

« C'était un méchant, Nonie. » Kara désigna alors Gwyneth du doigt. « Winnie m'a sauvée. »

Nonie l'emmena en haut des escaliers tandis que Jinny entraînait Tiernay avec elle. Edda et Ethan apportèrent des plateaux de nourriture. « Je m'occupe du bain, Nonie » déclara Shaw.

Après les présentations, tout le monde se mobilisa pour que chacun se sente à l'aise, mais Brigid semblait épuisée. Marcas s'approcha d'elle et lui dit : « Si tu es fatiguée, n'hésite pas à aller dans ta chambre. Je te promets de me montrer honorable, et Jennet sera là avec Tara. As-tu besoin de quelque chose ? »

« Non, je suis simplement heureuse de t'avoir vu retrouver ta fille. »

« Je vais te raccompagner jusqu'à ta chambre,

si tu veux. Je sais que tu te sens un peu faible. Ensuite, j'irai voir mes enfants. »

Marcas remarqua alors le regard inquiet qu'elle lança à son père, mais sentit qu'il devait faire ce qui était juste pour cette jeune femme qui avait tant risqué pour guérir son clan. Surpris qu'elle finisse par hocher la tête, il la conduisit vers l'escalier et la suivit.

« Où diable vas-tu, Brigid ? Et pourquoi va-t-il avec toi ? » Le hurlement de Logan résonna dans le couloir, assez fort pour interrompre toutes les activités de chacun.

Marcas le fixa droit dans les yeux. « Puisqu'elle est tombée malade pour soigner notre clan, il est de mon devoir de veiller à ce qu'elle arrive saine et sauve jusqu'à sa chambre. La malédiction l'a affectée, et elle en est encore affaiblie. Je ne veux pas qu'elle tombe dans mon escalier. Quand je serai parti, elle pourra fermer la porte à clé si elle le souhaite. Ensuite, j'irai m'occuper de mes enfants. Je reviens bientôt. »

Logan croisa le regard de Marcas en s'approchant de l'escalier, mais le jeune homme posa instinctivement la main sur le bas du dos de Brigid. Il s'arrêta alors pour bien lui faire comprendre son intention. Il avait beaucoup entendu parler de cet homme – il respectait son travail d'espion et la puissance des Ramsay, mais personne d'autre que lui ne prendrait la tête du clan Matheson. « Avec tout le respect que je vous dois, puisque vous êtes son père, je compte bien honorer votre position, mais vous ne me donnerez pas d'ordres chez moi. » Puis il se détourna de

Logan et poussa légèrement Brigid. Elle continua donc de monter l'escalier.

« Je te promets qu'il ne viendra pas dans ma chambre, père. Merci d'être venu me chercher, mais je suis épuisée. J'ai besoin de dormir. »

« D'accord. »

« Je vais allumer le feu dans la chambre » ajouta Marcas, en s'assurant que Logan l'ai entendu. « Ensuite, je partirai immédiatement. »

Arrivés en haut des escaliers, Marcas jeta un coup d'œil en bas et remarqua que son père avait reculé, les yeux toujours fixés sur eux. Marcas l'accompagna jusqu'à la porte de sa chambre, puis entra en disant : « Je vais jeter quelques bûches dans l'âtre pour réchauffer la pièce. »

« Je m'excuse au nom de mon père. » Elle s'assit sur son lit, les traits tirés d'épuisement.

Comme il aurait aimé pouvoir améliorer son état d'un simple geste ! Mais au moins, elle était forte. Elle serait de nouveau en pleine forme le lendemain, il en était sûr. Elle avait seulement d'une bonne nuit de sommeil.

« Inutile de t'excuser. Il est dans son droit. J'aurais fait pareil à sa place. Mais tu es ma priorité pour le moment, et tu as besoin de dormir. » Il termina d'allumer le feu, puis s'approcha de son lit, se pencha pour lui caresser la joue et l'embrassa doucement sur les lèvres. « Dors bien. »

« J'espère que mon père ne t'embêtera pas trop, Marcas. »

Il se dirigea vers la porte en répondant : « Ne t'inquiète pas pour ça. »

Comme il se trompait !

CHAPITRE 20

BRIGID SE RÉVEILLA lorsque Jennet et Tara entrèrent, bien qu'elle entendît Tara murmurer : « Chut. Elle dort profondément. »

Elle se redressa, ses yeux s'habituant lentement à l'obscurité. « Non, je suis réveillée. Combien de temps ai-je dormi ? »

« Quelques heures. On a dû taquiner ton père, parce qu'il avait cédé face à Marcas lorsqu'il t'a raccompagnée à ta chambre. » Tara gloussa doucement. « C'était trop drôle. Avec Marcas, ton père a peut-être trouvé son égal. Enfin, s'il t'intéresse. Est-ce le cas ? »

Brigid serra ses genoux contre sa poitrine avant de réarranger ses fourrures. « Oui. C'était une sensation étrange. C'est comme si j'étais triste de voir mes parents ici. Au début, j'étais heureuse, parce que je savais qu'ils nous raccompagneraient à la maison, mais le plus bizarre, c'est que… » Elle marqua une pause pour rassembler ses idées. « Je ne suis pas encore prête à quitter cet endroit. Et vous ? »

« Mon instinct me dit de rester jusqu'à ce que nous soyons certaines que notre théorie est correcte » répondit Jennet tout en se déshabillant et en pliant soigneusement ses vêtements avant de trouver l'une des chemises de nuit que Nonie avait laissées pour chacune d'elles. « Cela nous obligerait à rester ici au moins une quinzaine de jours. »

« Et ça n'a rien à voir avec Ethan, n'est-ce pas ? » la taquina Brigid. « Vous feriez un joli couple. » Elle jeta un coup d'œil rapide à Tara pour voir si elle pensait la même chose.

« Oui, c'est vrai. » renchérit Tara en tapant des mains. « Et je commence à bien apprécier Shaw, mais je ne sais pas si c'est réciproque. »

On frappa légèrement à la porte, ce qui les interrompit. « Entrez » dit Brigid.

La porte s'ouvrit brusquement et Sorcha se précipita à l'intérieur pour se diriger vers sa sœur. Elle la serra rapidement dans ses bras et murmura : « Il est parfait pour toi. Ne t'occupe pas de père. »

Brigid espérait qu'elle parlait de Marcas, mais il y avait deux autres frères. « Qui donc ? »

« Marcas, et tu le sais très bien. J'ai adoré comment il a remis notre père à sa place. Mais soyons sérieuses une seconde, j'ai une question à te poser : est-ce qu'il te plaît ? Est-ce qu'il y a déjà quelque chose entre vous ? » Sorcha s'assit sur le lit et prit la main de Brigid. La jeune femme adorait Sorcha. Elle était plus proche d'elle que de Maggie ou Molly, leurs sœurs adoptives. Elle avait toujours admiré Sorcha pour sa douceur et son optimisme, même si elle était souvent moquée pour ces qualités. Oncle Quade la raillait souvent, affirmant qu'elle ne pouvait pas être la fille de Logan, car elle était trop gentille.

Brigid soupira. « Oui, il y a quelque chose entre nous. Mais je ne sais pas quoi en penser. Il vient de perdre sa femme, alors je pensais que c'était trop tôt, mais… »

« Vraiment ? » demanda Sorcha en fronçant les sourcils, l'air perplexe. « Je me trompe peut-être, mais mon instinct me dit qu'il est aussi intéressé par toi que tu l'es par lui. Mais qu'y a-t-il ? Je t'en prie, termine ta phrase. »

« Il m'a dit avoir appris avant la mort de sa femme qu'elle s'intéressait à un autre. Elle était toujours amoureuse de l'homme qu'elle espérait épouser avant leurs fiançailles. Son père l'a forcée à épouser Marcas et elle n'en était pas heureuse, mais elle avait dû accomplir son devoir. Je ne devrais pas en dire plus, mais il n'a jamais été amoureux d'elle. C'était un mariage arrangé entre alliés. S'il vous plaît, n'en parlez à personne. »

« Je déteste que ce genre de mariage se produise si souvent » commenta Tara. « Mais c'est une bonne chose pour toi. Je n'avais pas l'impression qu'il éprouvait toujours des sentiments pour sa femme. C'était ce que je ressentais. »

Sorcha embrassa sa sœur sur la joue. « Alors fonce, Brigid. Tu sais que tes chances de trouver un homme sont minces quand notre père est dans les parages. Il n'y a pas beaucoup d'hommes Ramsay aussi têtus que Cailean qui soient prêts à le défier. »

« J'y réfléchirai, mais pour le moment, je suis fatiguée. J'ai besoin de me rendormir. » Brigid se laissa tomber en arrière, la tête enfoncée dans l'oreiller. Puis elle attrapa la main de sa sœur. « Je suis contente de pouvoir te voir à nouveau demain matin. » Sorcha arrangea les fourrures de Brigid puis se tourna pour partir, en leur adressant un signe de la main avant de franchir la porte.

Brigid était trop fatiguée pour y penser.

Lorsqu'elle se réveilla, c'était au beau milieu de la nuit. Elle resta allongée, perdue dans ses pensées, tout en écoutant la respiration régulière de ses deux cousines, mais elle ne parvint pas à se rendormir. Alors elle se redressa et se rinça la bouche, avalant plusieurs gorgées d'eau qu'on avait préalablement fait bouillir. Peu après, elle attrapa la plus grande des fourrures, s'en enveloppa et sortit sur la pointe des pieds.

Descendant le couloir à pas feutrés, elle savoura le silence. Tout le monde devait être couché. Arrivée à destination, elle tira sur la lourde porte, apprécia la bouffée d'air frais sur son visage, puis monta l'escalier jusqu'aux parapets.

Elle se pencha par-dessus le muret pour contempler le magnifique paysage. Même dans l'obscurité, l'endroit était à couper le souffle. Elle aperçut des forêts épaisses et le reflet de la lune sur un estuaire qui semblait s'étendre à l'infini : voilà une vue qu'elle n'avait jamais connue depuis les remparts des Ramsay.

Qu'allait-elle faire ? Elle savait pourquoi elle s'était réveillée. Tout son être était bouleversé par cet homme aux longs cheveux noirs, aux lèvres douces et aux chaleureux yeux gris. Et le voir avec sa fille n'avait fait qu'accroître son respect pour lui. À ses côtés, elle se sentait spéciale, chose qu'elle avait rarement connue – du moins de la part d'un homme qu'elle admirait.

Et elle pensa à autre chose, une chose qu'elle avait négligée jusqu'alors. Si elle entamait une relation avec Marcas, elle aurait deux enfants à charge, assez jeunes pour la considérer comme leur mère. Tiernay ne se souviendrait même pas de Freda.

Que ressentait-elle à ce sujet ?

Étrangement, l'idée de devenir la mère de ces deux enfants lui procura une douce chaleur dans tout son être. Elle aurait sans aucun doute besoin d'aide, mais avec Marcas, Nonie et Gisela, elle ne serait pas seule.

Elle sursauta lorsque la porte s'ouvrit derrière elle et fit deux pas vers l'allée, attendant de voir qui venait de sortir.

Marcas s'avança sur le sol de pierre et se figea en la voyant, les sourcils froncés. « Si j'avais su que tu étais là, je serais venu plus tôt, jeune fille. »

« Je viens d'arriver. J'ai dormi quelques heures, mais maintenant, impossible. »

« Il fait froid dehors. Il ne faudrait pas que tu retombes malade. » Il s'approcha et l'enlaça par-derrière, l'enveloppant de sa chaleur. Puis, la prenant par surprise, il enfouit son visage dans son cou. « Et pourquoi n'arrives-tu pas à dormir ? Tu avais l'air épuisée. Cela dit, je n'y arrive pas non plus. »

« Parce que je suis perdue. »

« À quel sujet ? » demanda-t-il doucement.

« À propos de ce que je ressens maintenant que

mes parents sont là. » Elle contempla le paysage. « C'est tellement beau ici, Marcas. C'est à couper le souffle. »

« Je suis ravie que ça te plaise. Certains considèrent cet endroit comme une terre sombre, d'autres lui attribuent des connotations maléfiques. On dit que cette île abrite des contrées féeriques, mais certains préfèrent l'ignorer. Avant ton départ, je t'emmènerai pêcher. Nos poissons sont les plus délicieux du monde. Mais j'aimerais en savoir plus sur ce qui te tracasse. »

Elle se retourna pour lui faire face. « J'ai peu voyagé dans ma vie, seulement pour rendre visite à des clans de ma famille. J'ai visité les terres des Cameron et des Grant, et quelques autres. Mais cette fois, c'était une véritable aventure. Une fois ma peur surmontée, ce voyage est devenu pour moi une merveilleuse expérience, dans un lieu où je pouvais être moi-même sans que mon père me juge ni que ma mère ne veuille tout savoir sur l'homme qui me plaît. Et pour être tout à fait honnête, je ne sais pas si je suis prête à repartir. »

Il prit son visage dans ses mains. « Je suis ravi de l'entendre » dit-il. « Je suis moi aussi troublé, mais d'une manière délicieusement exquise. Je t'apprécie, et tu me plais beaucoup, plus qu'aucune autre femme, pas même ma propre épouse. J'aimerais mieux te connaître : ce qui te fait rire, ce qui te fait pleurer. Rien ne me ferait plus plaisir que de pouvoir explorer notre relation, nos esprits et nos corps. Je le dis avec le plus grand respect. Je ne ferais rien d'inapproprié avant le mariage, mais tu sais, c'est un véritable supplice d'être près de toi sans pouvoir te toucher. »

Brigid le fixa et leurs regards se croisèrent. Elle savait ce qu'elle désirait plus que tout. « Alors, touche-moi comme tu en as envie. C'est ce que je désire aussi. »

Il laissa échapper un grognement sourd et l'embrassa, mais c'était un baiser tout à fait différent. Ce n'était pas un geste tendre, ni une douce exploration, mais une preuve de son besoin, de son désir. Un baiser qui lui disait à quel point il avait envie d'elle. Leurs langues s'affrontèrent dans une danse qu'elle apprécia beaucoup, et elle n'en voulut que plus. Elle se cambra contre lui, animée d'un besoin qu'elle ne comprenait pas, et il leva une main pour caresser sa poitrine à travers le fin tissu de sa chemise de nuit.

« Brigid, tu es si belle, si douce. » Il déposa des baisers le long de son cou, effleurant son oreille avant de descendre jusqu'à la fine ligne de sa nuque. Son pouce effleura son téton à travers le tissu, et elle tressaillit, surprise par l'intensité de ce simple contact.

Ses lèvres retrouvèrent les siennes et les explorèrent avec passion, sa respiration de plus en plus rauque, en harmonie avec la sienne tandis qu'ils se découvraient mutuellement, ses mains parcourant son corps dans une douce caresse qu'elle adora.

Puis il s'arrêta, sans qu'elle comprenne pourquoi. « Continue, Marcas, je t'en prie. »

« Désolé, je dois m'arrêter, jeune fille. Tu es innocente, et tu ne sais pas à quelle vitesse tout ça pourrait dégénérer. J'espère ne pas t'avoir effrayée avec mon désir. Tu es plus que tout ce dont j'ai jamais rêvé : belle et intelligente, pleine d'empathie et de passion. Que pourrais-je désirer de plus chez une femme ? »

« Et tu m'as tout à toi. » Elle ne savait pas comment lui expliquer qu'elle n'avait jamais partagé une telle intimité avec un homme, et qu'elle en voulait plus.

« Il est encore trop tôt. Je suis heureux que tu veuilles rester encore un peu, et je ne te demanderai rien de plus, jeune fille. »

Son cœur faillit se briser. « Tu ne veux pas de moi ? »

« Oh si, Brigid. Je te désire tout entière, mais tu ne m'appartiens pas. Du moins, pas encore. Mais je suis en train de tomber amoureux de toi, Brigid Ramsay. Sache-le. Parfois, ce sentiment me terrifie, mais c'est ce qui m'excite encore plus. Je ne te quitterai pas, à moins que tu ne me repousses. »

Elle appuya sa tête contre sa poitrine, se raccrochant aux dernières paroles qu'il avait prononcées. « Moi aussi, je te désire, Marcas. Tout entier. Je n'ai jamais aimé personne auparavant, alors je ne sais pas à quoi m'attendre, mais je ne peux imaginer un sentiment plus fort que celui que j'éprouve pour toi. »

Elle s'était montrée sincère, mais elle avait l'étrange impression qu'elle allait se retrouver avec le cœur brisé. Maintenant que ses parents étaient là, allaient-ils finir par tout gâcher ?

CHAPITRE 21

LE LENDEMAIN MATIN, Marcas rentra après avoir inspecté les environs de leur mur d'enceinte. Il avait en tête l'image des douces lèvres roses de la jeune femme qu'il avait embrassée, mais se força à penser à autre chose. Il avait fouillé les bois, l'estuaire et la route principale de Tarradale, sans trouver la moindre trace de guerriers embusqués ou en mouvement. Il avait consulté Alvery et Mundi, qui lui avaient dit avoir été prévenus de l'arrivée imminente du clan Milton dans la matinée. C'était MacHeth qui leur avait dépêché un messager, les informant qu'ils avaient entendu cette rumeur et qu'ils viendraient à leur secours si nécessaire.

Il était temps pour Marcas de parler à Logan Ramsay et de lui demander de se joindre à lui afin de sauver l'héritage de son clan. La conversation ne serait pas facile, mais il s'y attellerait. Et il souhaitait également lui demander toutes leurs explications sur la façon dont ils avaient retrouvé Kara. Il avait espéré en savoir plus à ce sujet la veille au soir, mais après leur repas, Logan et

Gwyneth étaient allés se coucher, en promettant de tout lui raconter le lendemain matin.

Marcas entra dans le grand hall, ravi d'entendre les gens bavarder tout en dégustant leur bouillie d'avoine matinale. Il avait veillé à ce que Nonie et Jinny n'utilisent que de l'eau préalablement bouillie. Il avait également envoyé des hommes chercher de l'eau au puits à proximité de la forêt.

Il priait de tout son cœur pour ne plus jamais revoir une telle tragédie frapper son clan.

En entrant dans la pièce, son regard se posa sur Brigid, qu'il repéra aisément au sein du groupe par sa simple beauté. Tara était pleine de vitalité, tandis que Jennet se montrait discrète, à l'image d'Ethan. Mais Brigid conversait et riait avec toute la noblesse de son sang. Le clan Ramsay était en effet l'un des plus prestigieux du pays.

Marcas sourit et se dirigea vers leur groupe, mais une petite fille l'intercepta en courant. « Papa ! »

Kara se jeta dans ses bras, et son père la lança dans les airs. « Comment va ma petite chérie ce matin ? »

« Je suis contente d'être à la maison, papa. Maman me manque, mais Nonie prend bien soin de moi. Et on a beaucoup de visiteurs. Je les aime tous. »

Ravi de pouvoir admirer son sourire, il l'embrassa sur le front avant qu'elle ne se tortille pour qu'il la fasse descendre. « Va voir Winnie. » Le surnom affectueux qu'elle avait donné à Gwyneth Ramsay était resté, et il le trouvait plutôt mignon. D'ailleurs, il remarqua que Gwyneth ne corrigeait pas la fillette.

Arrivé à la table où était assise Brigid, il demanda : « Tout va bien ? La bouille d'avoine convient à tout le monde ? Je pense que nous avons assez de miel pour tous. »

« C'est délicieux » commenta Tara.

Il était sur le point de parler à Brigid quand Logan l'interrompit. « J'aimerais vous voir dans votre solarium, Matheson. »

Marcas acquiesça. « Bien sûr. Je comptais vous parler, moi aussi, comme nous l'avons promis hier soir. Qui d'autre devrait se joindre à nous ? Shaw sera là, mais Ethan restera aux portes. »

« Mon fils, Gavin. »

« Avez-vous mangé ? Nonie peut vous apporter un plateau de pain et de fromage, si vous le souhaitez. »

« Non, nous avons déjà déjeuné. » Logan se dirigea donc vers la porte du solarium du laird.

« Moi, je pourrais bien manger encore un tout petit peu » dit Gavin.

« Ça suffit, Gavin. Tu as déjà assez mangé pour trois. Nous avons des affaires à régler. »

L'intéressé leva les yeux au ciel, puis rit quand Merewen ajouta : « Il a raison. Va t'occuper de ça pour le moment. »

Dans le solarium, Marcas prit place derrière le bureau, dans le fauteuil de son père. Après tout, il lui revenait de droit désormais. Son père tenait rarement des réunions, car le clan avait toujours fonctionné sans problèmes. Ils n'étaient pas beaucoup – pas plus d'une centaine de personnes. La plupart passaient leur temps à travailler dans leurs champs fertiles, à semer l'avoine, l'orge et les légumes, ou à entretenir les vergers. Chaque famille avait ses propres chèvres pour le lait, et chacune cultivait sa parcelle, prenait soin les uns des autres, et se réunissait une fois par semaine dans le grand hall et la cour pour prendre un grand repas tous ensemble. Le clan partait rarement au combat, mais une vingtaine d'hommes s'entraînait régulièrement dans les lices. C'était Marcas qui avait été chargé de leur supervision.

À présent, il devait s'occuper de reconstruire leur clan, mais d'abord, il avait besoin des guerriers de Logan Ramsay pour l'aider à conserver ses terres, qui appartenaient à sa famille depuis des décennies.

« Permettez-moi de tout vous expliquer, et je vous prie de garder vos questions pour la fin. Ensuite, j'aurai une faveur à vous demander. »

Logan s'esclaffa bruyamment. Gavin ricana et prit place à côté de son père, en face de Marcas. Shaw les rejoignit et s'installa dans un fauteuil aux côtés de son frère.

« Je vous prie de m'excuser pour l'enlèvement de votre fille et de vos nièces. J'aurais dû vous demander la permission. Mais nous étions tous accablés de chagrin, et je pèse mes mots. Je venais de perdre mes parents et ma femme. Ma sœur et ma fille étaient gravement malades. J'ai vu mourir de nombreux membres de mon clan, et je ne pouvais plus supporter toutes ces pertes. J'ai pris la décision qui me semblait la meilleure. Nous avions prévu d'emmener les guérisseuses Brenna Ramsay et Jennie Cameron, mais nous n'y sommes pas parvenus. Cependant, nous avons eu plus de chance avec ces trois-là qu'avec les deux que nous avions prévues. Je n'avais pas réalisé l'âge avancé de ces deux guérisseuses. Je ne regrette pas ma décision, mais je tiens à vous présenter, ainsi qu'à ces jeunes femmes, nos plus sincères excuses. Si nous pouvons vous dédommager, que ce soit en chevaux ou en argent, nous le ferons. »

« Pourquoi diable ne pas nous avoir simplement posé la question ? » demanda Logan, les lèvres pincées.

« Notre temps était compté. J'y ai pensé, mais attendre l'aube pour parler à votre laird aurait pu nous coûter encore plus de vies. »

« Ça me rappelle quelque chose, cette histoire, père » lança Gavin d'une voix traînante.

Perplexe, Marcas n'osa pas demander de clarifications à ce sujet.

« Garde tes remarques désobligeantes pour toi » rétorqua Logan. « Ce que j'ai fait, je l'ai fait par nécessité, et c'était la meilleure solution pour tous. »

« J'ignore de quoi vous parlez, mais j'espère, moi aussi, que toute cette histoire se terminera pour le mieux » répondit Marcas. « Vous pouvez rester aussi longtemps que vous le désirez. Quand vous aurez décidé de quelle manière je peux vous dédommager pour notre négligence, dites-le-moi et je ferai tout mon possible pour vous satisfaire afin de régler cette affaire. »

Logan acquiesça.

Marcas brûlait d'impatience de découvrir l'identité de ce salaud qui lui avait enlevé sa chère Kara. Il n'avait pas insisté la veille, car il savait le groupe fourbu par le voyage, mais à présent, il avait besoin de réponses. « Pourriez-vous me raconter comment vous avez trouvé ma fille ? Nous l'avons cherchée partout à plusieurs reprises. Elle a été enlevée du donjon après notre départ, des bras de ma sœur qui dormait près de la cheminée. Kara n'a pas pu ouvrir la porte toute seule pour partir, quelqu'un l'a donc aidée. »

« Ma fille et son mari étaient en train de faire leurs besoins quand je l'ai entendue crier » répondit Logan. « Lorsque nous l'avons retrouvée, elle tenait la petite dans ses bras, et un homme s'apprêtait à s'enfuir. Nous l'avons immobilisé et interrogé, mais je crains que nous ne puissions pas vous donner les informations que vous cherchez. »

« Décrivez-moi son apparence, son clan, et je traquerai ce salaud. » Marcas ne pouvait plus retenir son agitation. « Il a ligoté ma petite fille avec une corde. Il a écorché la peau tendre de ses chevilles ! Qui était-il ? »

« Je n'ai pas de réponse à vous apporter. L'homme qui la retenait était manifestement un messager itinérant. Il prétendait transporter une missive d'Inverness à Avoch. Il a dit qu'un homme lui avait demandé de garder cette enfant pendant deux heures, et qu'il l'avait grassement payé. Il a affirmé qu'il ignorait alors l'état dans lequel se trouvait la petite. »

« Et vous l'avez cru ? »

Logan hocha la tête. « Il a détaché la fillette. Ça m'a prouvé qu'il avait plus de compassion pour elle que son ravisseur. Il ne portait ni plaid, ni blason, ni aucun signe distinctif. Je crois ce qu'il nous a dit. Nous l'avons interrogé à propos de l'autre homme, mais il a déclaré qu'il était vêtu d'habits sombres et ne portait pas de plaid non plus. C'était un homme jeune, les cheveux châtain clair, je crois. Tu as quelque chose à ajouter, Gavin ? »

« Non, je suis entièrement d'accord avec tout ça. Il a failli se faire dessus quand Cailean l'a attrapé. Il n'avait pas d'épée, juste une petite dague, et il ne s'en est même pas servie. Il ne ressemblait pas au genre de criminel que l'on rencontre habituellement. Nous l'avons laissé partir, et il s'est enfui si vite que je suis sûr qu'il disait la vérité. »

Marcas se prit la tête dans les mains. Ce n'était pas ce qu'il avait voulu entendre. « Qui enlèverait une enfant de trois hivers ? »

« Avez-vous posé la question à votre fille ? » s'enquit Gavin. « Nous avons un neveu d'à peu près son âge, et si ce genre de chose lui arrivait, il pourrait sûrement nous en dire plus. »

« Oui. Elle l'a traité de méchant, c'est tout. Elle a dit qu'il l'avait frappée, qu'il l'avait fait pleurer. Et qu'il lui avait donné une galette d'avoine. C'est tout ce qu'elle bien a voulu me dire. »

« Ne la forcez plus à se souvenir. Laissez tomber » dit Logan. « Elle a assez souffert. »

« Je suis d'accord. Je ne lui poserai plus la question. » Son cœur avait failli se déchirer en deux lorsqu'il avait vu le tourbillon d'émotions traverser le visage de la fillette en racontant ce souvenir encore récent. Plus que tout, elle s'était souvenue de la douleur.

Il tuerait ce salaud de ses propres mains.

« J'avais espéré en apprendre plus sur cet imbécile. Que fait-on, à présent ? » demanda Shaw.

« Si c'était moi, je ne ferais rien » répondit Logan. « Quelles que soient ses intentions, quel que soit son but, je ne pense pas qu'il ait réussi. Il reviendra. Vous devez vous tenir prêts. »

Marcas n'y avait même pas pensé, mais Logan avait raison. Peut-être était-il aussi intelligent que sa réputation le laissait présager, après tout. Mais malgré tous ses efforts, il ne trouvait aucune raison pour laquelle quelqu'un voudrait enlever une fillette. À moins qu'il n'ait prévu de la vendre à une mère ayant perdu son enfant, il ne voyait aucune autre raison possible.

« Et la faveur que vous vouliez me demander ? » reprit Logan.

Marcas s'éclaircit la gorge en réfléchissant bien à ces prochaines paroles. « Nous avons appris qu'un clan projette de nous attaquer demain. Nous avons des terres fertiles, du bétail en abondance et un superbe donjon. D'après la rumeur, ce clan attendrait que notre malédiction soit levée pour remporter une victoire facile, puisque nous avons perdu tant de membres de notre clan et de nos gardes. Seriez-vous disposés à rester et à nous aider à protéger notre clan ? Avez-vous assez d'hommes pour nous défendre contre une quarantaine ou une soixantaine de guerriers ? »

« Quelle insulte ! » s'esclaffa Logan. « Nous avons cinq des meilleurs archers du pays, capables d'éliminer la moitié de vos assaillants avant même leur arrivée. Et nous comptons parmi les meilleurs épéistes de la région. »

« Je croyais qu'Alexander Grant et son fils étaient les plus grands épéistes de la région. »

« C'est possible. Gwynie et Molly sont les meilleures archères, et les Grant sont peut-être bien les meilleurs épéistes, mais Gavin est le seul à exceller dans les deux domaines. Si nous restons ici, vous aurez tout ce qu'il faut pour vous aider à vaincre n'importe quel clan des environs. »

« Je vous serais très reconnaissant de votre aide, Ramsay. »

« Sors, Gavin » dit Logan. « Je souhaite parler au laird en privé. »

Le jeune homme se leva et quitta la pièce sans poser de questions. Shaw se tourna vers Marcas, qui hocha la tête pour lui demander de faire de même, puis suivit Gavin jusqu'à la porte avant de la refermer derrière lui.

Logan se leva alors, bientôt imité par Marcas. Leurs statures les plaçaient presque face à face. « Quelles sont vos intentions envers ma fille ? Ne niez pas votre intérêt. Je vois très bien ce qui se passe entre vous deux. »

Marcas fut de nouveau impressionné par la franchise de Logan. Il sentait qu'il ne pourrait pas mentir à cet homme, qu'il s'en rendrait compte tout de suite. La meilleure solution serait donc de se montrer honnête. « Je n'en suis pas encore sûr. Votre fille est une jeune femme intelligente et talentueuse. Je suis impressionné par sa compassion et son dévouement. »

« Et vous la trouvez belle. »

« Oui, je ne vous contredirai pas là-dessus, mais ce n'est pas la première chose que j'ai remarquée chez elle. C'est une jeune femme admirable, tant dans sa prestance que dans sa façon de parler. J'admire tout chez elle. Est-elle promise à quelqu'un ? »

« Non. C'est elle qui prendra cette décision, avec l'accord de Gwynie et le mien. Ne pleurez-vous donc pas la perte de votre femme, Matheson ? Ne venez-vous pas de l'enterrer ? Voilà une réaction plutôt froide, non ? »

« C'est une question légitime, Ramsay. Ma femme et moi nous sommes mariés afin de sceller une alliance entre nos deux clans. Je vais me montrer direct avec vous, parce que je pense que vous n'accepterez rien d'autre. Ce n'était pas un mariage d'amour, mais nous nous entendions bien. Par contre, tout a basculé le jour où j'ai découvert qu'elle m'avait trompé et qu'elle comptait retourner dans son clan après la naissance de notre fils. »

Logan laissa échapper un petit rire.

« Vous trouvez ça drôle ? Moi pas. »

« Non, ce n'est pas ça. Je trouve juste que c'est une bonne raison pour quelqu'un d'essayer d'empoisonner sa femme. Pas vous ? Avez-vous empoisonné ce puits pour tuer votre femme à cause de son infidélité ? »

Marcas n'avait jamais envisagé une telle accusation. Plus rapide que Logan, qui était plus âgé, il l'attrapa par le col et le souleva du sol. Tellement furieux de son accusation, il décida d'y mettre un terme avant même qu'il ne quitte son solarium. « Comment osez-vous insinuer que j'en viendrais à tuer mes propres parents et ma femme, et que je mettrais en péril le bien-être de tout notre clan par jalousie ? Vous abusez de mon hospitalité, Ramsay. Je vous prie de partir » Marcas le reposa alors en se détournant, submergé par la colère.

Logan ouvrit la porte, mais se tourna ensuite vers lui. « Je me devais de vous poser la question, Matheson. Et je vous crois honorable. Cinquante de nos gardes seront bientôt ici. Nous protégerons votre château. Quant à ma fille, rien n'est encore décidé. »

Marcas pressentait pourtant que Logan Ramsay refuserait probablement sa demande d'épouser Brigid. Après tout, il venait de l'accuser d'avoir comploté la mort de sa femme.

Combien d'autres partageaient son avis ?

Mais il ne put s'empêcher d'évoquer la question. « J'espère que vous envisagerez ma demande pour la main de votre fille. Peut-être plus tard, si ce n'est pas le moment. »

Logan n'eut pas le temps de répondre. Shaw apparut soudain sur le seuil en annonçant : « Le clan Milton est en route. Ils sont une quarantaine de guerriers. »

Logan sourit. « Parfait. Nous avons une bataille à organiser. J'adore les batailles. »

Marcas ne pouvait que prier pour que le Seigneur soit de leur côté.

CHAPITRE 22

BRIGID N'AVAIT AUCUNE idée de ce dont les hommes avaient parlé dans le solarium, à part ce que Gavin avait déclaré en sortant. Il lui avait expliqué qu'ils ramèneraient des chevaux à la maison, et qu'après avoir raconté à Marcas comment ils avaient retrouvé Kara, il n'avait toujours pas découvert l'identité du ravisseur de la petite.

« Ensuite, père m'a fait sortir à coup de pied au cul. »

Brigid fronça les sourcils et Sorcha sourit en pressant sa main dans la sienne sous la table, sans que Brigid comprenne pourquoi.

L'instant d'après, ils apprirent que le clan était sur le point de subir une attaque. Sa mère l'entraîna avec Sorcha, Merewen et Gavin en disant : « Nous partons dans les bois pour en éliminer quelques-uns avant qu'ils ne comprennent ce qui leur arrive. »

Brigid monta les escaliers en courant, puis enfila son pantalon et sa tunique, heureuse de se sentir enfin à nouveau elle-même. Sa mère lui avait apporté un arc et un carquois ; elle s'en empara dans le hall avant de les suivre dehors.

Marcas aboyait des ordres à ses hommes tandis que son père se rendait auprès de leurs gardes à proximité de l'écurie. Comme elle aurait voulu réconforter Marcas ! Mais il était bien trop occupé. Alors elle suivit sa mère et se jura d'aider les Matheson à triompher de leur ennemi.

Ethan ouvrait la marche. « Si nous sortons par cette porte latérale du mur, vous pourrez aller vous cacher dans les arbres des bois de Gallow Hill. Le clan Milton arrivera de là, alors il faudrait que vous en éliminiez quelques-uns lors de leur passage. Ensuite, nous autres combattrons à l'intérieur de l'enceinte et quelques-uns à l'extérieur. Une fois qu'ils seront passés, vous pourrez vous faufiler par la porte et continuer à tirer depuis les parapets. »

« Êtes-vous sûrs qu'ils ont l'intention d'attaquer, Ethan ? » demanda Brigid. « Devons-nous leur tirer dessus sans poser de questions ou attendre de voir ce qu'ils font une fois qu'ils seront passés ? »

« Le clan Milton adore les batailles. S'ils arrivent au galop, les armes levées – et c'est ce qu'ils feront – alors vous pouvez tirer. Vous entendrez aussi leur cri de guerre. Ce sera le signe indéniable qu'ils nous attaquent. »

Ethan les quitta alors, et sa mère se déplaça entre les arbres pour les examiner un à un, tout en évaluant l'angle de vue sur le sentier près de l'estuaire. Puis elle entreprit de leur indiquer les meilleurs emplacements. « Gavin, aide Brigid à monter dans cet arbre. C'est l'endroit idéal pour elle, mais il est un peu haut pour qu'elle grimpe toute seule, et puis elle n'est pas en grande forme. »

Leur mère s'approcha ensuite de Sorcha et Merewen tandis que Gavin aidait Brigid à monter dans l'arbre. « Gavin, est-ce que Marcas a dit quelque chose sur moi à père ? » chuchota-t-elle, ne voulant pas que sa mère l'entende.

« Non, mais père m'a mis à la porte avant la fin de la réunion. Je suis presque sûr que tu allais être le sujet de conversation. Cet homme est sous ton charme, c'est évident. La question est : qu'en penses-tu ? »

Elle trouva la position adéquate dans l'arbre et s'installa, tout en ajustant ses flèches avec précision, puis baissa les yeux vers son frère. « Je l'apprécie beaucoup, mais dis-moi, comment as-tu su, Gavin ? »

« Comment j'ai su quoi ? » demanda-t-il en la regardant entre les branches.

« Que Merewen était la bonne ? À cause de père, toi et Cailean, j'ai très peu d'expérience avec les hommes, comme tu le sais. »

« Tu n'as que dix-sept ans, Brigid. Inutile de précipiter les choses, mais si tu me poses cette question, c'est qu'il n'est probablement pas le bon. Quand tu l'auras trouvé, tu le sauras. »

« Tu n'étais pas si sûr de toi au sujet de Merewen, si je me souviens bien. Je me trompe ? Ne mens pas. »

« Je ne mentirai pas, mais avec les hommes, c'est plus facile. »

« Pourquoi ? Qu'est-ce qui t'a fait tomber amoureux de Merewen ? »

Il éclata de rire. « Deux choses. Son adresse à l'arc. »

« Et ? »

Puis il rit à nouveau et s'éloigna, avant de jeter un dernier regard par-dessus son épaule. « Ses fesses dans son pantalon. Vous, les femmes, vous n'êtes pas aussi simples que nous. »

« Je te déteste parfois, Gavin. » Ses fesses. Mais quel genre de raison était-ce là ?

Elle attendit alors ce qui sembla une éternité, les yeux rivés sur sa mère et les autres pendant qu'ils se mettaient en position. Elle apercevait les abords du château Eddirdale, persuadée qu'un nouveau groupe de guerriers Ramsay approchait. Son père avait affirmé que des renforts seraient bientôt là. Peut-être s'agissait-il d'eux. Si c'était le cas, le clan Matheson était sauvé.

Un cri strident retentit soudain, suivi du hurlement de sa mère : « Ils arrivent, les armes levées ! »

Brigid banda son arc et se prépara à tirer dès qu'elle vit les flèches de sa mère atteindre leur cible. L'un des hommes tomba de son cheval, puis un autre, et encore un autre. Ils étaient trop nombreux pour que quelques archers parviennent à les éliminer tous, mais ils réussirent à leur infliger quelques dégâts.

Sa mère sauta de son arbre et courut vers le mur d'enceinte en criant : « On se replie ! On tirera depuis le mur ! »

Les autres descendirent à la hâte. Brigid atterrit

lourdement, mais sans tomber. Elle était la dernière à atteindre le mur d'enceinte, et allait entrer à l'intérieur lorsqu'elle entendit quelque chose derrière elle. « Brigid, aidez-moi. Je vous en prie. »

Elle devait s'arrêter, car elle craignait que quelqu'un ne soit blessé, et elle se retourna. Sorcha, qui se trouvait devant elle, s'écria : « Allez, Brigid ! »

« Une minute. J'arrive tout de suite. »

Mais elle n'y parviendrait pas.

À la place, elle reçut un coup à la tête et s'effondra au sol.

Marcas eut l'impression qu'il allait vomir dans toutes les directions. Le salut de son château reposait entièrement sur ses épaules. Il lui incombait de mener à bien cette mission. Ils devaient repousser le clan Milton.

Il se dirigea vers les portes en aboyant des ordres, lorsque Logan posa une main sur son épaule, l'obligeant à franchir les portes et à observer le nombre de guerriers Ramsay qui s'approchaient. « Si vous manquez d'expérience au combat, je vous conseille de laisser Kyle et Cailean vous guider. Ce sont des experts, et nos guerriers sont plus aguerris que les vôtres. »

Marcas réfléchit un instant, vit Shaw lui adresser un signe de tête suppliant, puis répondit : « Nous vous serions redevables si vous acceptiez de mener la bataille. »

Logan s'approcha alors pour parler à Kyle et

Cailean. Marcas rejoignit sa douzaine d'hommes et annonça : « Les guerriers Ramsay mèneront la charge. Alvery, va sur le mur d'enceinte. Torcall, prends nos hommes et rejoins Kyle, il te donnera les instructions. »

Logan revint et dit : « C'est votre château. Vous devriez rester avec Kyle et Cailean. Vous pouvez suivre leurs mouvements. » Puis il désigna le mur. « Je serai là-haut pour tout observer. Ne bougez pas tant que mes archers n'auront pas eu le temps de tirer sur les premiers assaillants. Attendez mon signal. »

Marcas se tourna vers les deux frères et déclara : « Shaw et moi, on y va. Ethan restera avec vous sur le mur d'enceinte. » Il prit la monture de Timm, dont les yeux étaient si écarquillés qu'il crut le pauvre garçon sur le point de s'effondrer. « Tout ira bien, Timm. Ton père et toi, vous n'aurez aucun problème. »

« Et vous non plus, mon laird ? » Les larmes aux yeux, le garçon leva la tête vers Marcas qui montait en selle.

Il oubliait souvent l'innocence de la jeunesse. « Les Ramsay sont là pour nous aider. Tu ne l'as peut-être pas remarqué, mais ils comptent parmi les meilleurs archers de la région. »

« Lady Brigid est une excellente archère. Je l'ai vue. Bonne chance à vous. » Puis il courut jusqu'à l'écurie pour aider les autres à seller et à préparer les chevaux pour la bataille. La tension était palpable, plus du côté de ses hommes que de celui des Ramsay. Certains semblaient presque grisés à l'idée du combat. De toute évidence le clan Ramsay avait une expérience dont ses hommes manquaient.

Une fois en selle, Marcas se dirigea vers le devant du mur d'enceinte, en direction du clan Milton. Puis il s'arrêta, figé par la beauté de la scène qui se déroulait dans les arbres. Brigid, avec ses cheveux tressés, vêtue de sa tunique et de son pantalon, son arc prêt à tirer, semblait être devenue la plus puissante reine guerrière des environs.

Une voix l'interpella alors : « Ressaisissez-vous ou vous risquez d'y passer, Matheson ! »

Il se retourna brusquement, surpris de voir Logan Ramsay sur le mur d'enceinte, les yeux fixés sur lui. Près de lui, Cailean se tenait d'un côté, Kyle de l'autre. « Il a raison » déclara ce dernier. « Ne vous laissez pas dominer par vos émotions pour le moment. Vous devez protéger tout votre clan, pas seulement Brigid. »

Bon sang, quand était-il devenu aussi facile de lire dans ses pensées ?

Cailean lui adressa un clin d'œil avec un large sourire, puis se tourna vers les chevaux qui approchaient, caressant l'encolure de sa monture, comme pour le préparer au combat. Mais comment préparait-on un cheval pour une bataille ?

Ils n'avaient eu que cinq minutes pour se préparer lorsque le cri de guerre des Milton leur parvint aux oreilles. Marcas élança son cheval dans leur direction, Shaw à ses côtés, prêts à attaquer. Au dernier moment, il pensa à regarder Logan, qui se tenait droit en secouant la tête, comme pour dire 'pas encore'.

Alors Marcas comprit pourquoi. Là, dans les arbres, se trouvaient les autres archers Ramsay, chose qu'il n'avait pas remarquée, car il ne pouvait détacher son regard de Brigid. C'était un spectacle des plus inhabituels, car la plupart étaient des femmes. Mais son regard revint à Brigid, qui se déplaçait avec une fluidité qu'il ne lui avait jamais vue, décochant ses flèches l'une après l'autre comme si elles n'étaient que le prolongement de son corps. Merewen, dans l'arbre voisin, faisait de même avec une grâce telle qu'il en était stupéfait. Leurs flèches abattirent une douzaine d'hommes avant même que le clan Milton ne comprenne ce qui lui arrivait.

Et celle qui tirait le plus vite, c'était Gwyneth Ramsay. Elle manqua une flèche, mais toutes les autres atteignirent leur cible. Tout comme celles de Brigid.

Alors Logan lui hurla : « Maintenant ! À l'attaque ! »

Les frères répondirent en poussant le cri de guerre des Matheson et chargèrent le reste des Milton, visiblement peu habiles avec leurs épées à cheval. Marcas avait tenu à entraîner ses hommes à cheval à de nombreuses reprises, et leurs efforts avaient porté leurs fruits.

Le choc des lames résonna dans tout Black Isle. Des hommes hurlaient, désarçonnés, piétinés par les chevaux, d'autres se relevaient et battaient en retraite. Les guerriers Milton continuaient le combat au sol, tentant de tailler en pièces les cavaliers, pour finir tués à la place. Marcas, peu habitué à ces cris et à ces bruits d'agonie, priait pour ne plus jamais les entendre à nouveau.

Le second de Milton, à l'arrière de son groupe, s'écria : « On se replie ! On se replie ! » Les guerriers Ramsay chargèrent, refusant de laisser les Milton s'en aller aussi facilement, même si leur puissance à l'épée les avait mis en déroute.

La bataille ne dura que quelques minutes.

Cailean avait abattu deux hommes avec une férocité que Marcas n'avait jamais vue, et ceux qui les suivaient avaient fait volte-face pour s'enfuir à cheval. Marcas avait désarçonné deux hommes avant de remarquer la retraite des autres, et avait donc fait demi-tour. Il n'était pas difficile de comprendre pourquoi ils s'étaient repliés si rapidement.

Malgré leur faible nombre, les guerriers Ramsay donnaient l'impression que leur cavalerie comptait soixante ou quatre-vingts hommes, contre seulement la quarantaine de guerriers Milton.

Le clan Milton n'avait aucune chance, et il le savait. La nouvelle de l'aide qu'ils avaient reçue se répandrait sur Black Isle. Lorsque tout le monde apprendrait que les guerriers Ramsay soutenaient les Matheson, on ne viendrait plus jamais les déranger.

Marcas scruta les arbres à la recherche de Brigid, mais les archers avaient tous quitté la forêt et se dirigeaient vers le mur d'enceinte. La troupe à cheval commença à célébrer la victoire, poussant des cris de joie, mais Marcas ne pourrait se joindre à eux que lorsqu'il aurait aperçu Brigid.

Gwyneth arriva la première, suivie de Merewen, Sorcha et Gavin, mais… où diable était Brigid ? Quelques secondes plus tard, il comprit que quelque chose clochait. Les archers la cherchaient aussi.

« Brigid ? »

Son mugissement attira l'attention de Logan. « Gwynie, où est Brigid ? » aboya-t-il à l'adresse de sa femme.

« Elle était derrière Sorcha. Je ne sais pas. Je vais voir. »

Le cœur de Marcas battait la chamade. Il sauta de cheval et fit le tour du mur d'enceinte, puis s'enfonça dans la forêt où se trouvaient les archers, à la recherche du moindre signe de sa présence. « Brigid ! »

Il se sentit alors saisi par la pire pensée qui lui soit venue à l'esprit depuis très longtemps, et il ne parvint pas à s'en défaire. Elle était si forte que ses mains se mirent à trembler tandis qu'il cherchait des empreintes de pas, des traces de cheval, n'importe quoi.

Logan et Gwyneth se joignirent à ses recherches. « Mais qu'est-ce qui se passe, Gwynie ? Personne n'a rien vu ? »

« Quelqu'un l'a appelée. C'était une connaissance, apparemment » dit Sorcha. « Elle a dit qu'elle revenait tout de suite. »

Au fond de lui, il savait ce qu'il s'était passé. C'était un stratagème. Un stratagème pour enlever Brigid, maintenant qu'ils avaient retrouvé Kara.

Aucun doute, quelqu'un cherchait à lui nuire.

CHAPITRE 23

QUAND BRIGID SE réveilla, elle se sentit sur le point de vomir à nouveau. Cela ne faisait pas très longtemps qu'elle avait été malade, et son appétit n'était pas encore revenu. Puis elle comprit pourquoi.

Elle se trouvait dans une barque, et l'odeur de l'eau salée lui parvint aux narines. Le tangage de la petite embarcation n'arrangeait rien à sa nausée. La barque était à peine assez grande pour deux – où pouvaient-ils bien aller ?

S'appuyant sur ses mains, elle se redressa, fixant le dos de l'homme qui l'avait enlevée. Il ramait furieusement tandis qu'ils s'éloignaient du rivage vers le centre de l'estuaire.

Vers les vasières.

« Morris ? Que faites-vous ? Où m'emmenez-vous ? »

Il cessa de ramer, puis se retourna pour poser les yeux sur la rive qu'ils venaient de quitter. Ensuite, il se tourna vers elle. « Je récupère ce qui m'est dû. »

« Vous êtes devenu fou, Morris. »

« Arrêtez de m'appeler comme ça. Je m'appelle

Hamon, Hamon Dingwall, et j'ai gaspillé tellement de temps et d'énergie pour obtenir ce que je veux que j'en ai presque perdu l'esprit, mais je suis loin d'être fou. »

Hamon. Elle n'avait jamais entendu ce nom. Elle avait tellement mal à la tête qu'elle n'arrivait pas à réfléchir. Elle porta sa main à la bosse sur son crâne. Bon sang, quel mal de tête !

« Quel temps et quelle énergie ? Et pourquoi m'avez-vous menti sur votre nom ? » Elle se frotta la tempe, détournant la tête du soleil, même si les nuages les protégeaient de ses rayons. La légère brume était nettement plus épaisse près du rivage qu'elle les dissimulerait sûrement à la vue de quiconque la recherchait.

Comme Marcas.

« Vous voulez la vérité ? Très bien. Je vais vous la raconter, car vous ne pouvez plus me faire de mal. J'aimais Freda. Je l'ai suppliée de ne pas épouser Marcas, mais son père a imposé ce mariage. Freda m'a promis deux ans. Elle lui donnerait un fils, puis le quitterait. Nous avions prévu de nous enfuir, de vivre à Inverness ou dans les bois, quelque part où personne ne pourrait nous trouver. »

Sa colère sembla s'apaiser tandis qu'il fixait l'eau vers l'embouchure de l'estuaire.

« Deux ans ont passé, puis trois, puis quatre. Finalement, elle lui a donné Tiernay, et elle m'a dit qu'elle le quitterait. Mais elle ne l'a pas fait, elle a dit qu'elle attendrait encore six lunes avant de partir. Alors j'ai décidé d'accélérer un peu les choses. » Il marqua une pause et se tourna vers elle en souriant. « Vous avez failli me prendre sur le fait ce jour-là, mais vous étiez trop naïve pour comprendre ce que je faisais. »

« De quoi parlez-vous ? »

« Le puits. J'y mettais du lait de chèvre caillé à chaque fois que je passais. Je suis devenu messager pour quelques clans afin que personne ne sache que j'étais l'amant de Freda. Je devais absolument voir comment ça se passait entre elle et Marcas. C'était la seule solution, et quand je les ai vus ensemble, je n'ai pas pu attendre plus longtemps. » La tristesse et le regret qui se lisaient sur son visage la surprirent. Il devait vraiment être amoureux de Freda. « J'ai fait ce que j'avais à faire. Elle était à moi, et je la voulais. J'ai essayé de la convaincre de partir, mais elle avait toujours une raison de vouloir reporter son départ. »

« Je croyais qu'elle avait dit à Marcas qu'elle le quittait. Que son père allait arranger les choses avec le père de Marcas. Pourquoi ne pouviez-vous pas attendre encore un peu ? » Elle n'arrivait pas à croire qu'il ait pris une décision aussi hâtive alors que Freda avait prévu de quitter définitivement Marcas.

« C'était à cause des enfants. Elle ne voulait pas les abandonner. Elle espérait le convaincre de laisser Kara partir avec elle. Elle lui avait donné le fils dont il avait besoin, l'héritier qu'elle avait promis à son père, mais elle voulait Kara. J'en avais assez d'attendre. J'ai pensé me débarrasser de tout le clan. J'ai prévenu Freda. Je lui ai dit ce que je comptais faire, mais elle ne m'a pas cru.

Puis elle est tombée malade. Je suis allé la voir ; je l'ai suppliée d'arrêter de boire cette eau, mais apparemment, j'y avais mis trop de lait caillé. Tout le monde a commencé à mourir. » Il se retourna de nouveau pour contempler l'estuaire. « Les parents de son mari sont morts, et j'ai craint qu'elle ne soit la prochaine. J'ai essayé de l'aider, mais d'autres sont tombés malades et sont morts. Je ne savais plus quoi faire, alors je suis parti. Et quand elle est morte, j'ai eu le cœur brisé. »

Puis il leva le poing. « Tout était de la faute de Matheson. J'ai continué à jeter le lait caillé dans le puits. Je voulais qu'il meure ! Il le méritait ! Alors j'aurais pu prendre Kara et Tiernay, et les élever comme mes propres enfants. » Ses mots suivants se résumèrent à un hurlement de douleur. « Ils sont tout ce qui me reste de ma chère Freda ! »

Il se frappa le front. « Je voyais bien que tout était de ma faute. J'ai emmené Kara, et j'aurais dû rentrer chez moi. Pourquoi ne pouvais-je pas me contenter de la fille de Freda ? J'aurais pu la voir grandir, elle qui ressemble tellement à mon amour, mais non. Je voulais la mort de son mari.

« Il méritait de mourir ! » Hamon se frappa de nouveau le front. « Alors j'ai continué à jeter du lait caillé dans le puits, en espérant qu'il tombe malade, mais il a survécu. Et puis les Ramsay sont arrivés, ils ont tout gâché et ont récupéré Kara. J'étais écœuré. » Il ferma les yeux et baissa la tête.

Elle se laissa tomber en arrière, sous le choc de tout ce qu'elle venait d'apprendre. C'était Hamon qui était à l'origine de tout. Cet homme avait assassiné tant de gens par simple jalousie.

« Comment avez-vous pu ? Comment avez-vous pu tuer autant d'innocents ? »

Il releva brusquement la tête et sa voix résonna comme un hurlement. « Parce que je n'avais pas le choix ! »

Puis il la saisit par les cheveux et la ramena contre lui. « Mais ensuite, j'ai appris votre existence. Je vois bien comment il vous regarde. Je me suis caché dans les arbres, à observer chacun de ses mouvements. Je vous ai vue dans les bois avec lui, en train de l'embrasser. Il vous désire, alors je vous ai prise à sa place. Ç'aurait été plus simple si vous aviez accepté de me rejoindre pour une promenade ce soir-là, mais vous avez refusé. Puis j'ai entendu dire que le clan Milton allait attaquer. C'était parfait. J'ai profité de la situation. »

« Alors, qu'allez-vous faire de moi ? » Un mauvais pressentiment lui souffla que sa réponse ne présagerait rien de bon.

Il rit doucement. « Vous savez, Freda m'a expliqué combien Marcas déteste nager, surtout là où l'estuaire est envahi d'algues. Je n'aurai pas à m'inquiéter qu'il vienne vous sauver à la nage. Il aura bien trop peur. Je vais faire un marché avec lui. Quand je les verrai vous chercher plus tard ce soir, je m'approcherai à la rame et je lui proposerai un échange. »

« Quel genre d'échange ? »

« Vous contre Kara. C'est vous qu'il choisira. Et alors, je garderai avec moi une part de Freda pour toujours. »

Une nouvelle nausée la submergea. Elle ne savait pas comment annoncer à Hamon que Marcas ne la choisirait pas. Face à un choix impossible, il choisirait la seule option possible.

Il garderait Kara, car c'était la seule chose à faire. Si elle connaissait bien Marcas, elle savait qu'il était honorable et qu'il aimait ses enfants.

Le groupe était réuni dans le hall, chacun racontant sa version de la dernière fois qu'ils avaient vu Brigid. Gwyneth et Logan se disputaient tandis que leurs enfants et leurs conjoints chuchotaient à l'écart.

Dans le chaos du donjon, Ethan se tourna vers Marcas d'un air désespéré et dit : « Je vais à l'écurie, chef. Si tu as besoin de moi, envoie Shaw et je reviendrai. » Puis, ses yeux froncés tournés vers le sol, il marmonna : « J'espère que les choses vont se calmer. »

La patience de Marcas était à bout. Ils s'étaient laissés emporter par la bataille et ne s'étaient pas montrés assez prudents. Il aurait dû insister pour qu'elle reste à l'intérieur du mur d'enceinte. Pourquoi diable étaient-ils sortis ?

« Inutile d'essayer de remonter le fil des événements » lui chuchota Shaw. « Tu dois découvrir qui l'a enlevée. Qui a assez de haine envers toi pour faire une chose pareille ? »

« Pourquoi quelqu'un enlèverait-il Brigid pour se venger de moi ? Personne ne savait que je m'intéressais à elle. » Il n'avait laissé transparaître à personne à quel point elle lui plaisait. Il avait pris soin de garder ses sentiments secrets.

Shaw s'esclaffa. « Non, personne ne t'a vu la dévorer des yeux dès qu'elle était dans les parages. Si elle avait sifflé, tu l'aurais suivie comme le dernier chiot de la portée. »

Marcas lança un regard noir à Shaw, mais ne répondit rien. Peut-être n'avait-il pas réussi à dissimuler ses sentiments aussi bien qu'il le pensait.

Après de longues discussions sans parvenir à la moindre idée de qui aurait pu l'emmener, il se leva pour partir. C'est alors que la porte s'ouvrit et que Timm se précipita à l'intérieur. « Chef, Ethan m'a dit que Brigid avait disparu. J'étais tellement occupé avec les chevaux que je ne me suis pas rendu compte de son absence. »

« Oui, quelqu'un l'a enlevée, mais nous n'avons aucune idée de qui aurait pu faire une chose pareille. »

« Mais moi, j'ai une idée. »

« Vraiment ? Raconte-moi, je t'en prie. » Logan et Gwyneth l'entendirent, et le silence se fit dans tout le hall pour écouter Timm, qui perdit rapidement son courage. « Vas-y, Timm » l'encouragea Marcas. « Dis-moi ce que tu sais. »

« Eh bien. Brigid s'est retrouvée seule dans la cour à deux reprises : une fois alors qu'elle examinait le puits et une autre fois alors qu'elle s'entraînait au tir à l'arc… » Il s'interrompit et fixa le plafond. « … je pense que c'était ce qu'elle faisait. Ou peut-être que… »

« Timm. Allez, continue. »

Les yeux du garçon s'écarquillèrent, mais il poursuivit : « Elle m'a dit avoir rencontré un homme, et se demandait à quel clan il appartenait. »

« Quel homme ? » Marcas dut se contenir, car il savait que Timm était sur le point de lui donner l'indice dont il avait besoin.

« Elle a dit qu'il s'appelait Morris, mais je ne l'ai pas vu. Elle n'a pas dit ce qu'il voulait non plus, mais la dernière fois, je suis monté en haut du mur d'enceinte et j'ai vu cet homme partir. Il était seul. »

« Qui était-ce ? »

« Je ne suis pas sûr, mais de dos, je crois que c'était… » Il s'interrompit en rougissant et en regardant tout le monde.

« Qui ? » Marcas commençait à perdre patience.

Alors Timm se pencha et murmura : « Je crois que c'était l'homme qui se faufilait ici pour venir voir Freda. Il s'appelait Hamon. »

Marcas était tellement abasourdi qu'il en resta muet. Tout le monde était-il au courant de l'infidélité de Freda ? Même le jeune garçon ? Que pouvait bien vouloir cet imbécile de Brigid ? Il ne la connaissait même pas.

Timm se retourna brusquement et courut vers la porte, puis s'arrêta et revint en courant vers Marcas. « Excusez-moi, chef. Puis-je partir ? »

Marcas acquiesça. « Reste vigilant, Timm. Beau travail. »

Timm se détourna, puis s'arrêta de nouveau pour lui faire face. « Oh, et j'allais oublier. J'ai vu Hamon mettre une barque dans l'estuaire juste après la bataille, quand on était en train de déplacer les morts. »

Marcas courut vers Timm, le souleva et le lança dans les airs en poussant un grand cri. « Merci, Timm. Très bon travail. » Puis il jeta un coup d'œil au groupe des Ramsay et ajouta : « Je vais à l'estuaire. »

CHAPITRE 24

BRIGID SCRUTA LA surface de l'eau, remarquant à peine le groupe rassemblé sur la rive de l'estuaire, non loin du clan Matheson. Heureusement, il n'y avait pas de vent, et elle pouvait entendre leurs voix.

« Je suis là, Hamon ! » hurla Marcas, dont la voix résonna sur l'eau.

Brigid se tourna pour observer la réaction de Hamon, qui sourit. « Il était temps. » Puis il rama un peu plus près, sans doute pour s'assurer qu'ils puissent discuter sans trop de difficultés. Ils étaient encore à au moins dix longueurs de bateau lorsqu'il s'arrêta. « Le seul moyen de la récupérer, c'est de me ramener Kara. Un échange équitable. Une fille contre une fille. »

« Ma fille ? Je ne vous la donnerai pas. Je vais monter dans un bateau pour vous rejoindre et vous passer à tabac, Dingwall. »

« Si vous venez ici sans votre fille, je noierai Brigid. Vous la verrez rendre son dernier souffle. »

La marée commençait à descendre, mais Brigid ignorait la profondeur de l'eau à cet endroit. Certes, elle était bonne nageuse, mais elle n'avait aucune envie de plonger sous la surface glacée dans ses lourds vêtements de laine, et encore moins dans cette zone marécageuse.

Il y aurait sûrement des créatures, des anguilles et des poissons mordeurs. Un véritable enfer. Elle ferma les yeux et murmura une prière pour se retrouver saine et sauve dans les bras de Marcas.

Elle contempla l'eau, scintillante à la lumière du crépuscule. Les rayons du soleil projetaient un éclat sur l'estuaire, comme une dernière célébration avant la tombée de la nuit. Soudain, du coin de l'œil, elle aperçut quelque chose. Elle plissa les yeux pour mieux voir – le soleil lui jouait des tours. Marcas était en train de monter dans une barque, sans Kara. C'était, aux yeux de la jeune femme, le meilleur scénario. Il ne pouvait pas emmener la fillette, c'était tout simplement trop risqué. L'esprit de Hamon l'avait menée dans une mauvaise direction. Il serait imprévisible et dangereux, surtout avec un enfant en bas âge. Elle priait pour que Marcas comprenne que sa meilleure chance de la sauver serait de faire appel aux archers. Leur ennemi se trouvait assez prêt pour qu'on l'atteigne depuis la rive, mais une fois qu'ils se seraient éloignés, la distance risquait de diminuer leurs chances.

Soudain, quelque chose attira son attention. L'homme dans la barque ne ressemblait pas exactement à Marcas. Perplexe, elle continua de le fixer. Était-ce son frère ? Ou Marcas ? Était-ce Ethan, une ruse ? Elle ne dit rien, supposant que Hamon ne les connaissait pas assez pour remarquer la différence. Mais de toute façon, puisqu'il n'y avait pas de fillette dans la barque, il mettrait bientôt sa menace à exécution. Mais elle ne le laisserait pas la noyer. Elle savait se battre, et son père pourrait la sauver. Il l'avait déjà fait, et il le referait.

Elle avait une confiance absolue en ses parents.

Et Marcas non plus ne la laisserait pas se noyer. Après toutes les histoires qu'elle avait entendues au fil des ans – Cailean qui avait empêché Sorcha de tomber de la falaise, son oncle Quade qui avait sauvé sa tante en se mettant debout sur son cheval pour tirer à l'arc, son père et sa mère qui avaient sauvé Bethia, avec l'aide de Donnan – elle savait qu'elle serait bientôt sauvée par un nouvel acte héroïque. Hamon allait tenter de la tuer, mais Marcas ne le permettrait pas.

Soudain, son intuition changea : Brigid eut la sensation soudaine qu'elle allait bientôt tomber à l'eau.

Sa chance avait tourné.

Marcas se tourna vers les autres : Shaw, Ethan, Logan, Gavin et Cailean. « Je dois y aller. »

« Il vient de dire que si tu y vas seul, il la noiera. Tu ne peux pas faire ça » répondit Ethan.

Marcas regarda son frère en rétorquant : « Ce n'est pas moi qui vais monter dans le bateau, c'est toi. Et tu vas ramer aussi lentement que possible pour me laisser le temps de te devancer. »

Shaw se frotta la mâchoire et se tourna vers les autres. « Mais qu'est-ce que tu manigances, Marcas ? On trouvera bien une solution. On peut prendre un autre bateau et l'attaquer par l'autre côté. Ou alors prendre deux bateaux et le maîtriser. La marée est en train de descendre. On pourrait marcher dans les vasières dans deux heures, peut-être même avant. »

« Je n'attendrai pas aussi longtemps. »

« Qu'est-ce que tu vas faire, alors ? »

« Je vais la récupérer à la nage. Ethan va monter dans le bateau – il me ressemble assez pour tromper cet homme au coucher du soleil. Je longerai la berge, traverserai les vasières à la nage et la lui arracher des mains. Ramsay, je compte sur vous et vos hommes pour lui parler et le distraire. Votre fille m'a dit que vous étiez très doué pour intimider vos ennemis. Voulez-vous bien m'aider ? Je ne veux pas qu'Ethan dise un mot. Shaw m'accompagnera. Vous êtes d'accord ? »

Logan laissa échapper un petit rire. « Parler ? J'adore ça. Je vais le faire tourner en bourrique. Cailean, va chercher les archers. On pourra l'abattre s'il s'approche suffisamment. Je veux qu'ils soient cachés sur la rive ou dans les quelques arbres à proximité du rivage. »

« Sage décision » commenta Marcas en regardant le groupe. « Je ferai de mon mieux pour faire de lui une cible facile. » Cailean partit en courant vers le donjon. « Des questions ? »

« Oui » dit Ethan. « J'en ai une. Marcas, tu détestes nager dans la partie marécageuse de l'estuaire. »

Marcas soupira. Bon sang. Son frère avait absolument raison. « Je sais, Ethan. Mais as-tu une meilleure idée ? Je ferai ce que j'ai à faire. »

Ethan observa Marcas. « Tu aimes cette femme. Sinon, tu ne ferais jamais ça. »

Marcas se tourna vers les hommes des Ramsay, puis reporta son attention sur Ethan avant de reprendre la parole. À ce stade, inutile de mentir. « Oui. Je l'aime. J'espère qu'elle deviendra ma femme un jour. Mais d'abord, je dois la rejoindre, et je ne laisserai pas quelques vasières m'en empêcher. » Il n'avouerait jamais que son amour pour elle était si fort qu'il ne pouvait faire confiance à personne d'autre pour aller la chercher. Le plus important pour lui était d'être là pour elle.

« Bonne chance » dit Ethan en montant dans la barque. « Je te promets de ramer doucement. »

« Tu ne dois surtout pas me regarder, Ethan, sinon il va comprendre la supercherie. Écoute les bruits que je ferai. Et tourne-lui le dos. Il faut qu'il te prenne pour moi. »

« Je te le promets, Marcas. »

Marcas et Shaw s'éloignèrent de la rive en direction de la forêt, jusqu'à se fondre totalement dans l'obscurité. Ils se dirigèrent ensuite vers l'estuaire, en veillant à rester cachés derrière les broussailles et les arbres, jusqu'à l'endroit que Marcas jugeait le plus sûr pour entrer dans l'eau. « Quand je serai parti, prépare une autre embarcation, au cas où nous devions le combattre » dit-il à Shaw.

« Bien reçu, chef. »

Marcas regarda son frère d'un air étrange. « Tu ne m'as jamais appelé comme ça. Pourquoi maintenant ? »

« Parce que tu es en train de comporter comme un chef, comme père. Bonne chance, mon frère. Elle le vaut bien. Et tu mérites le bonheur. » Il posa la main sur son épaule, puis s'éloigna. « Je vais chercher un bateau, peut-être deux. Torcall et Mundi veulent t'aider, eux aussi. »

Marcas se retourna pour contempler l'eau, les algues, les arbres surplombant la berge et les branches plongeant dans l'eau. C'était la seule solution. Il le savait.

Il jeta son plaid et sa tunique sur le côté, retira ses bottes et ses chaussettes de laine, puis resta là, vêtu uniquement de son pantalon. Il pouvait le faire. Il s'avança dans l'eau.

Marcas dut se retenir de faire un mouvement brusque à chaque fois qu'il touchait des algues ou un poisson. Il se répéta que les créatures avaient plus peur de lui que l'inverse, et qu'elles s'éloigneraient s'il ne les attaquait pas. Il se jura même de laisser les algues s'accrocher à ses cheveux pour passer encore plus inaperçu. Il ne pouvait pas se permettre que ce salaud le voie.

Il aimait Brigid de tout son cœur, et il la sauverait coûte que coûte.

Une voix forte résonna sur la surface de l'eau. « Je suis le père de Brigid, espèce d'ahuri ! Vous voulez savoir ce que je compte vous faire quand je mettrai la main sur vous ? Ce ne sera pas joli à voir, je peux vous le promettre. »

Marcas sourit et profita de la diversion pour se glisser complètement dans l'eau, en adressant une prière pour parvenir à trouver son chemin. Il entendit alors un plouf près du bateau. Lorsqu'il put enfin jeter un coup d'œil, il constata que le pire venait de se produire.

Brigid était sous l'eau. Il l'observa assez longtemps pour s'assurer que sa tête remontait à la surface et que Hamon n'essayait pas de la noyer à nouveau. Son estomac se noua jusqu'à ce qu'il voie sa tête émerger et sa main s'agripper fermement au bord du bateau. Brigid était forte – elle ne laisserait pas Hamon s'en tirer comme ça. Elle devait savoir qu'ils étaient tous en train d'essayer de la sauver.

Il continua de nager d'un mouvement lent et régulier, le haut de la tête hors de l'eau, qu'il tournait parfois sur le côté pour respirer le plus discrètement possible. Brigid s'agrippa au bord du bateau et s'y cramponna.

Accroche-toi, mon amour, j'arrive !

« Qui diable se croit votre père pour me parler ainsi ? » dit Hamon.

« Mon père était un espion pour la couronne écossaise, tout comme ma mère. Ma sœur et son mari le sont toujours. Et ce sont tous des archers aguerris. » Elle parlait d'une voix forte, provocatrice, comme pour le mettre au défi de croire qu'il pouvait gagner. « Ils sont capables de tuer d'une seule flèche, en plein entre les deux yeux, mais ça vous tuerait sur le coup, et je préférerais vous voir souffrir davantage – avec une flèche dans les fesses, par exemple. Faites bien attention à vous. » Elle ricana.

Il n'aurait pas pu être plus fier d'elle.

« Elle dit la vérité, espèce d'abruti. Ma femme adore viser les couilles de ses ennemis. Elle en a cloué un à un arbre pour avoir touché à Brigid quand elle était petite. Vous croyez qu'elle vous laissera vous en tirer juste parce que Brigid a grandi ? Pauvre fou. Brigid est la benjamine, son dernier bébé, et elle vous crèverait les yeux pour la sauver. »

Marcas se promit de remercier l'homme pour ce divertissement, qui lui avait fait oublier qu'il était en train de nager dans les algues, leurs tentacules lui chatouillant les pieds. Il crut sentir la queue d'un ou deux poissons, mais ils ne lui firent aucun mal.

« Je ne vois aucun archer dans les parages, le vieux. Dites adieu à votre fille. L'eau est glaciale, et elle ne survivra pas longtemps. Si vous la voulez, vous feriez mieux d'aller chercher Kara et de me l'envoyer dans une autre barque. Marcas a l'air seul dans celle-ci. Je garderai la tête de votre fille sous l'eau dès qu'il sera à portée et que je serai certain que Kara n'est pas avec lui. Il m'a volé l'amour de ma vie. Je veux sa fille. Donnez-la-moi. »

« Vous ne vivrez jamais aussi longtemps pour ça, espèce d'idiot. »

Marcas continuait de nager tout en écoutant les railleries de Ramsay et Dingwall. Il faudrait qu'il dise à Brigid combien elle avait raison au sujet de son père. En s'approchant du bateau, il constata avec surprise que la marée était plus basse qu'il ne l'avait imaginé, et découvrit une vasière où il pouvait poser les pieds tout en gardant la tête hors de l'eau. Il se trouvait à environ quatre longueurs de bateau, mais il vit Brigid frissonner, immergée jusqu'au cou. Elle s'accrochait au bateau à deux mains.

La tête baissée, il jeta un coup d'œil autour de lui. Après tout, il avait pêché dans ces eaux toute sa vie et il avait l'étrange impression que, même dans l'obscurité, il se trouvait près d'un amas de rochers. Il s'avança, priant pour trouver ces fameux rochers, car ainsi, il pourrait y installer Brigid afin de s'assurer qu'elle ne coulerait pas. Elle ne pourrait pas nager bien loin, car elle portait encore tous ses vêtements, notamment un manteau qui l'entraînerait facilement vers le fond.

Il devait trouver ces rochers ! À marée basse, il voyait généralement apparaître en premier un gros rocher plat, et comme il passait plus de temps hors de l'eau, il était moins recouvert de mousse, ce qui le rendait moins glissant que beaucoup d'autres rochers de l'estuaire.

J'arrive, mon amour.

L'eau était effectivement glaciale, du genre à vous transpercer jusqu'aux os, mais il n'y prêta pas la moindre attention. Il aperçut un mouvement dans un arbre sur la rive – une silhouette qui y grimpait. Il ne pouvait deviner de qui il s'agissait, mais l'attaque était imminente. S'il pouvait s'approcher un peu plus, il sauterait sur Dingwall et le ferait basculer par-dessus bord.

Tandis qu'il soupesait ses options, il remarqua qu'Ethan se rapprochait. Il était temps d'agir.

Il songea à commencer par faire remonter Brigid dans le bateau. Puis il décida qu'il était plus sûr de l'emmener jusqu'au rocher et à la vasière. Cela donnerait aux archers une meilleure visibilité sur cet imbécile, même si la distance était importante, surtout dans l'obscurité, malgré un ciel presque sans nuages.

Marcas ajouta quelques algues à ses cheveux, car il venait de remarquer quelque chose qui lui avait échappé jusque-là. La vasière était plus proche de la surface à proximité du bateau. Il avait une occasion unique de prendre complètement son ennemi par surprise.

Du coin de l'œil, il remarqua que Brigid l'avait enfin aperçu. Il porta un doigt à ses lèvres, puis attrapa d'autres algues et les laissa retomber sur son visage. Sa décision était prise.

Il devait faire vite. Dingwall réagit à une remarque de Ramsay, et l'imbécile commit sa plus grosse erreur. Il se leva sur le bateau.

Marcas jaillit alors de l'eau dans un rugissement, la tête recouverte d'algues, et grimpa sur la vasière, les bras écartés. Dingwall se retourna brusquement en cherchant son poignard, mais Marcas fut plus rapide. Il se jeta vers lui et projeta le salaud hors de la barque, qui tomba alors du côté de la rive opposée de l'estuaire.

Lorsque Dingwall disparut sous l'eau, Marcas attrapa Brigid par la taille et se mit à nager en la portant sur son dos, jusqu'à ce que ses pieds retrouvent appui sur la vase. Il n'avait jamais été aussi heureux de revoir quelqu'un. Lorsqu'il réussit à se redresser, elle se jeta à son cou en gémissant, mais il devait continuer d'avancer. Dingwall se dirigeait vers lui.

« Regarde, il y a un rocher. Monte dessus, il te maintiendra hors de l'eau. Il est plat. » Il se hâta de la mettre en sécurité tandis que d'autres le hélaient. Ethan, Hamon, Ramsay… leurs voix résonnaient sur la surface de l'eau, mais il n'entendait rien, trop concentré sur sa mission : emmener Brigid jusqu'au rocher. Elle réussit à s'asseoir dessus. « Tu peux rester ici un instant ? »

Elle hocha la tête, les lèvres tremblantes de froid, mais c'était une femme forte. Elle s'en sortirait. Il posa un rapide baiser sur ses lèvres et se retourna juste à temps pour voir Dingwall foncer sur lui en rugissant. Marcas s'éloigna alors du rocher et se dirigea vers la vasière pour se stabiliser.

« Où êtes-vous passé, espèce de salaud visqueux ? » hurla Ramsay. « Je ne vous vois plus ! »

« Trouve-le » murmura Brigid. « Père est en train de te dire de le trouver. »

Marcas comprit alors. Il devait faire de lui une cible pour les archers. Il recula jusqu'à trouver un rocher sur lequel se tenir debout, et Dingwall surgit de l'eau, tentant de l'agripper par le cou. Marcas se débattit, puisant dans ses dernières forces, ses bras enlacés autour de l'homme pour tenter de le maîtriser, puis se releva, le dos tourné à la rive. Comme s'ils l'avaient repéré, Ethan leva une de ses rames devant le dos de Dingwall, afin d'indiquer aux archers où viser.

Dès que les flèches fusèrent dans un sifflement qui sembla percer la nuit, Ethan sauta dans sa barque. Deux flèches atteignirent Hamon, l'une en haut de son corps, l'autre plus bas, mais il resta figé, les yeux rivés sur Marcas. Il tenta alors de s'agripper à lui, et Marcas lutta pour le faire tomber à l'eau. Ethan posa les pieds sur la vasière et, d'un coup de rame, repoussa Hamon sur le côté, qui tomba la tête la première dans l'eau.

« Bien joué, Ethan. »

Marcas rampa jusqu'à Brigid, s'assit à côté d'elle sur le rocher et la prit dans ses bras. « Tout va bien ? »

« Ça va. Je suis gelée jusqu'aux os, mais ça ira. »

Il l'embrassa sur le front et dit : « Je t'aime, Brigid Ramsay. Épouse-moi. Dis-moi que tu veux devenir ma femme. Je ne veux plus jamais te perdre. »

Elle gloussa, et son rire porta sur la surface de l'eau. Quand elle eut terminé, elle répondit : « Oui, je t'épouserai, Marcas Matheson. Surtout parce que tu fais un monstre des marais vraiment effrayant. »

Ethan désigna la rive. « Votre père a allumé un feu. Monte dans le bateau et réchauffe-la, Marcas » dit-il. « Shaw arrive dans un autre bateau, on va aller chercher ce salaud. »

« Viens, ma douce demoiselle des marais. Allons voir tes parents. »

Ils regagnèrent la rive, suivis de près par Ethan et Shaw qui ramenaient Dingwall, tourné sur le ventre.

Marcas ne put s'empêcher de rire et de se montrer honnête. « Tu as raison, ton père est passé maître dans l'art de provoquer les autres. J'ai dû me forcer à l'ignorer. Je prie seulement pour qu'il accepte ma demande et qu'il ne me traite pas de la même manière. »

Brigid rit, assise en face de lui tandis qu'il

regagnait la rive à la rame, sous les acclamations et les applaudissements qui leur parvenaient. Cailean les aida à mettre pied à terre, et Marcas la souleva avant de la déposer sur un rondin près du feu. « Il faut que tu arrêtes de trembler. Je vais m'enlever ces algues et te trouver de quoi te réchauffer. »

Torcall lui avait apporté ses vêtements, et Marcas enroula son plaid sur les épaules tremblantes de Brigid. « On te fera rentrer bientôt. »

« Je suis bien près du feu. Ça me sèche un peu et c'est très agréable. Fais ce que tu as à faire. »

Marcas s'approcha à grands pas de Logan, retira les algues de ses cheveux et les jeta au sol. « Vous avez bien réussi à le provoquer. Il était presque fou de rage à force de vouloir vous tabasser. »

« C'était un jeu d'enfant. » Logan le saisit par l'épaule et ajouta à voix basse : « Merci d'avoir sauvé Brigie. Elle sera toujours ma petite chérie. »

Marcas aurait pu jurer avoir vu des larmes dans les yeux du vieil homme. « Je l'aime. C'est tout ce que je dirai pour l'instant. »

« Tant mieux, parce que je veux savoir lequel de mes archers a eu ce salaud. » Ethan et Shaw descendirent de leur bateau avant de le pousser hors de l'eau, tandis que Cailean prenait la corde d'amarrage afin de le tirer sur la rive.

« Je crois qu'il est mort » annonça Cailean. Dingwall gisait sur le côté. Logan ferma les yeux, puis le retourna sur le ventre et observa les flèches plantées dans son corps. Puis il éclata de rire.

« Qu'y a-t-il, père ? » cria Brigid.

« Qu'est-ce qu'il y a, Logan ? » hurla Gwynie. « Parle ! »

Quand il parvint enfin à maîtriser son rire, il se tourna vers Sorcha et dit : « Tu es bien la fille de ta mère, ma grande. Bravo ! »

« Vraiment ? Je l'ai touché ? C'est ma flèche qui l'a arrêté ? Où l'ai-je touché ? » Elle se précipita vers le bateau, mais la remarque suivante de son père la figea sur place.

« Merewen l'a touché au flanc, sans doute la flèche qui l'a tué, mais c'est ta flèche qui m'a fait rire Sorcha. Je suis fier de toi. »

« Où est-ce que je l'ai touché, père ? Cailean ne veut pas que je m'approche. »

« En plein dans le cul, ma fille. »

Le groupe éclata de rire et applaudit.

« Bien joué, ma chérie » dit Gwynie en serrant Sorcha dans ses bras.

CHAPITRE 25

TÔT LE LENDEMAIN matin, Brigid était assise près de l'âtre, encore emmitouflée dans ses plaids et ses fourrures. Les quelques bribes de souvenirs de la nuit précédente lui firent esquisser un sourire. Le meilleur moment ? Lorsqu'elle s'était installée près du feu après avoir enfin réussi à sortir de l'estuaire. La chaleur des flammes l'avait réchauffée presque autant que l'amour de tous ceux qui l'entouraient. Elle avait suivi du regard les étincelles qui volaient dans le vent, conférant une aura magique à l'obscurité de la nuit.

Magique, c'était le mot. Marcas l'avait sauvée, sa famille était là pour la soutenir, et pourtant, quelques instants auparavant, dans l'estuaire gelé, elle avait craint le pire. Une bûche ardente s'effondra, projetant une nouvelle volée d'étincelles dans les airs, comme pour confirmer ses pensées.

Elle s'était sentie choyée par toute sa famille mais aussi par le clan de Marcas, et la chaleur du feu avait suffi à la réchauffer pour qu'elle cesse de frissonner dehors. Une fois près de la cheminée, dans le donjon, elle s'était endormie dans son fauteuil et n'avait plus aucun souvenir de la suite.

Sa mère et Merewen la rejoignirent juste au moment où Marcas entrait dans la pièce, suivi de son père. « Tu es réveillée » déclara ce dernier. « Nous voulons tout savoir de ce que ce salaud t'a raconté. »

Tara et Jennet descendirent l'escalier à la hâte, attrapant au passage une tasse de bouillon d'orge bien chaud avant de tirer des tabourets vers le groupe. Gisela sortit de la cuisine, une miche de pain frais à la main.

Marcas s'approcha, embrassa Brigid sur la joue, puis demanda : « Tu vas mieux ? Tu n'arrêtais pas de trembler hier soir. »

« Je vais bien, même si j'ai encore un peu froid » admit-elle. « Mais j'ai beaucoup de choses à vous raconter. Je n'en avais pas la force hier soir, mais ce matin, je suis restée au lit pendant près d'une heure à réfléchir à tout ce qu'il m'a avoué. »

« Avoué ? » répéta Marcas, un sourcil levé, en tirant une chaise près d'elle. « Dis-nous tout, je t'en prie. »

Une fois que tout le monde fut installé, elle s'adressa à Marcas. « Tout est de sa faute. »

Shaw et Ethan entrèrent à ce moment-là. « De qui parle-t-on ? »

Le groupe se tut, dans l'attente de sa réponse.

« Dois-je parler de ta femme ? C'est un élément important de sa confession. Hamon m'a parlé de Freda. »

Marcas frotta sa barbe naissante. « Vas-y. Nous

ne sommes plus nombreux, et je vous considère tous comme ma famille. »

Brigid reprit alors : « Freda, la femme de Marcas, était amoureuse de Hamon Dingwall. C'est lui qui m'a dit s'appeler Morris en m'abordant dans la cour, l'autre jour. Personne d'autre ne l'avait jamais vu. La première fois que je l'ai rencontré, il était penché au-dessus du puits, et à ce moment-là, je n'avais pas fait le rapprochement. Il m'a dit qu'il s'était arrêté pour se désaltérer. »

Elle se tourna vers Marcas. « Elle lui avait promis de te quitter après t'avoir donné un fils, c'est pourquoi Hamon s'est réjoui de la naissance de Tiernay, car il pensait qu'elle te quitterait aussitôt, mais elle ne s'est pas montrée assez rapide à son goût. Il a supplié Freda de te quitter et de revenir auprès de lui, mais apparemment, elle a traîné. Alors, il a voulu te faire encore plus de mal en essayant de te tuer, Marcas. De ce que j'ai compris, il avait prévenu Freda qu'il allait jeter du lait de chèvre caillé dans le puits, mais elle ne l'a pas cru. »

Comme Brigid s'y attendait, ces aveux provoquèrent des exclamations de surprise chez Jennet et Tara, et la jeune femme se tourna vers le groupe. « C'était la première fois qu'il faisait ce genre de chose. Quand il a jeté le lait caillé dans le puits, il espérait rendre quelques personnes malades, mais il ne s'attendait pas à faire autant de ravages. Ensuite, Freda s'est mise en colère contre lui, parce que tes parents sont tombés malades. Et ensuite, elle aussi, bien sûr. »

Brigid leur laissa quelques instants pour digérer

ces informations, tout en prenant de petites gorgées de son bouillon d'orge chaud. Le froid de l'estuaire lui transperçait encore les os.

Ethan prit alors la parole, les bras grands ouverts, comme s'il avait du mal à assimiler la situation. « Alors, c'était ça ? Toutes nos morts, la perte de nos parents, le malheur de tant de membres de notre clan, tout ça à cause de la relation de Freda avec un autre homme ? Tout ça à cause de sa jalousie ? »

Brigid hocha la tête, puis prit la main de Marcas et la serra dans la sienne. « Ce n'était pas ta faute, Marcas. Absolument pas. Il a enlevé Kara à Gisela pendant qu'elle dormait parce que Freda lui avait donné une clé pour entrer par la porte du mur. Il voulait garder un souvenir de Freda pour toujours. »

« Il voulait notre fille ? » s'exclama Marcas en lâchant la main de Brigid avant de se lever pour faire les cent pas. Après deux allers-retours, il s'arrêta et reprit : « Alors pourquoi t'avoir emmenée dans le bateau ? »

Il aurait du mal à entendre sa réponse, mais elle lui devait la vérité. « Il m'a emmenée parce qu'il a remarqué l'intérêt que tu me portais. Il grimpait souvent aux arbres pour nous observer. Il nous a vus passer les portes et nous embrasser. »

« Il t'a embrassée ? » rugit son père.

Elle allait lui répondre, mais sa mère fut plus rapide : « Oh, Logan. Arrête. Ta petite chérie est devenue une jeune femme, et tu dois la laisser partir. Elle n'allait jamais se trouver un mari sur les terres des Ramsay. MacAdam était déjà pris. »

Son père croisa les bras en grommelant, juste au moment où Sorcha et Cailean les rejoignaient.

« Mais pourquoi en bateau ? » insista Marcas.

« Il m'a emmenée dans l'estuaire parce que Freda lui avait dit que tu détestais cet endroit, en particulier nager dans les algues. Il pensait que tu ne tenterais jamais de rejoindre le bateau à la nage. Et ta ruse avec Ethan a fonctionné, jusqu'à ce que tu surgisses de l'eau comme un monstre des marais. Il a failli tomber du bateau à ce moment-là. »

Plusieurs conversations s'élevèrent en même temps dans le groupe à propos du déroulement des événements, pendant que Nonie s'approchait d'eux avec un plateau de portions de bouillie d'avoine. Edda la suivait, Tiernay dans ses bras, son ventre plus arrondi que jamais.

« Quand devez-vous accoucher, Edda ? » demanda Jennet.

Elle haussa les épaules. « Je ne sais pas. Je n'ai pas consulté de guérisseur, mais je m'inquiète un peu. »

« Pourquoi ? »

« Parce que j'ai des douleurs au ventre. Mère dit que je pourrais bientôt accoucher. Est-ce que ça veut dire quelque chose ? » Elle se frotta le ventre, comme si cela pouvait aider à calmer ses contractions.

Jennet se tourna vers Brigid, les yeux écarquillés, et cette dernière comprit pourquoi : sa chère cousine était toujours exaspérée par l'ignorance des autres quant à ce qu'il se passait dans leur corps. D'après elle, une grossesse constituait une excellente occasion de s'intéresser au processus, mais apparemment, ce genre de connaissances n'intéressait pas Edda.

« Venez vous asseoir à côté de moi, Edda » dit Brigid. « Tiernay peut s'installer ici et mâchonner un morceau de pain. »

Edda s'assit, puis serra son ventre.

« Vous avez mal ? » demanda Tara en s'approchant.

« Oui » répondit Edda entre ses dents serrées. « J'espère que ça ne va pas empirer, sinon je ne veux pas de cet enfant. »

Jennet tourna les talons et se dirigea vers la cuisine tandis que Brigid lui tapotait le genou. « Nous allons vous aider. Peut-être devriez-vous nous laisser vous examiner. »

Jinny sortit de la cuisine en trombe, les mots lui échappant des lèvres : « Oui ! Examinez-la, s'il vous plaît. Faites quelque chose ! »

Edda remarqua l'expression de sa mère, comme si elle était sur le point de fondre en larmes. En général, Jinny savait maîtriser ses émotions. Elle comprit donc qu'un moment important devait se préparer.

Edda se contenta d'acquiescer, la main toujours sur le ventre, prise d'une nouvelle contraction.

Marcas était assis sur un gros rocher, non loin de la tombe de ses parents. Il secoua la tête, comme s'il se sentait observé. Il était venu ici pour une bonne raison.

Il devait parler à son père.

Les tombes fraîchement creusées étaient marquées de grandes croix confectionnées à la main, destinées à honorer la mémoire des lairds Matheson et de leur famille. Le père de Marcas reposait non loin de son propre père, lui-même enterré près de son père.

« Je suis tellement désolé, père. Je suis encore sous le choc d'avoir appris la vérité au sujet de Freda – qu'elle voulait me quitter pour un autre et que, parce qu'elle n'a pas agi assez vite, son amant vous a empoisonné, toi et la plupart des membres de notre clan. Il m'est insupportable de savoir à quel point tout est de ma faute. »

La voix de Shaw lui parvint au loin. « Comment peux-tu dire une chose pareille, bon sang ? » Gisela se tenait juste derrière lui.

Marcas se tourna vers son frère et sa sœur. « Si j'avais réussi à gagner l'amour de Freda, peut-être que rien de tout cela ne serait arrivé. Mais je n'ai pas répondu à ses attentes, et elle a cherché l'amour ailleurs. »

« Arrête de te culpabiliser pour quelque chose qui n'est pas de ton fait, Marcas » intervint Gisela. « Si père était là, il te dirait que c'est de sa faute à lui, pour t'avoir forcé à épouser Freda. »

« J'aurais pu refuser » marmonna Marcas.

« Non, tu n'as jamais rien refusé à notre père » rétorqua Shaw. « Ce n'est pas de ta faute. »

« Comment peux-tu dire ça ? C'était ma femme. » Marcas se leva, les mains sur les hanches.

« Parce qu'elle n'était pas faite pour toi » répondit Gisela. « Avec ce genre de raisonnement, on pourrait aussi dire que c'est de ma faute.

J'aurais dû t'en parler. Freda était une hypocrite. Je la détestais, elle n'était pas faite pour toi. C'était une menteuse, une capricieuse, et tant d'autres choses que je n'ai plus besoin d'énumérer à présent, mais que j'aurais dû te dire avant. En fait, tu méritais mieux que Freda. »

Shaw acquiesça. « On ne peut pas forcer quelqu'un à aimer une femme qui n'aime personne d'autre qu'elle-même. C'était une mauvaise union. Même père le savait. »

« Quoi ? » Marcas se tourna vers la tombe, comme si son père aurait pu lui parler. « Père ? Est-ce que Shaw dit la vérité ? »

Gisela s'approcha de son frère et passa son bras autour du sien. « Mère le savait aussi. » Elle leva alors les yeux vers les arbres, soupira et reprit : « Elle m'a dit que Freda était amoureuse d'un autre homme, mais que la mère de Freda lui avait conseillé d'oublier Hamon, même si elle ne m'avait pas donné son nom, à l'époque. Mais elle ne l'a jamais pu l'oublier. »

« Vous en avez parlé sans rien me dire, mère et toi ? » Il n'en revenait pas de tout ce qu'il avait appris ces derniers jours. Tout le monde était au courant pour Freda et son amant. Il était même probable qu'ils l'aient su avant lui. Il se sentait tellement stupide.

« Oui » répondit Gisela avec dédain. « Je détestais voir cette garce te traiter de cette façon. Je suis allée voir mère après la naissance de Kara. J'avais peur que la petite ne devienne comme sa mère. Freda considérait les autres comme ses serviteurs, et elle était rarement gentille avec toi. Elle ne voulait même pas allaiter ses enfants. Quand tu as eu le dos tourné, elle a demandé à la guérisseuse de trouver quelqu'un pour les allaiter. »

Marcas était tellement abasourdi qu'il se rassit sur le rocher. « Elle n'a pas allaité nos enfants ? »

« Non. Ellice a trouvé d'autres mères pour le faire. Enfin, pendant un temps. Ensuite, quand le lait de l'autre femme s'est tari, elle a donné à Tiernay du lait de chèvre et de l'eau du puits. Il ne serait peut-être jamais tombé malade s'il avait seulement bu le lait de sa mère. »

« Père avait bien conscience d'avoir commis une erreur » ajouta Shaw. « Il est allé voir le père de Freda au sujet de votre union, qui lui a rappelé qu'elle avait promis de vous donner un fils. Ce qu'elle a fait. Mais qui aurait pu prévoir la suite ? C'était une situation tragique, mais les coupables sont tous morts. Je ne vois pas ce que nous pourrions y faire. »

Gisela sourit en coin. « Moi, oui. »

« Quoi donc ? » demanda Marcas en relevant la tête.

« Épouse Brigid. Vous formez un très beau couple. J'espère que tu lui demanderas de devenir ta femme. »

« Et j'espère qu'elle acceptera » ajouta Shaw.

Marcas rit doucement. « C'est déjà fait, et elle a accepté. Maintenant, il ne me reste plus qu'à parler à son père. »

Shaw fit deux pas en arrière, les paumes tournées vers son frère. « Ne compte pas sur moi pour t'aider ! »

CHAPITRE 26

BRIGID ÉTAIT ASSISE sur un tabouret au chevet d'Edda, tandis que Jennet et Tara vérifiaient l'avancement du travail. Nonie et Jinny avaient préparé la chambre dès que Tara avait annoncé qu'Edda allait bientôt accoucher.

Brigid devait bien l'avouer, elle était un peu excitée. Elle adorait aider à donner la vie. Elle avait accompagné tant de fois sa tante Brenna auprès des futures mères qu'elle aurait sans doute pu la faire accoucher seule sans problème. La joie qui s'emparait de tous lorsque les bébés poussaient enfin leur premier cri lui arrachait toujours des larmes aux yeux.

Aurait-elle un jour un enfant à elle ?

Brigid et Jennet assistaient la mère de cette dernière dans ses tâches de guérisseuse depuis qu'elle était âgée de cinq ou six étés. La curiosité avait toujours été la motivation première de Brigid, même si elle souhaitait aussi suivre l'exemple de sa cousine. Elle avait toujours voulu suivre les traces de Jennet, sa meilleure amie, d'un an son aînée, mais Brigid avait compris depuis longtemps que son esprit ne fonctionnait pas comme celui de sa cousine. Sa mère le lui disait souvent : « Tu as tes propres talents, Brigid. C'est à toi de les découvrir. Ils sont là. Tu dois faire ce que *tu* as envie de faire. »

Au début, elle s'était dit qu'elle serait prête à recoudre des plaies ou à examiner les entrailles des gens comme Jennet, mais cela ne l'intéressa pas longtemps. Brigid préférait de loin aider à accoucher les femmes ou s'occuper des tout-petits.

Tara fit son examen, puis recouvrit Edda d'un plaid avant d'annoncer la nouvelle aux autres : « Edda, je crois que vous allez accoucher de votre petit dans moins d'une journée. Nous devons nous assurer d'avoir tout le nécessaire pour le grand événement. »

Brigid se leva, mais Jennet lui tendit la main. « Tu dois être encore épuisée, Brigid. Je vais aller chercher nos affaires. Reste ici avec elle. » Puis elle se pencha pour lui murmurer à l'oreille : « Tu as toujours été meilleure que moi pour les accouchements. »

Brigid se rassit et fixa sa cousine. Lui avait-on déjà dit qu'elle était meilleure que Jennet dans un domaine particulier ?

Jennet laissa échapper un petit rire, ce qui était rare. « Tu ne me crois pas ? C'est pourtant vrai. Tu sais que je n'ai jamais aimé cette partie du travail de guérisseuse. Mais je fais ce que j'ai à faire. Mais toi ? Tu es tellement plus douée pour apaiser les femmes et les motiver à traverser ce rituel avec optimisme. Tu as le don de les guider dans cette phase difficile, où la plupart des femmes n'ont qu'envie : tout abandonner. C'est une compétence rare et précieuse que je n'ai pas. »

« Vraiment ? » murmura Brigid, qui n'avait jamais pensé à ce que Jennet venait de lui dire. Elle savait qu'elle appréciait d'aider les femmes pendant cette étape particulière, mais elle ne s'était jamais imaginée aussi douée pour cette tâche.

Puis sa chère cousine fit une chose tout à fait inhabituelle : elle s'esclaffa.

Qu'est-ce que cela pouvait bien signifier ?

« Je n'ai tout simplement pas la patience, contrairement à toi » reprit Jennet. « Je préférerais les secouer jusqu'à ce que le bébé sorte. » Puis elle rit de sa propre plaisanterie et s'éloigna.

Tara se tourna vers Brigid et ajouta : « Je n'ai jamais vu Jennet plaisanter comme ça. Elle doit être sérieuse. Mais son assurance en dit long sur toi. Veux-tu te joindre à moi ? » Elle jeta un coup d'œil à Edda qui s'était endormie, puis désigna un autre tabouret au pied du lit.

« Très bien. Je vais me débarbouiller et mettre une autre robe. Je me sens beaucoup mieux. »

« Tant mieux » dit Tara. « Parce que je ne pense pas que Jennet reviendra, et j'aurais bien besoin d'un coup de main. »

Elle avait bien raison.

Marcas avait trop longtemps repoussé l'échéance. Alors, lorsqu'il vit le père de Brigid sortir de l'écurie, il se dirigea droit vers lui. « Puis-je vous parler dans mon solarium, milord ? »

Logan plissa les yeux vers l'homme, puis hocha lentement la tête.

Mais Marcas ne se laisserait pas décontenancer aussi facilement. Il voyait bien que le vieux guerrier avait travaillé ce regard qu'il lançait à quiconque il voulait intimider.

Mais il ne marcherait pas sur lui aujourd'hui.

« Edda est sur le point d'accoucher. J'ai entendu dire que les trois guérisseuses étaient à ses côtés, et je leur en suis très reconnaissant » déclara Marcas, s'efforçant de trouver un sujet de conversation qui n'inspirerait aucune remarque acerbe. Il lui tint la porte ouverte tandis qu'ils entraient dans le donjon et se dirigeaient vers le grand hall.

Jennet était occupée à donner des ordres à Nonie, Sorcha et Merewen, tandis que Jinny, à l'écart, répétait avec insistance : « Non, donnez-moi quelque chose à faire, je vous en prie. Je ne peux pas rester les bras croisés. » Jennet lui confia quelques tâches, puis s'en alla.

« Le bébé arrive bientôt, Jinny ? » appela Marcas.

« Oui, peut-être demain, paraît-il. » Son visage s'illumina, mais elle se frotta les mains devant elle avant de les passer sur sa robe. « J'ai des choses à faire, mon laird. Le ragoût mijote et le pain est prêt, mais nous devons nous préparer pour mon premier petit-enfant. Veuillez m'excuser, mais je dois y aller. » Elle sourit et se dirigea vers la cuisine.

Une nouvelle vie s'apprêtait à naître au clan Matheson. Marcas devait bien admettre qu'il était fou de joie. Il priait pour que l'enfant soit en bonne santé, faute de quoi on les accuserait d'être encore sous le coup d'une malédiction. Il se dirigea vers son solarium, suivi de Logan, mais alors qu'il s'arrêtait pour ouvrir la porte au vieil homme, une voix forte retentit et une silhouette se précipita sur eux.

« Non, pas question ! Pas sans moi, Logan Ramsay. » Gwyneth traversa le grand hall d'un bond, aussi agile qu'une enfant de dix étés.

Marcas lui tint donc la porte, et elle les devança. Logan eut un sourire narquois. « Ma femme ne veut jamais rien manquer. » Puis il adressa un clin d'œil à Marcas.

Il ne savait pas trop quoi penser de toute cette scène : une femme qui insistait pour participer à une discussion entre hommes, le fait que son mari l'y autorise, et enfin ce clin d'œil. Il prit place à l'autre bout du bureau et leur désigna les places en face de lui d'un geste de la main.

Gwyneth était déjà assise. « Alors, quel est l'objet de cette discussion, Marcas ? » Cette femme allait droit au but.

Marcas le vit comme un signe positif. Ils devaient bien se douter de quelque chose : sinon, pourquoi aurait-il convoqué Logan dans son solarium et personne d'autre, pas même ses frères ? Cela lui confirmait qu'ils accepteraient certainement sa demande.

Ou du moins l'espérait-il. Avec un peu de chance, l'un des deux serait de son côté.

« Vous avez sûrement remarqué que je me suis attaché à votre fille » commença Marcas. « J'espère que vous avez eu l'occasion de lui demander ce qu'elle ressent pour moi. Il se trouve que je serais prêt à l'épouser. Je voudrais vous demander sa main, et… »

« Non » répondit Logan, puis il se leva pour se diriger vers la porte.

« Moi, je vous donne ma permission » dit Gwyneth. « Ne faites pas attention à lui. »

Logan se retourna si brusquement que son plaid vola dans les airs. « Ne me contredis pas là-dessus, Gwynie. Elle n'est pas prête. »

Gwyneth bondit de sa chaise et croisa les bras pour faire face à son mari. Marcas dut admettre qu'il n'avait jamais vu une femme tenir tête à son époux comme elle s'apprêtait à le faire. « C'est *toi* qui ne seras jamais prêt, Logan. Quant à moi, je préférerais être encore en vie pour voir notre fille se marier. Tu peux bien t'occuper de Beatris et aider Simone à se trouver un mari parmi les hommes de nos lices, mais Brigid a déjà trouvé le sien. Donne-lui ton accord pour que nous puissions assister au mariage. »

« Est-ce que tu as perdu la tête, Gwynie ? Pourquoi voudrais-tu que Brigid épouse un homme si loin de chez nous ? Nous ne la verrons jamais. Je lui trouverai un mari sur les terres des Ramsay. Je sais que tu m'as déjà dit qu'il était temps pour elle de se trouver quelqu'un, et je reconnais ma faute. J'avais du mal à admettre qu'elle était assez grande pour se marier. Je comprends mon erreur, à présent. Nous rentrerons à la maison et nous lui trouverons quelqu'un. »

« Non » insista Gwyneth. En voyant ses lèvres pincées, Marcas comprit qu'il était temps pour lui de prendre la parole.

« Avec tout le respect que je vous dois, milord… » commença-t-il.

« Arrêtez de m'appeler comme ça. Je ne suis pas votre lord. » Logan secoua la tête. « Tu vois, Gwynie. Ce n'est qu'un idiot. »

« Ce n'est que par politesse – il te témoigne son respect. C'est plus que ce que tu mérites. Si c'était moi, je t'enverrais balader, et tu pourras aussi bien m'embrasser le cul. » Son regard était terriblement intimidant, et Marcas se demanda si Brigid était capable d'en faire de même.

Il espérait que ce ne soit pas le cas.

Logan sourit et répondit : « Ma chérie, tu sais que c'est l'une de mes activités favorites. Pourquoi me dire une chose pareille ? Penche-toi en avant, que je te l'embrasse tout de suite. Ça ne me fera pas changer d'avis. »

Marcas en resta bouche bée, mais il tenta de rester impassible. « Je ne suis pas là pour provoquer une dispute » dit-il au couple. « Asseyez-vous, je vous prie. »

Après s'être fusillés du regard, ils obéirent. Maintenant qu'il avait capté leur attention, il reprit : « J'aime votre fille. Je pense que vous devriez lui demander son avis. »

« Ça n'a pas d'importance » rétorqua Logan. « C'est encore trop tôt. »

« Tu parles, Logan ! Parmi toutes nos filles, je pensais que tu serais plus compréhensif concernant le mariage de celle-ci. » Gwyneth tira sur sa tresse, dont elle enroula l'extrémité en cercles, un geste que Marcas l'avait déjà vue faire lorsqu'elle était tendue.

« Je n'ai jamais eu de problèmes avec les autres mariages. »

Gwyneth laissa échapper un grognement sourd. « Tu ne voulais pas non plus que nos autres filles se marient. »

Logan refusa de la regarder dans les yeux. « Il y a eu quelques problèmes, c'est vrai. Mais pas avec Maggie. »

« Tu as fait promettre à Will de l'épouser avant de le laisser la faire sortir de prison. » La femme frappa ses cuisses avec une telle vigueur qu'il se demanda si elle allait bientôt frapper autre chose.

Marcas s'efforça de ne pas froncer les sourcils à cette révélation. C'était une histoire dont il n'avait pas encore entendu parler, mais il ne manquerait pas de poser des questions à ce sujet.

« Will allait passer la nuit avec elle » expliqua Gwyneth à l'adresse de Marcas. « Il devait l'aider à quitter Edinburgh, et nous ne pouvions pas le faire nous-mêmes, car le roi nous aurait poursuivis pour ça. »

Logan croisa les bras, sur la défensive, mais il ne dit rien, laissant sa femme lui donner son explication.

Gwyneth reporta alors son attention sur son mari, et son expression trahissait son mécontentement. « C'était clairement le seul moyen de la sauver, Logan. Personne d'autre que Will n'aurait pu le faire. S'il ne l'avait pas enlevée et n'avait pas passé la nuit avec elle dans une grotte, ils auraient tous deux fini pendus avant l'aube. C'était le seul moyen de la garder en vie. »

« Et j'en ai payé le prix fort. »

« Et tu le regrettes ? » Sa voix s'adoucit légèrement.

« Non, c'est un homme bien. » Sa voix n'était qu'un grognement sourd, mais il évitait toujours de croiser son regard.

« Et on a dû t'attacher pour que Cailean puisse partir avec Sorcha après leur mariage. Je refuse de revivre ça, Logan Ramsay. Accepte ce mariage, ou tu seras célibataire. »

Logan s'esclaffa. « Tu n'es pas sérieuse, Gwynie. »

Sa voix s'éleva de nouveau. « Eh bien, si jamais tu veux encore m'embrasser le cul, tu accepteras ce mariage. »

Marcas lutta contre l'envie de fuir cette conversation extrêmement privée. Il ignorait s'il pourrait un jour la répéter à qui que ce soit.

Logan finit par se tourner vers sa femme, et Marcas lut dans ses yeux une vulnérabilité à vif qu'il ne lui avait jamais vue. Cet homme adorait Brigid, comme il adorait tous ses enfants.

« C'est un homme bien, Logan » dit-elle d'une voix plus douce.

Marcas se dit que c'était le moment idéal pour intervenir : « Je vous promets de la protéger au péril de ma vie. En doutez-vous ? »

« Non, je sais que vous le ferez. Vous l'avez déjà prouvé dans l'estuaire. »

« Et je vous promets que nous viendrons deux fois par an vous rendre visite sur les terres des Ramsay » proposa Marcas. Il remarqua le sourire de Gwyneth. « Et vous serez toujours les bienvenus à Black Isle quand vous le souhaitez. »

Logan laissa échapper un soupir sonore, puis

répondit : « J'accepte. Mais vous honorerez ces visites deux fois par an, et nous viendrons souvent vous voir. »

« Vous pouvez même vous installer ici, si vous le souhaitez. »

Gwyneth bondit de sa chaise et s'écria : « Non ! Ne lui dites surtout pas ça ! »

Logan sourit, repoussa sa chaise et quitta la pièce.

Qu'est-ce que cela pouvait bien vouloir dire ?

CHAPITRE 27

BRIGID ET TARA échangèrent un regard. La sueur perlait sur le front de Tara, et Brigid sentait la sienne couler entre ses seins. Elle essuya leurs fronts, puis se tourna vers Nonie. « S'il vous plaît, allez trouver Jennet et dites-lui que nous avons besoin d'elle immédiatement. » L'accouchement s'avérait plus difficile que prévu, et elles craignaient des conséquences désastreuses pour la mère et le bébé.

Edda gémit, penchée en avant pour une nouvelle contraction qui, sans aucun doute, ne la mènerait nulle part. Elle poussait de toutes ses forces, les bras enlacés autour de ses genoux pour faire levier, mais le bébé refusait toujours de sortir. Assise au chevet de sa fille, Jinny lui essuyait le front et l'encourageait tandis qu'elle tentait l'exploit presque impossible de faire sortir un bébé de son intimité.

À la fin de la poussée, Edda retomba sur le lit avec un gémissement. « Qu'est-ce qui ne va pas ? Pourquoi ce bébé ne veut-il pas sortir ? Je n'en peux plus. »

Brigid se pencha et prit la main d'Edda. « Le bébé n'est pas dans la bonne position. »

« Qu'est-ce que ça veut dire ? » demanda la pauvre jeune femme, essoufflée par son dur labeur.

La porte s'ouvrit alors et Jennet entra avant de s'asseoir sur un tabouret vide qu'elle trouva rapidement au pied du lit. À proximité, il y avait des draps propres pour recueillir le bébé au moment de sa naissance et de sa première respiration.

« Qu'est-ce qui ne va pas ? » murmura Jennet.

« C'est la question que nous venons de poser » expliqua Jinny en serrant fort les mains de sa fille dans les siennes. « Vous devez bien pouvoir faire quelque chose. »

« En effet » reprit Brigid d'un ton des plus apaisants. « Tara et Jennet vont appuyer sur le ventre d'Edda à chacune de ses contractions, ou dès qu'elle ressentira le besoin de pousser. Normalement, les bébés sortent la tête la première. Celui-ci présente ses fesses en premier, et c'est une position difficile. »

« Alors c'est vous qui allez me le faire sortir ? Ça ne va plus me faire mal ? » Le regard d'Edda alterna entre les différentes guérisseuses, dans l'espoir d'une bonne nouvelle, ou de n'importe quoi pour mettre fin à ce processus pénible.

Brigid tapota le dessus de son pied. « Non, je ne pense pas que vous sentirez une différence. Nous devons repositionner le bébé, le tourner pour que la tête ou les pieds sortent en premier. Nous espérons que ce sera la tête, mais s'il sort par les pieds, nous y arriverons aussi. »

« Avez-vous déjà fait ça ? »

« Moi non, mais elles, oui » répondit Tara. « Tante Brenna a réussi à repositionner de nombreux bébés avec cette technique. »

Jennet et Tara se penchèrent alors sur le ventre d'Edda. Brigid adressa un regard encourageant à Jennet. Le seul moment où sa chère cousine avait des difficultés, c'était lorsque son patient était éveillé et hurlait. Elle ne supportait pas cette pression supplémentaire. Jennet préférait que ses patients soient endormis, ou du moins qu'ils soient un peu imbibés par l'alcool.

Tante Jennie possédait une poudre spéciale, offerte par les moines, afin de soulager la douleur des malades, mais les jeunes femmes savaient qu'il ne fallait surtout pas l'utiliser lors d'un accouchement. Il était indispensable que la mère soit éveillée pour les aider, sinon la naissance serait impossible.

« Prévenez-nous juste avant de sentir les contractions dans votre ventre, et vous pourrez pousser de l'intérieur pendant que Jennet et Tara pousseront de l'extérieur. »

Brigid palpa le ventre d'Edda. « Désolée si ça fait mal, mais j'essaie de déterminer la position exacte du bébé. »

« Ça ne fait pas mal » répondit Edda en reniflant.

« Je crois que c'est la tête » dit-elle en la montrant à Tara avec ses mains. « Il faut essayer de la faire descendre doucement. Si elle ne descend pas complètement, on essaiera par les pieds. Je vais passer la main à l'intérieur pendant la contraction pour essayer de localiser un membre. »

Et un pied vaudrait mieux qu'une main, pensa-t-elle.

Elles avaient déjà procédé de cette façon à trois reprises, toujours sous la supervision experte de tante Brenna. La première fois, après de longues manipulations, le bébé avait fini par sortir la tête la première. La deuxième fois, il était né les pieds en premier. Mais la troisième fois, la mère et l'enfant n'avaient pas survécu.

Tante Brenna avait alors pleuré en disant qu'elle aurait voulu ouvrir le ventre de la mère pour récupérer le bébé, mais elle savait que c'était une procédure trop risquée.

Brigid savait ce qui était en jeu. Si l'enfant ne naissait pas sain et sauf, tout le monde penserait qu'une malédiction pesait toujours sur Black Isle.

« Je sens une contraction arriver ! » Edda se pencha en avant pour pousser tandis que Jennet poussait d'un côté et Tara de l'autre, leurs mouvements combinés destinés à faire tourner le bébé dans le ventre de sa mère, à la manière d'une roue. Edda grogna et gémit de toutes ses forces, mais rien ne se produisit.

« Tu vois quelque chose, Brigid ? » demanda Jennet. « Des pieds ? Des cheveux ? »

La jeune femme avait observé aussi attentivement que possible, éclairée à la lumière de la bougie, mais elle n'avait rien vu. Et elle n'avait pas non plus perçu le moindre mouvement. Elle posa la bougie à l'endroit idéal pour éclairer la zone qu'elle devait examiner.

« Il y en a déjà une autre ! » s'exclama Edda.

Les deux femmes appuyèrent sur son ventre tandis que Tara demandait : « Alors, Brigid ? »

« Rien. »

Edda laissa échapper un profond soupir lorsque la contraction cessa, puis s'écria : « Pourquoi moi ? Pourquoi ça ne marche pas ? Seigneur, aidez-moi ! Je n'en peux plus ! »

Jennet se tourna vers Edda, puis vers Brigid, les yeux écarquillés.

Brigid devait agir. « Vous vous débrouillez très bien, Edda. Si vous pouviez nous donner deux autres bonnes poussées, je pense que je peux y arriver. »

« Vous dites ça pour m'encourager, mais c'est faux. Je ne suis même pas capable de mettre au monde mon enfant. Je ne suis qu'une inutile. Je suis tellement désolée, mère. »

Jinny se mit à pleurer en marmonnant des paroles incohérentes à sa fille.

Brigid ne voulait surtout pas qu'Edda sombre dans un état de détresse inextricable. Elles avaient besoin de son aide. « Prévenez-moi quand vous sentirez une contraction arriver, Edda. »

« En voilà une ! » s'écria-t-elle presque aussitôt.

Tara se tourna vers Brigid. « Qu'est-ce que tu fais ? »

« Je vais aller chercher un pied. Heureusement, j'ai de toutes petites mains. » Brigid enfonça alors une main aussi loin que possible entre les cuisses d'Edda. Elle savait que la contraction allait appuyer très fort sur son poignet, mais elle se dit que si cela n'abîmait pas le crâne d'un bébé, ça ne pourrait pas non plus lui faire mal. Soudain, elle sentit quelque chose. Un bras ou une jambe, elle ne savait pas encore. Tirer sur un bras serait encore pire. Le bébé ne sortirait jamais de côté. Elle pria pour qu'il s'agisse d'un pied.

La contraction s'intensifia, elle le sentit tout autour de sa main, et grâce à la poussée ferme d'Edda, ou de Tara et Jennet, le bébé bougea brusquement, et elle sentit immédiatement un deuxième membre à côté du premier, ce qui la convainquit qu'il s'agissait d'un pied et non d'un bras. Elle les serra alors l'un contre l'autre et dit : « J'ai les pieds. Poussez ! »

Edda obéit, poussant de toutes ses forces. Une fois la contraction un peu apaisée, Brigid parvint à retirer sa main et à faire glisser les deux pieds du bébé hors du ventre d'Edda. Elle leva ensuite les yeux vers Jennet et Tara, puis hocha la tête.

« J'ai les pieds, Edda. Encore une bonne poussée et je pense que le bébé sortira. » Elle essuya la sueur de son front avec sa manche en attendant la prochaine poussée.

Jinny se mit à prier sans s'arrêter.

Edda se redressa en criant : « Ça recommence ! » Elle poussa alors de toutes ses forces avec l'aide de Jennet, et Brigid attrapa une couverture juste à temps. Elle tira le bébé d'un coup sec, le retourna pour laisser passer le cordon, puis le déposa rapidement dans ses bras, enveloppé dans la couverture.

Tout le monde poussa des exclamations émerveillées.

« C'est un garçon ou une fille ? » s'écria Edda.

Brigid et Tara regardèrent, puis annoncèrent : « C'est une magnifique petite fille. » Brigid retira le liquide de la bouche du bébé et la lui présenta comme le faisait souvent sa tante, en maintenant sa bouche ouverte jusqu'à ce qu'elle pousse un cri strident pour se faire connaître, le visage rouge comme une pomme, éclatant en un hurlement de fureur d'avoir été si brutalement dérangée et arrachée au ventre réconfortant de sa mère.

Tara et Jennet se mirent immédiatement à l'œuvre et aidèrent Brigid dans toutes les tâches nécessaires après la naissance : nettoyer le bébé et le mettre au sein, s'occuper du placenta, couper le cordon, nettoyer ce qu'elles pouvaient… il y avait tant à faire ! C'était une chorégraphie parfaitement orchestrée, que Brigid et Jennet avaient répétée maintes fois ensemble.

« Tu as été formidable, Brigid » dit Tara. « Je commençais à m'inquiéter. »

« Tu as fait un travail tout simplement brillant, cousine » renchérit Jennet. « Tu es tellement plus douée que moi pour ça. »

Brigid faillit s'immobiliser, car elle voulait lui exprimer un avis différent. « Je n'ai jamais été aussi douée que toi pour soigner les malades, Jennet. »

« Je ne parle pas d'être meilleure guérisseuse, je veux dire que tu as toujours été une meilleure sage-femme que moi, Brigid » répondit Jennet d'un ton neutre, comme si tout le monde partageait son avis. « Tu as le don et la patience qui me manquent dans ce travail. »

Brigid se sentit bouleversée par les paroles de

Jennet et la tension de l'accouchement. Edda rayonnait, sa petite fille dans les bras, paisiblement installée au sein de sa mère.

Mais Brigid ne se sentait pas très bien. Nonie lui jeta un coup d'œil et dit : « Vous en avez trop fait, milady. Le plus dur est terminé. Jinny et moi allons la nettoyer et lui mettre une robe propre. »

Jennet acquiesça et poussa Brigid du coude. « Je crois que tu devrais manger un morceau. On va s'en occuper. Tu as fait le plus dur. »

Brigid se lava alors les mains et ôta sa robe ensanglantée, puis s'élança hors de la pièce. Elle était tellement prise par une envie soudaine de sangloter qu'elle voulait quitter la pièce le plus vite possible. Dévalant le couloir, elle ouvrit la porte donnant sur les parapets et soupira sous la brise fraîche qui lui souleva les cheveux du visage. Puis, à tâtons, elle gravit l'escalier.

Arrivée sur les parapets, elle se heurta à un torse dur comme la pierre, dont la chaleur l'enveloppa dans l'air froid de la nuit. Elle reconnut Marcas à son odeur. Brigid se laissa alors tomber contre lui, et ses larmes, trop longtemps contenues, jaillirent de ses yeux.

Marcas l'enlaça et la serra contre lui, le menton posé sur sa tête tandis qu'elle sanglotait, reconnaissante qu'il lui permette de se laisser enfin aller.

« Une question, jeune fille, et je te laisse ensuite à tes larmes. »

Elle hocha la tête contre sa poitrine.

« Le bébé est né ? Il est en bonne santé ? »

Elle hocha de nouveau la tête, puis balbutia :

« C'est une petite fille. » Puis elle sanglota encore contre sa poitrine et l'enlaça, s'accrochant à lui comme s'il était son seul bateau sur l'eau.

Comme dans l'estuaire.

« Alors tu as fait du bon travail, n'est-ce pas ? »

Elle hocha de nouveau la tête, sans cesser de pleurer.

« Merci à toi et à tes cousines. Je ne savais pas que nous aurions besoin de vos talents pour ce genre d'événements, mais je suis reconnaissant que vous ayez été là pour aider Edda et Jinny. J'ai hâte de rencontrer la petite. »

« Je ne pensais pas avoir de talent particulier, mais Jennet vient de me dire que j'étais la meilleure sage-femme. » Puis elle pleura de plus belle.

« Ça te rend triste ? »

« Non, ça me fait plaisir. Je ne m'en étais jamais rendu compte. Elle a toujours été meilleure que moi en tout. »

Il embrassa Brigid sur le front. « Pas pour moi » dit-il. Il resta silencieux pendant un moment, puis murmura : « Tu vas bien, n'est-ce pas ? Tu as juste besoin de te soulager ? »

Elle soupira et tourna la tête pour lui répondre, incapable de le lâcher. « Ça m'arrive souvent après une situation difficile, quand nous essayons d'aider quelqu'un. Sur le coup, je continue, mais une fois que c'est fini, je pleure comme une enfant. Pardonne-moi pour toutes ces larmes, Marcas. Je pense pouvoir m'arrêter maintenant. »

« Pleure autant que tu veux, si ça peut te soulager, Brigid. Je suis là pour toi. » Il s'assit sur un rebord près du mur, face à elle. « Et je le serai toujours, si tu veux de moi. »

D'une certaine façon, elle savait que c'était vrai. Quoi qu'il arrive, Marcas serait toujours là pour la protéger de tous les maux du monde, qu'ils soient réels ou imaginaires. Il la réconforterait, l'apaiserait et l'aimerait pour toujours. Il avait le cœur d'un homme loyal. Il avait connu la tragédie comme peu d'autres dans leur vie, et il en était sorti plus fort.

« J'aime tout chez toi, Marcas Matheson » murmura-t-elle contre sa poitrine. « Je ne veux jamais quitter Black Isle. » Puis elle se recula légèrement pour le regarder dans les yeux. « Je me souviens de ta demande. Si tu as le moindre doute, sache que je t'épouserai avec joie. Malheureusement, tu dois demander la permission à mon père. Ce ne sera pas une mince affaire. »

Il prit son visage entre ses mains et déposa un doux baiser sur ses lèvres. « Je l'ai déjà fait, et il a accepté. »

« Vraiment ? » demanda-t-elle, surprise, puis la moue boudeuse. « Oh non, il ne m'aime donc pas autant que mes sœurs. »

« Il t'aime tout autant qu'elles. Au début, il a catégoriquement refusé. Mais ensuite, ta mère l'a menacé. Après quelques négociations, elle a fini par obtenir son consentement. »

« Oh, j'ai tellement hâte d'entendre les détails de cette histoire ! »

Marcas la fixa, les yeux écarquillés. « Je ne t'en

parlerai jamais. Non, tu ne veux vraiment pas le savoir. »

CHAPITRE 28

DEUX JOURS PLUS tard, Marcas franchit les portes du mur d'enceinte. L'espoir renaissait enfin et la promesse d'un bonheur immense s'insinuait en lui, notamment en raison de leur mariage prévu deux jours plus tard. Après avoir dîné avec son clan et les Ramsay, il sortit discrètement pour inspecter les environs. Lorsque les jeunes femmes avaient commencé à discuter des préparatifs du mariage et de la décoration du hall, il avait compris qu'il était temps pour lui de partir. Logan et Gwyneth avaient quitté leurs terres pour rejoindre Inverness et d'autres membres de leur clan, non sans auparavant avoir fait un tour au marché du bourg.

De toute évidence, la mère de Brigid aimait autant parcourir les boutiques que sa fille, et elle était partie à la recherche du tissu le plus doux pour son prochain ensemble de tunique et pantalon. Logan avait promis à sa fille d'aider sa mère à se trouver une robe pour le mariage.

Gwyneth, quant à elle, n'avait fait aucune promesse de ce genre, et s'était contentée de fusiller son mari du regard.

Il n'avait pas fait beaucoup de chemin depuis les portes lorsque Kyle et Cailean l'interpellèrent. Le sourire aux lèvres, Cailean lui dit : « Vous allez venir avec nous. »

Marcas ne sut que penser de cette déclaration, ni de l'étrange sourire de son interlocuteur, mais il se tourna vers Kyle pour obtenir des explications.

« Je sais que ça pourra vous paraître bizarre, mais vous devez nous faire confiance » déclara ce dernier. « Brigid vous attend dans un cottage caché dans la forêt. »

Marcas haussa un sourcil, perplexe. L'idée de savoir Brigid seule dans un cottage l'enthousiasmait autant qu'elle l'effrayait. « Pourquoi ? »

« Écoutez, on essaie juste de vous faciliter la tâche » répondit Cailean. « C'était l'idée de Brigid et Sorcha, car elles connaissent leur père. Comme il n'est pas là, Brigid aimerait… euh… » Cailean se frotta la mâchoire, visiblement mal à l'aise. Marcas n'avait aucune idée de la tournure qu'allait prendre la conversation.

« Allez-y, c'est tout » intervint Kyle. « Vous devez en faire votre femme avant le retour de Logan. C'est le seul argument qui fonctionnera avec lui. Vous devez accomplir la cérémonie des mains liées, ainsi il ne tentera pas d'empêcher votre mariage. C'est dans votre intérêt. Nous tiendrons les autres à distance du cottage. Vous avez jusqu'à demain. »

« Vous êtes sérieux ? Il serait capable de nous en empêcher ? »

« Si vous ne le faites pas, vous aurez de la chance si vous gardez vos couilles après le mariage » dit

Cailean. « Moi, j'ai failli y passer avant qu'il ne me laisse épouser sa fille. »

« Allez au cottage, parlez au moins à Brigid » dit Kyle. « Ce que vous ferez ensuite ne dépend que de vous. »

Marcas trouva cette dernière suggestion la plus judicieuse, en espérant qu'ils honoreraient leur promesse et tiendraient les guerriers à distance. Il enfourcha son cheval et les suivit, tout en réfléchissant à leurs paroles sur le chemin.

À leur arrivée, Kyle déclara : « Vous avez déjà été marié, je sais donc que vous n'avez pas besoin de conseils. Souvenez-vous juste que vous êtes entouré d'un grand nombre de guerriers Ramsay. Autrement dit, ne faites pas pleurer Brigid. »

Puis ils s'en allèrent.

Marcas se dirigea alors vers la porte du cottage, frappa doucement et l'ouvrit lorsqu'il entendit la voix de Brigid l'inviter à entrer. Il entra donc et referma la porte derrière lui, toujours intrigué par la tournure des événements.

Ce qu'il vit alors le laissa sans voix. Brigid se tenait devant la cheminée, vêtue d'une robe transparente, un sourire nerveux aux lèvres. Elle était si belle qu'il en resta muet. Il s'approcha jusqu'à se tenir face à elle, expirant un soupir qu'il avait retenu sans s'en rendre compte. Il l'observa sous tous les angles : son sourire, ses cheveux châtains ondulés qui lui descendaient jusqu'aux hanches, la courbe de sa poitrine qui se devinait à la lueur des flammes derrière elle.

Il plongea son regard dans ses yeux vert forêt et posa une main sur sa hanche. « Tu es magnifique.

Tu es sûre de ton choix, jeune fille ? Tu sais que c'est irréversible. »

« Oui » répondit-elle en se hissant sur la pointe des pieds pour déposer un doux baiser sur ses lèvres. « Je le désire plus que tu ne peux l'imaginer. Je t'aime, Marcas. Je souhaite que tu me montres ton amour en retour. »

« Pas avant que nous nous ayons lié nos mains. Nous devons nous promettre l'un à l'autre. » Il prit son plaid, d'un vert plus prononcé que celui des Ramsay, puis l'enroula autour de leurs mains entrelacées. « Je te jure fidélité, Brigid Ramsay. Je te promets de t'aimer et de te protéger pour toujours. Et toi, me promets-tu fidélité ? »

« Oui. Aime-moi, Marcas Matheson. »

Il gémit et posa ses lèvres sur les siennes dans un grognement qu'il n'aurait pas voulu si fort, mais il espérait qu'il lui ferait comprendre à quel point il la désirait, lui aussi. Il la prit alors dans ses bras et la déposa sur le lit, la couverture déjà rabattue. Attrapant son plaid, il demanda : « Tu es sûre ? Veux-tu que je me déshabille ? » Il ne voulait pas la mettre mal à l'aise, car il ignorait l'étendue de son innocence au sujet de la suite.

Elle lui lança un regard provocateur, secoua la tête et passa sa robe par-dessus sa tête avant de la jeter au sol. « Non, je te veux tout entier, Marcas Matheson. »

Il se débarrassa de ses vêtements et de ses bottes, puis se glissa sous les couvertures à ses côtés. Déposant des baisers partout où il osait, il la caressa et lui fit l'amour avec toute son âme, en veillant à prendre le temps pour s'assurer qu'elle était prête pour lui.

Lorsqu'il lui prit sa virginité, il en fut troublé un instant, mais comme cela ne semblait pas la déranger, il s'enfonça profondément en elle en appelant son nom tandis qu'il la menait à l'extase, et se perdit dans sa fusion avec Brigid Ramsay.

Elle était sa nouvelle épouse, la femme qui l'avait conduit jusqu'au lieu qu'il avait toujours espéré atteindre : un lieu de bonheur, de sérénité et d'espoir.

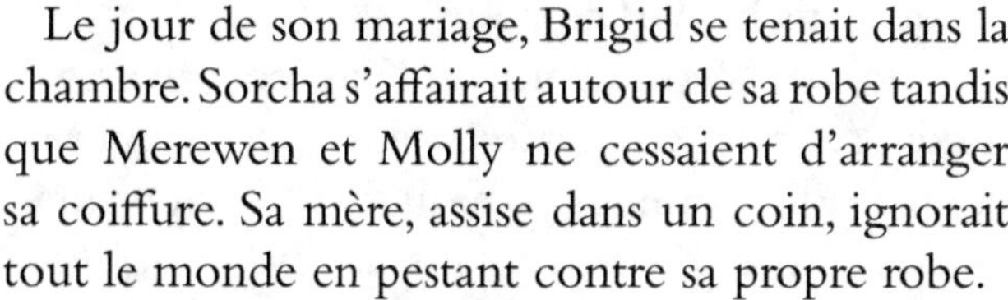

Le jour de son mariage, Brigid se tenait dans la chambre. Sorcha s'affairait autour de sa robe tandis que Merewen et Molly ne cessaient d'arranger sa coiffure. Sa mère, assise dans un coin, ignorait tout le monde en pestant contre sa propre robe.

« Je sais que tu détestes ça, mais tu ne devras la porter que quelques heures. Si tu n'y touches plus, elle restera sans plis plus longtemps. » Sorcha jeta un coup d'œil à sa mère. Elle avait toujours préféré porter des pantalons – les robes, elle ne les enfilait que pour faire plaisir à son frère adoré, Rab.

« Il n'y a que pour mon frère que je ferais ça. » Le froncement de sourcils de Gwyneth en disait long sur ce qu'elle pensait de se séparer de son pantalon, même pour un court moment.

L'oncle Rab était prêtre, et il avait fait le voyage depuis le West Lothian pour unir le jeune couple, en compagnie de ses frères et sœurs, de ses neveux et nièces, et de ses nombreux cousins.

Sa mère se leva d'un bond et sortit en claquant la porte. Sorcha saisit alors Brigid par le bras et murmura : « Alors, n'était-ce pas aussi merveilleux que ce à quoi tu t'attendais ? » Elles n'avaient pas eu l'occasion de parler en privé après la nuit que Brigid avait passée au cottage.

Brigid jeta un coup d'œil à Merewen et Molly, puis poussa un gloussement. « Oh, c'était la plus belle nuit de ma vie ! Merci infiniment de l'avoir rendue possible. »

« On connaît notre père. Tu méritais ce bonheur, et maintenant, il ne t'en empêchera plus. » Sorcha continua de coiffer Brigid, en veillant à placer chaque mèche parfaitement à sa place.

Le fait de s'être promis fidélité en privé avait rendu ce moment encore plus spécial pour le couple. Elle connaissait beaucoup de personnes de son clan et du clan Grant qui avaient célébré la cérémonie des mains liées, mais elle n'y avait jamais vraiment pensé pour elle-même jusqu'à ce que Marcas enroule son plaid autour de leurs mains entrelacées pour lui promettre fidélité. Elle avait failli en pleurer de bonheur, mais elle s'était retenue avant de lui promettre la même chose. Ils avaient passé une nuit de pur bonheur ensemble, et leurs frères et sœurs avaient veillé à ce que son père ne les interrompe pas au cas où il reviendrait plus tôt que prévu.

Après cette merveilleuse nuit, elle s'était enfin apaisée, si heureuse de constater la force de leur amour et le fait que son père ne pourrait pas la forcer à partir comme il l'avait menacé. Brigid appartenait désormais à Marcas, et même son père ne pourrait pas le contester.

Merewen recula d'un pas après avoir noué le dernier ruban dans le dos de la robe de Brigid. « Tu es absolument magnifique. »

On frappa rapidement à la porte. C'était sa mère, suivie de Simone et Beatris. Cette dernière gloussa avant de serrer Brigid dans ses bras, tandis que Simone la contemplait avec admiration.

« Merewen, t'ai-je dit combien je suis heureuse que toi et Gavin restiez à Black Isle encore au moins une lune avec Tara et Jennet ? » dit Brigid. « Ça compte beaucoup pour moi. »

« Ça fait au moins quatre fois que tu le dis, Brigid » intervint Gwyneth. « Je n'aurai aucune chance de ramener qui que ce soit à la maison si tu continues à le leur répéter. »

Brigid s'approcha pour serrer brièvement sa mère dans ses bras. « Oh, mère. Ce ne sera pas pour très longtemps. »

« Je sais. Et tout ça est parfaitement logique, mais je dois retourner auprès des petits. C'est là qu'est ma place, désormais – avec mes petits-enfants. Je dois vous laisser tracer votre propre chemin. Le clan Matheson a besoin d'archers, alors Marcas a bien fait de demander à Gavin et Merewen de rester pour les entraîner. C'est nécessaire. »

« Et tu nous auras toujours à la maison, Sorcha et moi » dit Molly. « En plus, Maggie sera souvent là. »

« Je suis surprise que tu n'aies pas choisi de rester, Sorcha » dit Merewen. « Tu es une excellente archère, toi aussi. »

« Je fais ça pour rendre service à ma sœur. Ainsi, père pourra prendre Cailean pour cible. Ça détournera son attention de Marcas. »

« Pauvre Cailean » commenta Molly.

Sorcha laissa échapper un petit rire moqueur. « Il adore ses taquineries. Ne te laisse pas convaincre du contraire. Mais assez parlé. Tu es prête à te marier, ma chère sœur ? »

Brigid hocha la tête en serrant Beatris dans ses bras.

Pendant que Sorcha arrangeait la position de chacun, Simone leva les yeux vers Brigid. « Ce vert fait ressortir tes yeux, et la coiffure de Sorcha est absolument magnifique. Le tressage des fleurs à l'arrière est parfait. C'est dommage que tu ne puisses pas le voir. »

On frappa alors à la porte et Bethia entra d'un pas décidé. Puis elle s'arrêta, bouche bée. « Oh, Brigie, tu es si belle ! Père va pleurer, j'en suis sûre. Sorcha, tu as toujours un don pour la couture. Dans ce vert, on dirait un ange de la forêt. Les nuances de rose des rubans sont parfaites. »

Tout le monde sortit alors, Brigid en tête. Mais lorsqu'elle arriva au bout du couloir, elle attendit sa mère, puis passa son bras autour du sien. « Tu es contente, mère ? »

Gwyneth l'embrassa sur le front. « Très contente. Tu as été la petite chérie de ton père pendant si longtemps que je pensais qu'il ne te laisserait jamais vivre ta vie. Je suis fière qu'il ait accepté. »

« Pas de mauvaise surprise aujourd'hui, j'espère » dit Brigid. « Et par là, je veux dire pas de corde. »

« Ne t'inquiète pas » dit-elle en lui tapotant la main. « Je l'ai cachée, juste au cas où. »

Brigid descendit les escaliers et s'arrêta à mi-chemin. Chaque personne présente dans le hall occupait une place particulière dans son cœur, mais c'est le regard de son père qui la figea. Même de loin, elle pouvait voir ses larmes.

« Je ne te quitte pas pour toujours, père. »

Sa mère s'approcha pour embrasser son père, puis dit aux autres : « Allez, à la chapelle. Laissez Brigid et son père seuls un instant. »

Une fois la porte fermée, Brigid termina de descendre l'escalier. « Tout ira bien, père. Je t'aime de tout mon cœur, tu sais. J'ai essayé de me trouver quelqu'un sur les terres des Ramsay, mais ça n'a jamais fonctionné. »

Les larmes coulaient librement sur ses joues à présent, et lorsqu'elle se tint devant lui, elle se hissa sur la pointe des pieds pour l'embrasser sur la joue. « Je t'aime, père. »

« Tu es si belle, Brigie » murmura-t-il. « Je suppose que je devrais t'appeler Brigid, maintenant. »

« Ça ne me dérange pas. Tu appelles toujours mère Gwynie, après tout. Ça lui montre que tu l'aimes. Je n'aime pas quand tu l'appelles Gwyneth. »

« Très perspicace de ta part, Brigie » répondit Logan avec un sourire en coin, et il interrompit ses larmes en prononçant son surnom. « Tu vas me manquer, mais tu ne seras pas trop loin. Tu as choisi un homme bien, alors je n'ai rien à redire. Je compte sur lui pour tenir sa promesse de venir nous rendre visite deux fois par an. »

La porte s'ouvrit et Torrian passa la tête dans l'encadrement. « Tout le monde vous attend. Mieux vaut vous dépêcher avant que ces nuages noirs n'arrivent sur nous. »

Son père lui offrit alors son bras et elle le prit, remarquant au même moment Beatris qui se glissait sous le bras de Torrian pour lui offrir un magnifique bouquet de fleurs blanches et jaunes. « Merci beaucoup, ma chérie. Elles sont parfaites. »

Une fois dehors, ils se dirigèrent lentement vers la chapelle, où son oncle Rab les attendait, vêtu de sa longue toge. La cour était à moitié remplie de membres du clan, ceux qu'elle connaissait déjà et plusieurs autres, revenus à l'annonce de la levée de la malédiction.

Le clan Matheson avait retrouvé toute sa joie de vivre. Un cochon rôtissait dans un coin, dans l'attente des festivités, mais elle n'avait d'yeux que pour son superbe mari. Ethan se tenait d'un côté de Marcas et Shaw de l'autre. Gisela tenait Tiernay dans ses bras. Lorsque Logan et Brigid arrivèrent près de Marcas, la petite Kara se plaça entre eux et leva une main vers chacun, prête à les accompagner dans la chapelle, suivie de Logan.

Les yeux rivés sur son mari, Brigid sentit son cœur exploser de bonheur. Elle n'avait jamais cru pouvoir trouver quelqu'un qui l'aimerait d'un amour aussi inconditionnel, quelqu'un dont le regard suffirait à faire chavirer son cœur.

Et puis, ils firent ce qu'ils savaient faire de mieux ensemble.

Ils éclatèrent de rire.

Marcas n'avait jamais été aussi heureux de toute sa vie. Le mariage avait été magnifique, et ils avaient même réussi à éviter l'orage. Tout le monde s'était réuni dans le hall pour les festivités avant que le ciel ne se déchaîne. Mais la pluie n'avait été que de courte durée, et bientôt, le soleil était réapparu.

Le hall était rempli de tables couvertes de mets variés, et quelques musiciens chantaient et jouaient du luth pour accompagner les danses.

À un moment donné, Tara appela les jeunes mariés et leur désigna la porte. Ils la rejoignirent alors sur les marches, laissant tous les invités profiter des festivités à l'intérieur. Tara désigna un endroit à l'écart, dans les arbres, au-dessus de l'estuaire. « Regardez, c'est vraiment spécial. Je crois que c'est pour vous. »

Un arc-en-ciel.

« Mère pense que c'est le signe que votre union est bénie, et je voulais que vous le voyiez » dit Tara.

Ce n'était pas la première fois que Marcas voyait un arc-en-ciel, mais il était émerveillé par les couleurs qui embrasaient le ciel. Il en avait admiré beaucoup au cours de sa vie, mais les couleurs de celui-ci étaient si éclatantes qu'elles devaient forcément avoir une signification.

Il jeta un coup d'œil à Brigid, dont les yeux étaient toujours rivés sur cet époustouflant spectacle de la nature : la lumière projetait un éclat sur l'estuaire, qui scintillait sous les rayons. Ils se déplacèrent vers un endroit d'où ils pouvaient mieux l'admirer.

Tara, qui se tenait derrière eux, leur dit : « Avant de vous laisser contempler ce spectacle, je vais vous dire une chose : ma sœur, qui a des dons de voyance, vous dirait que quelqu'un vous veut du bien. Je pense que ce sont vos parents, Marcas. C'est leur façon de participer à ce mariage avec nous. »

Puis la jeune femme disparut.

« Oh, Marcas », dit Brigid en serrant sa main dans la sienne. « Crois-tu que ce soit possible ? »

Il leva une nouvelle fois les yeux vers le spectacle et murmura : « Oui, parce que j'espère que c'est vrai. Ils me manquent terriblement, mais au fond de moi, je sais qu'ils auraient approuvé notre union. »

Une petite voix s'éleva derrière eux, et ils se retournèrent. Kara se tenait en haut des marches, sa main étroitement serrée dans celle de Gisela. Les larmes aux yeux, la sœur de Marcas lui adressa un signe de tête, comme pour lui indiquer qu'elle avait entendu leur conversation et qu'elle était d'accord avec eux.

Mais ce fut la voix de Kara qui le surprit : « Regarde, papa » dit-elle en désignant la rive de l'estuaire. « C'est maman. Bonjour, maman. »

Elle gloussa en contemplant l'arc-en-ciel, puis reporta son attention sur l'endroit de la rive qu'elle venait d'indiquer. Marcas ne comprenait pas pourquoi elle venait de mentionner Freda, car il n'avait rien vu. Il jeta un coup d'œil à Brigid, qui haussa les épaules, puis se tourna vers sa fille, le visage toujours illuminé de joie et son petit doigt pointé dans la même direction.

D'une voix étranglée par les larmes, Gisela lui demanda alors : « Qu'est-ce qu'elle te dit, Kara ? »

« Elle dit que je peux pas venir la voir. Mais qu'elle m'aime et qu'elle me reverra un jour. Et elle veut dire quelque chose à papa. »

« Quoi ? » demanda Marcas, presque effrayé de poser la question.

« Elle dit qu'elle est contente pour toi. » Puis Kara leva de nouveau le bras et fit un signe de la main vers la rive. « Au revoir, maman. »

CHAPITRE 29

QUELQUES HEURES PLUS tard, après avoir profité d'une bonne compagnie, de la nourriture et de danses, Marcas se tourna vers sa femme, qui lui adressa un léger hochement de tête. Il prit alors Brigid par la main et la mena jusqu'à son cheval, impatient de s'éloigner de la foule et de se retrouver seul avec son épouse bien-aimée. Mais de toute évidence, ce n'était pas encore pour toute de suite.

La voix de Logan s'éleva au-dessus de la foule, et Marcas s'arrêta net. « Une seconde, Matheson. Pas question que vous emmeniez ma fille où que ce soit avec ce que vous avez l'intention de lui faire. Elle reste ici. »

Marcas tourna les talons, peu surpris de voir Gwyneth, sa corde en main, prête à répéter exactement ce qu'elle avait fait à Logan le jour du mariage de Sorcha. Mais Marcas ne l'entendait pas de cette oreille.

Il leva une main en direction de Gwyneth, Gavin et Torrian, tous le sourire aux lèvres.

« Ce ne sera pas nécessaire. »

Ils se figèrent alors, en le regardant avec des yeux

écarquillés, dans l'attente de ce qui se produirait ensuite.

Logan gonfla un peu plus la poitrine, si c'était possible. Il pouvait se montrer un véritable bâtard arrogant. « Bien, ravi de voir que nous nous comprenons, mon garçon. Laissez ma fille tranquille. Viens ici, Brigie. » Il adressa alors un geste de la main à la jeune femme avant de lui indiquer la place juste à côté de lui.

Marcas se plaça alors devant Brigid, en la poussant légèrement derrière lui. « C'est ma femme, Ramsay, et elle vient avec moi. »

« Mais bien sûr » railla Logan dans un grognement. « Maintenant, Brigid ! »

Marcas dégaina son épée de son fourreau et la jeta au sol. « C'est ma femme, et je prendrai soin d'elle. Je n'ai pas besoin de vous dans nos affaires. »

« C'est exactement ce que je craignais. Je refuse que vous lui fassiez ce que vous avez l'intention de lui faire. »

Marcas fit un pas vers Logan et répondit : « Je n'ai pas peur de vous, Ramsay, et je le ferai si elle en a envie. Je vous demande de rester en retrait de notre relation, maintenant et pour toujours. Si elle a la moindre plainte à formuler, je suis sûr qu'elle ne manquera pas de vous en parler. »

« Rester en retrait ? Est-ce que vous auriez inhalé de la poussière de fées ? Je ne reste jamais en retrait. » Logan posa les mains sur les hanches et jeta son épée au sol à son tour. « C'est de ma fille dont il est question, et vous aurez toujours à répondre de vos actes devant moi. »

« Non, nous devons régler cette histoire, et tout de suite. Je refuse de passer le restant de mes jours d'homme marié à regarder par-dessus mon épaule dans la crainte de vous voir. » Il fit encore deux pas en avant et adopta la même posture que le père de Brigid, son regard fixé sur le sien. « Allez-y, vieil homme, donnez-moi tout ce que vous avez. »

Marcas entendit les acclamations étouffées de la foule. Il en avait entendu assez au sujet de tout ce que Cailean avait enduré aux mains de cette brute, et il refusait de subir le même sort. Il fit un autre pas en avant. « Frappez-moi. Je n'ai pas peur de vous. »

Un tourbillon d'émotions passa sur le visage du vieux guerrier, mais ce qui surprit le plus Marcas, ce furent les larmes au coin de ses yeux. Lui aussi père d'une petite fille, Marcas ne pouvait donc pas en vouloir à Logan de s'inquiéter pour sa cadette. Ainsi, il reprit d'une voix plus apaisée : « Je vous jure de toujours la protéger. Je l'adore. Elle est ma vie tout entière. Je ne laisserai jamais rien lui arriver, vous n'avez donc pas à vous préoccuper. »

Logan baissa les yeux vers le sol, et la foule attendit silencieusement sa réaction. Marcas attendit aussi – il le fallait. Il ne pouvait pas laisser cet homme interférer dans leurs vies pour le restant de leurs jours.

Après une longue pause, Logan leva de nouveau les yeux vers Marcas, un grand sourire aux lèvres, puis il relâcha sa posture et s'avança pour saisir le jeune homme par l'épaule. « Ce n'était qu'un test, chef. Je voulais voir si vous aviez le cran de la protéger comme un homme. » Puis il regarda derrière lui et ajouta : « Tu as bien choisi, Brigie. Si jamais tu changes d'avis, tu sais où me trouver. »

La foule lança alors une nuée d'acclamations tandis que Marcas installait Brigid sur son cheval, puis il se mit en selle derrière elle, et le jeune couple leur fit de grands gestes. Ils venaient de partir lorsqu'il entendit Cailean déclarer : « Je n'ai plus peur de vous, Logan. »

« Tu devrais » rétorqua Logan. « Parce que ce genre de manège ne marchera qu'une fois sur moi. »

« Oh, père » dit Sorcha d'une voix traînante.

Brigid se tourna pour observer leurs pitreries par-dessus l'épaule de Marcas. Puis elle se mit à glousser.

Sans se retourner, il lui demanda : « Ton père est en train de nous regarder, pas vrai ? »

« Oui, et il n'arrêtera jamais vraiment. »

ÉPILOGUE

LOGAN N'AVAIT AUCUNE envie de faire ce que Brenna lui avait demandé. Il ne désirait pas retourner sur Black Isle.

Certes, il n'avait pas vu sa chère Brigid depuis un petit moment, mais cela ne faisait pas si longtemps, et le plus dur pour lui, c'était le motif de cette visite.

Son cher frère aîné, Quade, ancien laird du clan Ramsay, était au plus mal. Son état de santé avait empiré de jour en jour, sans que sa femme ne puisse comprendre pourquoi. Brenna avait immédiatement fait appel à Logan.

« Il faut que tu ailles chercher Jennet. »

« C'est aussi mon frère, Brenna. J'ai envie de rester auprès de lui. »

« Il n'y a rien que tu puisses faire ici, Logan, et Micheil sera bientôt là. J'ai déjà envoyé Kyle pour le prévenir, mais tu dois aller à Black Isle. Ramène-la ici. » Brenna essuya une larme.

« Je voudrais d'abord le voir. » Gwyneth arriva derrière lui et lui murmura quelque chose à l'oreille. Il se tourna alors et dit : « Je sais, Gwynie, mais c'est mon frère. Je n'ai aucune envie de partir pour apprendre sa mort en rentrant. »

« Venez, vous pouvez le voir. » Brenna les conduisit dans la chambre de soins, à l'écart du grand hall, qu'elle avait installée là juste après son mariage avec Quade.

Son frère luttait contre la douleur depuis si longtemps qu'il préférait aller chevaucher pour se changer les idées, mais cela… c'était trop. Le voir se détériorer de jour en jour sans la moindre explication lui était inacceptable. Il avait toujours fait confiance à Brenna pour soigner les maux de leur clan, mais elle n'avait pas réussi à identifier la maladie de Quade, ni ce qui l'avait causée.

Elle craignait le pire – peut-être allait-il mourir bientôt. Brenna plaça un tabouret à proximité du lit, puis alla se poster de l'autre côté, en indiquant à Logan qu'il pouvait s'asseoir. Brenna s'installa de l'autre côté du lit, un sourire apparu sur ses lèvres comme par magie – elle ressemblait encore tellement à la jeune femme qu'il avait enlevée sur les terres des Grant pour sauver Quade, il y a si longtemps.

C'était une femme magnifique, avec un grand cœur et une immense sagesse. Il faillit le lui dire à voix haute.

Puis il se ravisa avec un petit sourire. Quade aurait adoré l'entendre prononcer ces paroles, mais il ne le ferait jamais en sa présence. Car elle n'était pas que la femme, mais la *personne* la plus intelligente qu'il connaissait. Il ne saurait jamais d'où elle tenait tout ce talent et cette sagesse. Et non seulement elle les partageait avec son clan, mais elle avait également donné trois beaux enfants à Quade : Bethia, Gregor et Jennet.

Elle avait peut-être même offert au monde une personne encore plus intelligente qu'elle : Jennet.

Logan poussa un soupir, les yeux tournés vers Quade, dont l'esprit était aussi vif que jamais. Cela, il pouvait le deviner. Il tendit la main pour prendre celle de son frère, qui bougea à peine.

« Il est trop faible pour faire quoi que ce soit, Logan. »

Le vieil homme n'avait aucune idée de ce qui causait la maladie de son frère, mais si quelqu'un pouvait le soigner, c'était Brenna. Il hocha alors la tête et serra doucement la main de son frère dans la sienne, surpris de constater qu'il la serra à son tour, presque au point de lui faire mal.

« Qu'est-ce qu'il y a, Quade ? Que veux-tu que je fasse ? »

Les yeux brillants d'espoir, son frère lui dit enfin d'une voix rauque : « Va la chercher. »

Logan fut surpris de voir à quel point il était difficile pour Quade de parler. Bon sang, il avait envie de crier sur Brenna. Comment pouvait-elle rester aussi calme ? Comment arrivait-elle à ne pas crier à son mari de sortir de ce foutu lit ?

« D'accord » convint-il. « Je ferai de mon mieux. Tu veux que je ramène Jennet à la maison ? »

Quade hocha la tête, ses yeux verts encore plus écarquillés que d'habitude. Puis il pressa encore une fois la main de Logan dans la sienne.

« D'accord, j'irai la chercher, même si je n'en ai pas envie. » Logan se passa une main sur le visage. « Je préférerais rester ici avec toi. » Sa place était auprès de son frère. Et si Quade mourait en son absence ? Il ne se le pardonnerait jamais. Il était de son devoir de rester aux côtés de son frère, tout comme il le ferait lorsque l'heure de Gwynie sera venue.

Son frère serra sa main encore plus fort, puis parvint à rouler de son côté pour se donner la force de porter sa main à la gorge de Logan.

Presque.

Logan avait vu clair dans son jeu. « Tu m'as suffisamment étranglé quand nous étions petits, Quade. Je n'ai pas oublié comment t'esquiver. Très bien, j'irai. Dès que... »

« Ramène-moi ma fille, Logan. » Quade saisit le haut de la tunique de son frère, qu'il secoua assez fort pour le désarçonner de son tabouret.

« D'accord ! » Il prit la main de son frère pour s'en dégager. « Tu veux que j'aille chercher Jennet, et je le ferai, espèce de vieille chèvre ! »

Quade hocha furieusement la tête, puis laissa retomber sa main et s'effondra à nouveau sur son lit. Logan se leva et s'avança vers la fenêtre, dont il repoussa la fourrure pour jeter un coup d'œil dans un coin de la cour, la seule partie qu'il pouvait voir d'ici. « Mais je devrais rester avec toi, Quade. Je n'ai pas envie de te laisser. »

Certes, il était heureux à l'idée de se rendre à Black Isle pour voir Brigid et son nouveau beau-fils, Marcas. Il était curieux de voir comment allait le clan Matheson. Même Gavin et Merewen y étaient restés.

Mais pas maintenant. C'était son frère, son mentor, son meilleur ami.

C'était Quade.

Brenna s'approcha derrière lui. « Tu te souviens de la promesse que tu m'as faite, il y a très longtemps ? Je te demande de l'honorer aujourd'hui. Tu as dit que tu m'en devais une. »

Logan s'esclaffa. « Je m'en souviens très bien. J'ai volé le livre de guérisseuse de ta chère mère, mais je te l'ai rendu. Et parce que je l'ai volé, je t'ai dit que je t'accorderais une faveur. J'ai dit que le jour venu, je ferais ce que tu me demanderais sans poser de questions. J'ai bonne mémoire, Brenna, et je t'ai déjà rendu ce service lorsque je t'ai protégée, le jour de ta cérémonie du coucher. »

Gwynie ne prononça qu'un seul mot : « Logan… »

Puis son frère donna un coup de pied dans le lit, repoussa ses draps et tenta de se lever pour se jeter sur lui. Mais au lieu de cela, il s'effondra au sol.

Gwynie haussa un sourcil en direction de Logan tandis que Brenna se précipitait vers le lit. « Il est trop faible pour marcher. Venez, aidez-moi à le remettre au lit. »

À trois, ils parvinrent à rallonger le vieil homme de grande taille, dont les yeux verts étaient rivés sur Logan. Bon sang, il détestait quand son frère faisait ça. Quade savait exactement comment le faire se sentir coupable. « Je pense toujours que c'est moi qui suis né le premier, espèce de vieux rabougri. »

Il adressa un petit sourire à son frère, et pour la première fois, les yeux de Quade pétillèrent de rire.

Torrian entra dans la pièce. « S'il n'y va pas, c'est moi qui irai, père. »

Quade parvint à répondre : « Non, c'est Logan qui ira. »

« Je le sais » rétorqua son frère. « La place de Torrian est ici, avec Lily, Brenna et sa famille. J'irai. Mais tu dois rester ici, Gwynie. Je t'en prie. Tu sais que j'irai bien trop vite pour toi. »

Logan se dirigea alors vers la porte, mais se retourna juste avant de la franchir. « Tu as intérêt à avoir sorti ton cul de ce lit à mon retour, le vieux. »

Puis il ferma la porte, juste avant d'entendre quelque chose la heurter de plein fouet.

Au moins, il savait que l'esprit de son père n'avait rien perdu de sa vitalité.

FIN

CHER LECTEUR, CHÈRE lectrice,

Merci de m'avoir lue ! Comme vous pouvez le voir, il s'agit d'une nouvelle série, et j'ignore encore de combien de tomes elle sera composée ! Je verrai au fur et à mesure, selon mon inspiration.

Jennet sera au cœur de la prochaine histoire.

Bonne lecture,
Keira Montclair

keiramontclair@gmail.com

https://www.keiramontclair.com/translations/francais-french/

http://facebook.com/KeiraMontclair/

http://www.pinterest.com/KeiraMontclair/

AUTRES LIVRES DE KEIRA MONTCLAIR

SÉRIE DU CLAN GRANT

#1- SAUVÉE PAR UN HIGHLANDER -
Alex et Maddie

#2- LA GUÉRISON DU CŒUR D'UN HIGHLANDER-
Brenna et Quade

#3- LETTRES D'AMOUR VENANT DE LARGS -
Brodie et Celestina

#4- VOYAGE VERS LES HIGHLANDS -
Robbie et Caralyn

#5- ÉTINCELLES DANS LES HIGHLANDS - Logan et Gwyneth

#6- MON HIGHLANDER DÉSESPÉRÉ -
Micheil et Diana

#7- L'ÉTOILE LA PLUS BRILLANTE DES HIGHLANDS -
Jennie et Aedan

#8- HARMONIE DES HIGHLANDS -
Avelina et Drew

#9- ANGES DE NOËL

LE CLAN DES HIGHLANDS

Loki

Torrian

Lily
Jake
Ashlyn
Molly
Jamie & Gracie
Kyla
Sorcha
Bethia
Le Conte de Noel de Loki
Elizabeth

LA BANDE DE COUSINS

VENGEANCE DANS LES HIGHLANDS
ENLÈVEMENT DANS LES HIGHLANDS
CHÂTIMENT DANS LES HIGHLANDS
MENSONGES DANS LES HIGHLANDS
COURAGE DANS LES HIGHLANDS
RÉSILIENCE DANS LES HIGHLANDS
DÉVOTION DANS LES HIGHLANDS
FORCE DANS LES HIGHLANDS
MAGIE DE NOËL DANS LES HIGHLANDS

LES ÉPÉES DES HIGHLANDS

1 La trahison écossaise
2 L'espion écossais
3 la poursuite écossaise
4 La quête écossaise
5 La duperie écossaise
6 L'ange écossais

LES GUÉRISSEUSES DES HIGHLANDS

1 – LA MALÉDICTION DE BLACK ISLE

2 – LA SORCIÈRE DE BLACK ISLE

3 – LE FLÉAU DE BLACK ISLE

4 – LES FANTÔMES DE BLACK ISLE

5 – LE DON DE BLACK ISLE

À PROPOS DE L'AUTEURE

KEIRA MONTCLAIR EST le nom de plume d'une auteure qui vit en Caroline du Sud avec son mari. Elle écrit des romans historiques au rythme soutenu, souvent avec des enfants comme personnages secondaires.

Lorsqu'elle n'écrit pas, elle préfère passer du temps avec ses petits-enfants. Elle a travaillé comme professeure de mathématiques dans un lycée, infirmière diplômée et chef de bureau. Elle aime le ballet, les mathématiques, les puzzles, apprendre de nouvelles choses et créer de nouveaux personnages dont ses lecteurs pourront tomber amoureux.

Elle considère que son travail est bien fait lorsque ses lecteurs versent des larmes en lisant ses histoires, toutefois les fins heureuses sont toujours au rendez-vous !

Sa série à succès est une saga familiale qui suit deux clans écossais médiévaux sur trois générations et compte aujourd'hui plus de 40 livres.

Contactez-la sur son site web, http://www.keiramontclair.com ou directement à l'adresse keiramontclair@gmail.com.

www.ingramcontent.com/pod-product-compliance
Lightning Source LLC
LaVergne TN
LVHW020658110826
845149LV00012B/2033

* 9 7 8 1 9 6 4 6 9 6 9 0 4 *